서울에 내 방 하나 ———

서울에 내 방 하나 ─────

손 닿는 만큼 어른이 되어가는 순간들

권성민 에세이

해냄

겪어보니 별거 아니더라

결혼을 앞두고 있다. 연인과 6년을 꽉 채워 함께하는 시간이 속속 들이 즐거웠는데, 앞으로도 오랫동안 함께 즐거울 일을 상상하는 일 인 만큼 결혼을 준비하는 과정도 하나하나 즐겁다.

우리는 이런 결혼식을 하자, 이런 집에서 살자, 이런 생활을 하게 되겠지, 살아온 세월을 통틀어 마음속으로만 품어온 상상을 가장 구체적으로 구현해 볼 수 있는 기회다. 날짜를 딱 정해놓고 그때부 터 어떤 모습으로 살겠다고 이렇게 큰돈과 시간을 들여 설계할 수 있는 기회가 인생에 얼마나 있을까. 즐겁지 않을 도리가 없다.

다만 이 즐거운 과정에서 별안간 찬밥 신세가 된 이가 하나 있으 니 내 동생이다. 여덟 살 어린 동생은 2년여 전 군복무를 마치고부 터 나와 함께 살기 시작했다. 내내 원룸이었던 집도 동생과 함께 살려고 대출을 끼고 투룸으로 옮겼다. 내 이십 대는 오로지 내 힘으로만 꾸려나가느라 비좁은 고시원과 하숙방으로 채워져 있었는데, 동생은 형 덕분에 주거비 한 푼 안 들이고 버젓한 주방과 각종 가전이 갖춰진 투룸에서 서울 생활을 시작한 거다. 부럽다. 나는 왜 나 같은 형 없었니.

그런데 이제 내 결혼 때문에 동생의 이 안락한 생활이 끝나게 생겼다. 능력 있고 여유 넘치는 형이었다면 지금 사는 집에서 계속 지내라며 쿨하게 나만 신혼집으로 옮겼겠지만 그러기엔 투룸에 걸려 있는 보증금이 너무 크다. 미안하지만 신혼살림에 이 보증금이 필요하구나.

동생 녀석도 이제 스스로 삶을 꾸려야 하는 순간이 왔다. 형 때문에 기준도 높아져버렸다. 좁은 집에서 살다가 두세 평 넓은 집으로 옮기는 건 큰 감흥이 없지만 반대로 넓은 집에 익숙한 사람이 더 작은 집으로 옮길 때 느끼는 불편함은 꽤 크다. 내 동생은 아마 그 나이에 내가 살던 고시원이나 하숙방으로 들어가긴 힘든 몸이 되었을 거다. 그래도 아쉬운 기색 없이 진심으로 형의 결혼을 축복해 주는 모습이 고맙다.

그렇게 내가 결혼 준비를 하는 동안 동생은 자립 준비를 시작했다. 스물여섯 동생에겐 이번이 처음 해보는 진짜 자립이다. 스스로 감당할 수 있는 비용의 집을 알아보고, 여러 가지 대출 상품도 알아보며 발품을 팔고 있다. 형이랑 살 때는 몰라도 되었던 많은 것들을 한꺼번에 배워가느라 이것저것 물어보는 카톡이 하루에도 몇 번씩 온다. 손 붙잡고 다니면서 하나하나 알려주지 못할 것도 없지만 그래도 이 모든 과정을 온전히 홀로 겪어보길 바라며 슬쩍 뒤로 물러섰다.

한 발 물러서 보니 거기서 내 모습이 보였다. 처음으로 짐을 싸서 집을 나오던 기억. 내가 번 돈으로 방 값을 치르고 나면 아무것도 남지 않았던 기억. 새로 구한 집의 창밖으로 보이는 풍경이 마음에 들어 소소하게 황홀해하던 기억. 부동산과 은행, 동사무소를 오가며 스트레스 받던 기억. 내 힘으로 꾸릴 수 있는 삶의 규모는 이 정도구나, 하나하나 더듬고 손으로 짚을 수 있는 곳까지만 모양을 알아갔던 자립의 기억들.

누군가의 어깨 위에서 자기 삶을 먼 곳까지 훤히 내다볼 수 있는 사람들도 있지만, 나에게 내 삶의 모양은 오로지 내 손이 닿는 곳까지만 알 수 있었다. 직접 가서 만져봐야 깨달을 수 있는 종류의 것이었다. 부동산을 계약하고 은행을 찾을 때 확인해야 하는 수많은 서류들처럼 아무도 알려주지 않아 덜컥 겁이 나고 막막해지는 것도 많았지만 하나씩 차례대로 겪고 손으로 만지다 보면 금세 아무것도 아닌 일이 되었다.

'겪어보니 별거 아니더라.' 이게 쌓여갈수록 어른이 되어가는 것 같다. 삶은 겪어보니 별거 아닌 것들의 누적이 되어간다.

이 책은 그런 과정들의 기록이다. 내가 내 힘으로 자립하고 손 닿는 만큼 어른이 되어온, 그리고 또 어른이 되어가고 있는 순간들의 기록. 처음 자립하는 동생 녀석이 보내오는 카톡에 하나하나 답하듯, 내 힘으로 삶을 꾸려오는 동안 묻고 싶었던 것들에 오늘의 내가 보내는 답장들. 어떤 것들은 겪어보니 별게 아니었고, 어떤 것들은 지나고 나니 참 별거였더라.

물어볼 형이 없었던 그 시절의 내가 이 이야기들을 듣는다면 뭐가 많이 달라졌을까. 아니, 자기 삶은 결국 자기 손으로 만질 수 있는 만큼 알아갈 뿐이다. 다만 조금은 겁이 덜 났을지도 모르겠다. 아, 겪어보면 별거 아닌가 보구나. 그 정도 얘기만 옆에서 누가 들려줘도 힘이 나는 순간들이 참 많다. 이 책이 그런 목소리였으면 좋겠다.

3장 ——— 단단한 홀로서기를 위한 도구들

4장 ——— 손이 더 멀리 닿을 수 있도록

1장

자립의 순간은 문득

자취하는 사람

"이상형이 새로 생겼어요. 자취하는 남자요."

가끔 만나는 정도의 사이인, 적당히 알고 지내는 어느 여성의 말에 잠시 움찔했다. 많이 듣던 농담의 성별이 바뀐 버전이다. 자취하는 여자 어쩌고 하는 농담을 좋아하지 않았던 터라 더 당황했던 것 같다.

사실 그 농담도 거기 묻은 달갑지 않은 뉘앙스를 걷어내고 나면 충분히 일리 있는 이야기다. 두 성인이 친밀한 사이가 되면 함께 일상을 보낼 수 있는 독립된 공간은 당연히 필요하다. 굳이 섹슈얼리티를 끌어들이지 않더라도, 함께 요리를 해먹고 편한 자세로 널브러져 영화를 볼 수 있는 공간이 있는 관계와 그 모든 것을 밖에서 해결해야 하는 관계는 형태가 다를 수밖에 없다.

하지만 그의 말은 다른 맥락이었다. 그가 말한 '자취하는 남자'는 자립한 성인을 말한 거였다. 소소한 것까지 자신의 생활을 스스로 책임지고 해결할 수 있는 사람. 자기 밥 자기가 차려 먹고 때 되면 빨래해서 널고, 너무 어질러지기 전에 적당히 청소할 줄 알고, 가족의 영향을 벗어나 자기 삶은 스스로 결정할 수 있는 사람.

물론 자취하는 남자도 사람 나름이라 내가 본 중에는 찬장에는 라면만 가득, 설거지도 제대로 안 해 곰팡이 핀 그릇이 개수대를 가득 채운 경우도 있었고, 들어와 앉으라는데 잡동사니와 쓰레기가 방을 꼼꼼히 채워 대체 어딜 앉으라는 건지 바닥 색깔조차 확인할 수 없는 경우도 있었다. 비단 남자만의 일이랴. 여자는 전부 깔끔하게 지낼 거라는 것도 편견이다.

아무리 그래도 혼자 나와 살면 확실히 더 많은 걸 알 수밖에 없다. 욕실은 항상 물을 사용하니까 따로 청소하지 않아도 깨끗하다고 했다는 어떤 이도, 혼자 나와 산다면 알게 될 테니까. 그가 깨끗한 화장실을 당연하게 쓰는 동안 물때가 끼지 않도록 항상 청소하는 사람이 있었다는 걸.

아무리 미뤄도 제 손으로 빨래하지 않는 이상 더는 입을 옷이 없는 순간을 만날 거고, 라면 끓일 냄비가 필요해서라도 설거지를 할 수밖에 없는 순간이 올 거다. 그게 귀찮아서 컵라면만 사 먹는 사람, 나아가 '물 끓이면 어차피 다 소독된다'며 설거지 안 한 냄비 그대로 다시 라면을 끓이는 사람 같은 극단적인 경우까지는 가지 말자.

나는 중학교를 졸업하면서부터 가족에게서 독립해 살았다. 기숙사 생활이라든지 군복무 기간이 섞여 있으니 그 모든 시간을 오롯이 자취라고 표현하기엔 무리가 있지만, 그래도 자립이라는 의미에서 크게 벗어나지는 않는다.

스무 해에 이르는 자립 생활. 모든 살림의 고수가 되어 있을 것 같지만 한국의 이십 대가 자립하는 여건이라는 게 그렇지 않다. 일단 요리를 할 수 있는 독립된 주방을 가지려면 최소 원룸에는 살아야 한다. 하숙방, 고시원에서는 꿈꿀 수 없다.

한국에는 집을 빌려 쓰고 그 대가로 낸 돈을 계약 만료 후 고스란히 다시 돌려받는 '전세'라는 놀라운 제도가 있지만, 학생 때 전세를 얻을 수 있는 사람은 많지 않다. 경제적으로 완전히 자립한 상태였던 내게 원룸은 월세로도 넘보기 어려웠다. 천만 원 단위의 보증금을 한 번에 낼 수 있는 목돈은 통장에 찍혀본 적이 없으니까. 어떻게든 마련할 수 있는 수준으로 보증금이 내려오면 이제 월세가 올라간다. 보증금이 싼 월세는 50만 원을 우습게 넘어가는데, 그걸 매달 내면 정말 모든 생활을 집에서만 해야 한다. 비싼 집을 100퍼센트 활용할 수 있으니 최소한 본전 생각은 안 나겠네.

내게 가능했던 선택지는 그나마 깔끔한 고시원이나 하숙집이었다. 요즘 대학가의 고시원은 조금만 찾아보면 비교적 쾌적하게 잘 꾸며져 있다. 드라마에서 흔히 소비되는 어둡고 음울한 이미지는 적어도 아니다. 하지만 그럭저럭 괜찮은 인테리어 속에서도 우울해질 수 있는 명분은 얼마든지 있다. 옆방 사람 방귀 소리까지 들릴 만큼 방음이 전혀 안 돼 늘 이어폰을 꽂은 채 살고, 한겨울에도 통화를 하려면 건물 밖으로 나와야 한다. 가장 사적인 공간에서도 편하게 목소리 한 번 낼 수 없는 곳.

매일같이 지친 몸을 추슬러 그 숨죽인 정적 속으로 돌아오면 가끔은 너무 답답해 소리를 꽥 질러보고 싶어진다. 물론 정말 그랬다간 짐 싸서 나가야 될 수도 있으니 해본 적은 없다. 한두 번은 봐줬으려나. 당연히 독립된 주방도 없다. 내가 내 주방을 갖게 된 건 직장이 생기고도 몇 년이 지나서다.

그러니 자립의 세월과 살림의 숙련도는 비례하지 않는다. 특히 요리는 혼자 사는 사람에겐 사치다. 장을 보고 재료를 손질해 요리했다가 치우는 시간까지 다 합치면 아무리 노련해져도 최소 삼십 분, 조금만 서투르면 한 시간은 족히 걸리는데, 혼자 먹는 건 십 분도 안 걸리기 때문이다.

게다가 무슨 재료든 1인분씩 사기는 어렵다. 재료를 아무리 조금 사와도 상하기 전에 다 쓰려면 두세 끼를 연달아 '먹어 치워야' 한다. 음식이나 식재료가 상할까 봐 먹어 치우는 건 살림하는 사람의 기본 소양이 된다. 그러다보면 어릴 적, 가족들이 모두 숟가락을 내려놓은 밥상에 마지막까지 앉아 꾸역꾸역 남은 음식들을 먹던 엄마 얼굴이 떠오른다. 살림하는 사람에겐 요리도 식사도 숙제다.

요즘에는 워낙 1인 가구가 많아 편의점에 가면 양파 반 개, 간 마늘 다섯 알씩 포장돼 있는 상품도 있긴 하지만 평범하게 장을 봤을 때의 가격을 생각하면 말도 안 되게 비싸다. 그렇게 장을 보느니 차라리 같은 메뉴를 식당에서 사 먹는 게 싸다. 심지어 돈 받고 파는 사람보다 내가 더 맛있게 잘할 리도 없잖아. 여러모로 비효율적인 활동이다. 혼자 사는 사람의 요리란.

그래도 거의 스무 해를 나와 살았으니 손님이 오면 모양 빠지지 않게 대접할 수 있는 요리 몇 가지는 생겼다. 요리는 몇 가지 기본적인 스킬의 조합과 변주라서, 이게 되면 웬만한 요리는 비슷하게 흉내 낼 수 있다. 그중 8할은 프라이팬 위에서 이루어진다. 끓이고 졸이는 것보다 볶고 굽는 게 쉽다. 자취생의 요리는 일단 달군 팬 위에 기름부터 두르고 시작한다.

어쩌다 가끔, 기분을 내고 싶을 때는 나를 위한 요리도 해 먹는다. 양념에 재운 소고기를 냄비에 담고 월계수 잎과 와인을 넣어 두 시간을 뭉근히 끓이면서 생각했다. 혼자 요리해 먹는 사람이야말로 진짜 인생의 여유를 즐길 줄 아는 사람이구나. 나는 아니고. 다신 해 먹지 말아야지.

더불어 아주 반듯하진 않아도 가스검침원 아주머니가 불쑥 집에 찾아왔을 때 너무 부끄럽지는 않을 정도의 청소 상태는 유지하며 살고, 꺼내 신을 양말이 없어서 어제 신은 양말 털어서 다시 신어야 하는 상황이 오기 전에 빨래도 미리미리 해두는 편이다. 너무 꼬기작꼬기작한 옷을 입고 나가지는 않아도 될 정도의 다림질은 할 줄 알고, 섬유유연제는 얼마나 써야 머리가 아프지 않고 은은한 향이 나는지도 알고 있다.

아, 공과금도 연체료가 붙지 않게 밀리지 않고 납부한다. 어릴 적

어머니는 편지함에서 고지서를 꺼낼 때마다 편지는 안 오고 맨날 돈 내라는 소식만 온다며 푸념하셨는데, 내가 그 소리를 하고 있다.

이제 모든 것을 혼자 결정하는 것이 익숙하다. 언제 잠들고 일어나며 언제 세탁기를 돌릴지의 사소한 것들부터, 언제 휴학하고 복학할지, 어디로 얼마나 여행을 갈지, 언제 어디로 이사할지, 직장은 어딜 갈지, 혹시라도 해고를 무릅쓰더라도 하고 싶은 말은 할 것인지, 누구를 만나고 언제 결혼할지까지. 내가 어떤 삶을 살고 어떤 사람이 될 것인지 누구와도 상의하지 않는다.

회사에서 해고된 지 일 년째 되던 새해에, 함께 맥주잔을 기울이던 아버지가 지나가는 말로 물으신 적이 있다. "그래, 너 올해는 어떻게 지낼 거냐." 새해라고 딱히 계획 같은 걸 세우는 아들이 아닌 걸 아실 텐데. 나는 "그냥 뭐 되는 대로 사는 거죠"라고 대답했고, 아버지는 "그래, 암 그래야지" 하고 웃었다. 그리고 살포시 짠, 마주 대는 맥주잔. 짧은 대답이지만 따뜻했다. 흉흉한 회사에서 까불다 잘린 아들에게 보내준 대답이었기에 더욱.

이런 신뢰는 물론 성격과 가치관의 산물이겠지만, 내가 꽤 일찍부터 가족 품을 떠나 모든 면에서 독립해 지내왔다는 사실도 중요한 배경일 거다. 서른이 넘은 성인이 자기 삶을 스스로 결정해 나가는 것은 자연스러운 일이지만 부모와 한집에 살고 있다면 꼭 그렇지만도 않다. 부모 자식 관계 이전에 한집을 공유하는 구성원으로서 상대방을 고려하는 것은 당연한 일이다. 고려를 하긴 하는데 문제는 이게 평등한 관계가 아니라는 거다. 어지간히 혁신적인 사고의 부모가 아니고서야 자기 집에 얹혀 사는 자식에게는 크고 작은 간섭을 할 수밖에 없다.

해서 대학을 졸업하고도 부모와 살고 있는 이들은 그야말로 서로 애증의 관계가 된다. 나이를 먹을수록 함께 사는 일은 부대끼고 지지고 볶는 일이 된다. 애초에 성인이 성인과 함께 사는 일은 양보와 배려의 연속이어야 한다. 그런데 가족은 오히려 가족이라는 이유로 이걸 생략하는 일이 왕왕 생긴다. 부모 자식이라는 수직적인 관계에서는 더욱 그렇다.

대학에 합격해 서울로 짐을 싸들고 오던 날, 이제 앞으로 살면서 내가 부모님과 함께 지낼 시간이 얼마나 될지 헤아려본 적이 있다. 군복무를 마치고 대학을 졸업하면 당연히 직장생활도 서울에서 하겠지. 고등학교도 기숙사에서 다녔는데 앞으로도 부모님과 한집에 사는 날은 이제 없다. 함께 있을 시간을 모조리 긁어모아 봐야 몇 년이 안 나오겠구나.

그러자 애증은 없고 애틋함만 남았다. 애증이 생기기엔 마주하는 시간이 턱없이 부족하다. 자주 하는 전화도 여전히 들을 때마다 목소리가 반갑고, 가끔 집에 가면 어떻게든 더 많이 대화하며 함께 있는 온기를 더하려 애쓴다. 더 이상 당연한 일상이 아니다. 그래서 더 쉽게 만날 수 있게 되었다. 일상 속 어머니, 아버지의 이름 뒤에 가려져 있던 윤문자, 권오수 씨를.

때로는 너무 일찍 집을 나오는 바람에 부모님과 보내는 시간을 너무 일찍 끝냈다는 생각에 쓸쓸해질 때도 있다. 하지만 장담하는데 아마 이 나이까지 함께 살았다면 일주일에 한 번은 얼굴 붉히며 싸웠을 거다. 지지고 볶는 지긋지긋하고 끈끈한 애정을 더 높이 사는 사람도 있겠지만 끊임없이 그 소중함을 실감하며 당연하지 않게 되새기는 지금의 사이도 나는 좋다.

자취하는 남자가 이상형이라던 그 친구도 그저 능숙한 살림꾼을 말한 것은 아니었을 거다. 크고 작은 문제를 혼자서도 해결하고 책임질 수 있는 독립된 인격에 대한 얘기였겠지.

나아가 서로의 관계를 온전히 개인과 개인의 관계로서 만들어갈 수 있는 사람에 대한 이야기이기도 하다. 누군가를 사랑하면 그 사람이 사랑하는 가족까지도 물론 사랑할 수 있지만, 그건 어디까지나 그 사람에 대한 애정이 자연스럽게 넘쳐흘러 갔을 때의 얘기다. 나는 개인을 만났는데 미처 준비도 되기 전에 가족이 우르르 딸려 오는 일은 당황스러우니까.

가족 한 사람 한 사람을 지지고 볶는 애증의 대상이 아니라 멀리 떨어져 온전한 개인으로 바라보는 일도, 만나는 모든 사람과 개인 대 개인으로서 관계를 만들어나가는 일도, 크고 작은 일을 혼자 결정하고 감당해내는 일도, 자기 생활의 살림을 스스로 책임지는 일도 모두 '자취하는 사람'이어야 온전히 가능한 일이다. 이 정도면 뭐, 이상형 삼을 만하다. 인정.

아 근데 저는 임자 있어요.

맛없는 오렌지

혼자 산다는 건, 집을 나왔는데 '보일러 껐나?'처럼 아차 싶은 일이 있을 때 부탁할 사람이 없다는 뜻이다. 그런 면에서 난 꽤 쓸데없는 수고를 자주 하는 편이다. 몸에 밴 습관들은 말 그대로 몸에 배어 하는 일이라 쉽게 잊어버리기 때문이다.

습관은 참 잘 들였다. 가스 밸브도 쓰고나면 제때 잠가두고, 집을 나설 땐 당연히 문을 잠근다. 잠그고 나서도 잘 잠겼는지 문고리를 두세 차례 당겨보기까지 한다. 문제는 그래 놓고도 그걸 까먹는다는 거다. 너무 의식 없이 하는 행동이라서. 몇 주짜리 출장을 떠나려고 무거운 캐리어를 들고 나와 신호등 앞에 서 있다가 퍼뜩, 문을 잘 잠그고 나왔는지 불안해진다. 심지어 여느 집이 그렇듯 우리 집도 문이 닫히면 자동으로 잠기는 도어락인데. 설마 그냥 닫기만 하면 잠기는 문을 열어놓고 나왔을까.

설마는 힘이 없다. 지금까지 항상 잘 잠갔어도 오늘 열어놓고 나왔다면 다 소용 없는 일이다. 캐리어를 들고 낑낑거리며 다시 올라가 확인해 보면 역시나 문은 잘 잠겨 있다. 사실 이렇게 돌아갔을 때 문이 열려 있었던 적은 한 번도 없지만 어쩔 수 없다. 이번에 열려 있으면 다 소용 없다니까.

결혼할 때 비상금으로 마련해 온 패물이나 집문서 같은 걸 장롱 깊숙이 모셔놓던 시절이었다면 모를까. 모든 재산이 디지털화되어 있는 요즘에야 솔직히 빈집을 털려봐야 그렇게 큰일 날 건 없다. 내 방에서 가장 비싼 물건은 노트북이나 카메라 정도인데, 오래 집을 비울 때면 보통 가져가는 물건이니 더욱 그렇다. 나머지는 책이며 옷이며 식기며 값어치는 안 나가고 부피만 잔뜩 차지하는 것투성이니, 이런 걸 낑낑거리며 짊어지고 갈 빈집털이가 있다면 애석할 지경이다.

오히려 무서운 건 내가 집에 있을 때 누군가 들어온다는 상상이다. 보통은 혼자 사는 여성들이 일상적으로 느끼는 공포지만 나처럼 180이 넘는 건장한 청년도 그 생각에 겁이 날 때가 많다. 혼자 잠들 때는 도어락뿐 아니라 손잡이의 기계식 잠금장치도 괜히 잠가놓고, 영수증도 택배 운송장도 습관적으로 꼼꼼히 찢어버린다.

대학 시절, 방 안에 있는 건 더 없고 시건장치도 더 허술한 고시원에 살 때는 그렇게까지 불안하진 않았다. 얇은 벽 너머로 옆방 사람의 존재감이 너무 일상적으로 느껴졌기 때문일까. 내가 살던 고시원은 건물 1층에 있었는데, 그나마 지대가 조금 높아서 웬만한 사람 눈높이 조금 위로 아슬아슬하게 창문이 있었다. 창이랄 것도 시원하게 열리는 종류가 아니라, 사무용 통유리 건물에서 흔히 볼 수 있는 납작한 환기용 창문이었다. 손잡이를 돌려 밖으로 밀면 위쪽으로 열려 간신히 환기 정도 할 수 있는 작은 창문.

창밖으로 보이는 건 담벼락뿐이었다. 창과 담벼락 사이 좁은 공간으로 존재감 없이 비루한 나무 몇 그루와 에어컨 실외기들이 간신히 자리 잡고 있었다. 체구가 작은 사람이라면 어떻게든 지나다닐 수 있었겠지만 딱히 신경 쓰이진 않았다. 창문은 사람이 통과하기엔 아주 작았고, 그 방 안에는 지금보다도 가져갈 게 훨씬 더 없었으니까.

이 소박한 방의 허술한 보안이 신경 쓰이기 시작한 때는 학교에서 영상 제작 수업을 듣던 시기였다. 학교 기자재실에서 실습용 HD 캠코더와 녹음 장비를 대여해 왔는데 당시만 해도 꽤 고가였다. 시건장치도 변변찮은 방에 고가의 장비를 두고 지내자니 여간 신경 쓰이는 일이 아니었다. 그렇다고 그 큰 짐들을 매번 들고 다닐 수도 없었다. 그나마 마음이 좀 놓였던 건 바로 그 큰 사이즈 때문에 저 작은 창문으로는 꺼내갈 수 없다는 사실이었다.

그런데 어느 늦은 밤, 학교에서 돌아와 방문을 열고 들어서는 순간 어둠 속 작은 환기창 너머로 검은 그림자가 휙 뛰어내리는 것이 아닌가. 가슴이 철렁했다. 절대로 잘못 본 게 아니었다. 분명 내 방 창문 밖으로 뛰어내리는 모습이었다. 뭐지, 누구지, 여기서 뭐하려고 했지. 그래도 1층인데 창문이 작다고 열어놓는 게 아니었나. 오만 가지 생각이 머릿속을 휘젓는 걸 느끼며 떨리는 목소리로 소리쳤다. 누구야!

후다닥 달려가 창밖을 내다보자 전혀 예상 밖의 광경이 눈에 들어왔다. 내 또래쯤 되어 보이는 여학생이 눈물이 글썽한 채 나를 올려다보고 있는 것이 아닌가. 죄송합니다아, 죄송합니다으아. 혀 꼬부라진 소리에서 술기운이 확 느껴졌다. 연달아 상상을 벗어나는 광경이 이어지는 바람에 아직 상황 파악이 안 되고 있는데 그 학생은 갑자기 묻지도 않은 얘기를 늘어놓기 시작했다.

제가요오, 오늘 어떤 남자를 만났는데요오오, 그 남자가 저한테 고백을 했그등요? 근데 저는 진짜 너어무 싫은 거예요오. 그래서 거절하고 나오는데요오, 한참 걷다 보니까 열쇠랑 지갑을 그 자리에 다 놓고 나온 거예요오.

이 대목쯤부터 목소리에 울음기가 섞였던 것 같다. 어쨌든 그 막막한 상황 속에서 자기 방 창문을 열어놓고 나왔다는 사실을 기억해냈고, 내 방을 자기 방으로 착각하고 들어오던 중이었다는 이야기를, 나는 '누구야'를 외치던 어정쩡한 자세 그대로 계속 듣고 있어야 했다. 내 방은 301호, 그 학생의 방은 302호인 모양이었다.

이 창문으로는 사람이 못 들어올 거라고 생각했는데요. 그 와중에 나는 또 이런 걸 물었다. 내 태연한 의문에 그는 배시시 웃으며 술에 젖은 목소리로 대답했다. 그게요오오, 여자는 돼요오오오. 그러니까 다음부터는 창문 꼬옥 잠그고 다니세요오오오. 아하. 참으로 상황에 걸맞은 충고다. 심지어 자기도 창문 열어놓고 나왔다며.

충고를 마친 그는 옆방의 자기 창문으로 비척비척 걸어가 힐을 신은 채 다시 낑낑 기어오르기 시작했다. 그 모습을 보고 있자니 어딘지 애처롭게 느껴져서, 저기요 좀 도와드릴까요, 물었다. 그러자 그는 고개를 휘휘 저으며, 아니요오오, 저 지금 되에게 쪽팔리거든요오오. 내일 자고 일어나면 지금 이거 다아 잊어버릴 거예요오오. 그르니까 그쪽도 제발 모른 척해 주세요오오오.

충분히 이해할 수 있는 말이었다. 집을 나설 때는 한껏 멋을 냈던 게 분명해 보이는 여자가 술에 잔뜩 취해 창문을 기어오르는 모습을 보고 있는 것도 할 짓은 못 된다 싶어, 원하는 대로 창문을 닫고 모른 척해 주기로 했다.

그런데 다음 날 아침, 누군가 내 방문을 두드렸다. 열어보니 어제의 그 여자가 이번엔 멀쩡한 모습으로 고개를 떨군 채 서 있는 게 아닌가. 그는 눈도 못 맞추며 혹시 자기가 어제 떨어뜨린 게 없는지 물었다. 창밖을 내다보니 에어컨 실외기 위에 파우치가 하나 떨어져 있었다. 주워다 줬더니 고맙다 죄송하다는 인사를 신음처럼 흘리고 도망치듯 자기 방으로 사라졌다.

그날 저녁 내 방 문고리에는 '어제는 죄송했습니다, 302호'라고 쓰인 메모와 함께 오렌지 한 봉지가 걸려 있었다.

이 시트콤 같은 이야기가 달달한 로맨틱코미디였다면 아마 두 사람은 그 뒤로도 고시원에서 자주 마주쳤을 거다. 어색한 긴장 속에 서로 아는 척을 하는 둥 마는 둥 하다가, 소개팅을 나갔는데 마침 상대가 앉아 있는 거다. 어! 301호! 302호! 여기서 소개팅은 반드시 둘 중 하나가 대타로 나간 것이어야 한다. 그렇게 티격태격하며 은근슬쩍 짓궂게 놀리기도 하고(요즘은 술 많이 안 먹나 봐요?), 챙겨주기도 하며(또, 또, 창문 열어놓고 나갔네!) 관계가 깊어지겠지. 그러다 고시원 사는 이 두 사람 앞에 자가를 소유한 또래의 매력남이 나타나면 이제 본격적인 갈등이 시작된다.

하지만 드라마는 드라마일 뿐. 그날 걸려 있던 오렌지는 정말 맛없었고, 302호 여자를 다시 마주치는 일은 없었다. 오렌지가 맛없기도 쉽지 않은데.

귀여운 이야기 같지만 그날 뒤로 나는 '창문으로 사람이 들어오는 일'을 종종 상상한다. 3층에 사는 지금은 일어날 법하지 않지만, 그래도 옆 건물 옥상 쪽으로 난 창문은 집을 비우거나 밤에 잘 때 꼭 잠근다. 나도 이런데 만약 저 이야기의 성별이 반대였다면 어땠을까. 내가 여자였고, 술에 취해 방을 잘못 찾은 이가 남자였다면. 그의 혀 꼬부라진 말이 얼마나 귀에 들어왔겠으며, 놀란 가슴은 진정될 수 있었을까. 아마 찌는 여름에도 창문을 열어놓고 자는 건 상상도 못 했을 거다. 아무리 좋은 조건이어도 1층, 아니 2층, 3층까지도 계약할 수 없는 사람이 됐을 거다.

그러고 보면 그 여학생은 마음에 들지도 않는 상대였다면서 무슨 술을 그렇게까지 마셨을까. 지갑을 놓고 오는 바람에 창문까지 탔으니 열 받아서 혼자 2차를 달린 것도 아니었을 텐데. 설마 그렇게 취할 때까지 싫다는 걸 상대가 붙들고 안 놔줬나. 나쁜 놈.

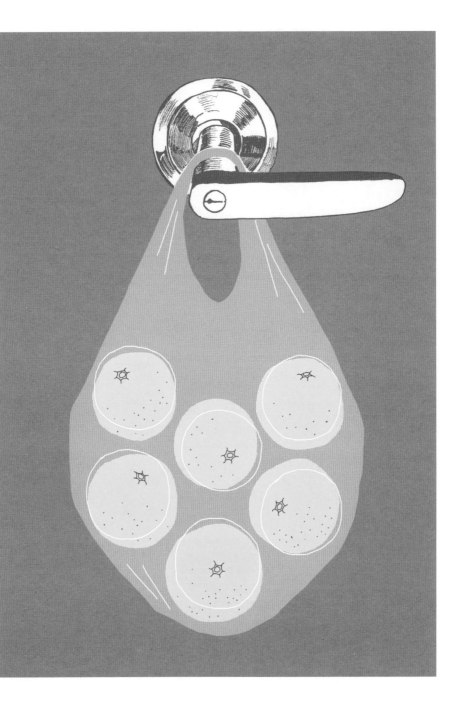

꽃을 좋아하던 아이

　모처럼 부모님 댁에 내려갔더니 거실 벽에 포스트잇이 두 장 붙어 있다. 가족 내 전달 사항을 포스트잇에 적어놓는 도시적인 가풍과는 거리가 먼 집이라 무슨 내용인가 하고 봤더니, 발신자는 위층에 사는 젊은 엄마인 모양이다.

　아이가 한창 뛰어다니는 나이인 것 같았다. 포스트잇에는 '항상 주의 시키고 있지만 많이 시끄러울 것 같다, 죄송하다, 늘 감사하다', '지난번 매트보다 더 두꺼운 매트를 거실에 깔았다, 앞으로도 주의하겠다, 항상 건강하시라' 같은 내용들과 함께 하나엔 추석 인사가, 다른 하나엔 새해 인사가 적혀 있었다.

　이렇게만 말하면 우리 집에서 항의깨나 한 것 같지만 사실 우리 부모님은 매일 새벽 다섯 시에 당신들의 식당으로 출근해 밤 열 시에 들어오신다. 하루 종일 비워놓은 집에 들어오자마자 곯아떨어지기 바쁘다. 위층에서 아이 뛰는 소리 정도가 훼방 놓을 피로는 아니다. 해서 괜찮다고 이미 여러 번 일러두었지만 윗집은 한결같다고.

부모님도 아이를 핑계로 안부를 묻는 사람 냄새가 싫지 않았나 보다. 거실 벽에 나란히 붙어 있는 작은 포스트잇 두 장에서 부모님의 웃는 얼굴이 보였다. 동시에 아이를 둔 부모는 집에서도 저리 노심초사하며 살아야 하는구나 싶은 생각도 들었다. 하기야 위층의 쿵쿵 소리가 몹시 괴로운 사람도 많을 테니.

우리 가족에게 그 정도 '아이가 내는 소리'는 예삿일이다. 우리 가족이 낚시용품점을 할 땐 가게 뒤에 딸린 작은 방이 우리 집이었다. 가게는 철제 컨테이너로 만들어진 가건물이었다. 얇은 스틸 벽은 추위도 소음도 어떤 것도 제대로 차단해 주지 못했다. 손가락으로 옆집을 똑똑똑 두드리면 그 소리를 듣고 서로 대화도 나눌 수 있었다. 물론 그렇게 하진 않았다. 가끔 옆집에서 벽에 기대는 소리가 들려오긴 했지만.

옆집에는 디지털 피아노를 파는 젊은 부부가 살았다. 부부에겐 어린 남매가 있었는데, 다섯 살 남자아이에겐 자폐가 있었고 그래서인지 두어 살 많은 누나는 조용하고 어른스러웠다. 디지털 피아노는 잘 팔리지 않는 것 같았다. 하지만 부부의 표정은 늘 건강해 보였고, 나는 그 얼굴을 볼 때마다 무언가가 마음에 남았다.

굳게 닫혀 있는 아파트의 현관과 달리 가게 주택의 얼굴은 쇼윈도로 이루어져 있기에 서로 지나가면 마주 인사할 수밖에 없었다. 그

때마다 웃는 얼굴이 진했다. 예사 웃음이 아닌, 상대를 향한 호감을 가득 담은 웃음. 그 웃음을 마주할 때마다 고마운 마음이 들면서 어딘지 빚지는 기분이 들기도 했다. 요령 없는 십 대였던 나는 그저 어색하게 마주 인사할 뿐이었으니까.

남자아이는 꽃을 많이 좋아했다. 그래서 꽃을 보면 불쑥불쑥 다가오곤 했다. 가게 주택이야 문이 항상 열려 있는 데다 그 가건물은 세 가구가 화장실을 함께 쓰는 구조라 건물 뒤쪽으로도 길이 통했다. 늘 열려 있는 문으로 아이는 때도 없이 들락거렸다. 언제 들고 나는지도 모르게 부지런해서 화장실을 나오는 문 앞에서 맞닥뜨린다든지 책을 읽다 고개를 들면 눈앞에 서 있다든지 했다. 그게 일상이 되면서 때마다 소스라치는 일도 줄어갔다.

그렇게 들락거린 이유는 역시 꽃이었다. 우리 집에는 꽃 화분이 많았다. 다만 아이가 꽃에 대한 애정을 표현하는 방법이 목을 똑똑 꺾어놓는 거라는 게 문제였다. 어머니가 아끼시던 난초 화분도, 아버지가 가꾸시던 흙밭의 파꽃도 차별하지 않고 성실하게 똑똑 꺾어놓았다. 두 분이 달리 속상해하지 않은 것은 다행이었다. 꽃만큼이나 꽃을 좋아하는 아이도 예뻐하셨다. 젊은 부부는 자주 미안한 얼굴을 조아리며 아이를 들쳐 안고 달려나갔다.

아이는 밤마다 크게 울곤 했다. 새벽 두 시 즈음이면 얇은 스틸 벽 너머로 자지러지게 소리 지르며 우는 아이와 어르는 부부의 절절한 목소리가 여과 없이 넘어왔다. 그 소리들은 괴롭기보다는 안타까웠다. 목소리마다 그 선한 얼굴이 보여 청하는 잠이 쓸쓸했다.

그래서였을까. 낚시용품 소매업의 사양길을 이기지 못해 우리 가족이 가게를 접고 이사를 떠나게 되자 젊은 부부는 많이 아쉬워했다. 새로운 이웃이 어떤 사람이 될지 걱정하는 눈치였다. 그 걱정이 무색하게 우리 가족이 떠나고 얼마 지나지 않아 그 집도 간판을 내렸다. 정말로 새 이웃과 어울리기 힘들었던 걸까, 아니면 낚시 가게만큼이나 디지털 피아노 가게도 사양길이었던 걸까.

거실 벽에 붙어 있는 포스트잇을 보니 꽃을 좋아하던 그 아이가 생각이 났다. 지금은 어떤 이웃들과 살고 있을까. 아직도 꽃을 좋아할까.

소음을 생각한다. 늦은 밤 혼자 지내는 방에 들어서면 탁, 불 켜는 소리가 어둠과 함께 적막을 걷어낸다. 옆방의 의자 삐걱대는 소리까지 다 들리는 고시원을 벗어났을 때 가장 좋았던 건 그 적막을 씻어낼 음악을 틀어놓을 수 있다는 사실이었다. 어떤 날은 자려고 누워 불을 끄고 나서도 음악은 계속 틀어두기도 했다.

고요는 어둠을, 어둠은 고요를 더욱 크게 만든다. 나는 혼자를, 고요를 좋아하는 사람인데도 가끔은 그렇게 감당이 안 되었다. 누군가는 외로워서 보지도 않는 TV를 켜두고 지낸다는 얘기도 종종 듣는다. 음악보다도 두런두런 사람 말하는 소리가 필요하다며.

우스운 일은, 혼자 지내면 그렇게 소음이 필요해 일부러 TV까지 켜놓으면서, 또 혼자 지낼수록 싫은 소음에는 더 예민해진다는 거다. 방에 놀러온 친구와 두런두런 이야기를 나눌 땐 집 밖의 소음은 잘 들리지 않는다. 가족이 있는 집에 머무를 땐 옆집에서 못 박는 소리도 그러려니 한다. 이야기를 나눌 수 있는 누군가와 함께일 땐, 내 의지와 상관없이 서랍과 방문을 여닫는 누군가가 한집에 있을 땐, 감각을 적당히 채워줄 소리도 있다. 사람 소리가 필요해 무언가를 틀어놓을 필요도 없고, 원치 않는 소리가 다른 곳으로부터 조금 들려온다 한들 그리 넘치지도 않는다.

누군가와 함께 지내는 건 조금 귀찮은 만큼 부드러워지는 일이다. 혼자 지내는 시간이 길어질수록 그 귀찮은 게 싫어 부드러움을 잊게 될 때가 많다. 아마도 지금의 나는 옆집 아이가 밤새 우는 소리, 윗집 아이가 쿵쿵 뛰는 소리가 꽤나 괴로울 것 같다.

빨래를 해야겠어요

시간 약속에 매번 늦는 사람들의 공통점은, 남들보다 딱히 더 게으르다기보다 인생을 너무 낙관한다는 데 있다. 버스로 30분 거리인 곳에 갈 때는 꼭 30분을 남겨놓고 집을 나선다. 이들의 머릿속 세상에서 버스는 내가 정류장에 도착할 때 딱 맞춰온다. 길이 막히는 일도 없이 원래 30분 걸리는 거리는 에누리 없이 딱 30분 만에 도착한다. 초행길이어도 헤매지 않을 자신이 넘친다.

이 낙관적인 시뮬레이션에는 정류장에 도착했는데 버스가 막 떠나버려 다음 버스까지 대기 시간이 15분 뜨는 상황이라든지, 도로 위에서 집회나 사고로 길이 한참 막히는 상황, 그밖에도 예상한 과정과 과정 사이 몇 분씩 걸리는 잡다한 일들은 포함되지 않는 것이다. 당연하게도 현실은 그렇게 완벽하지 않고, 이 낙천가들은 늦게

도착할 수밖에 없다. 그리고 진심으로, 시간 맞춰 나왔는데 버스가 안 와서, 차가 막혀서, 헤매느라, 여러 가지 예상할 수 없었던 변수로 늦었다며 미안해한다.

약속 장소에서 한참 멀리 사는 친구보다 근처에 사는 친구가 항상 더 늦는 미스터리도 이런 이유로 설명이 가능하다. 멀리 살면서도 잡다한 시간들을 고려하지 않기란 쉽지 않으니까. 하다못해 장거리 버스를 타는 사람은 집을 나서기 전에 버스 시간이라도 확인해야 한다.

심리학 용어 중에 '시간 수축 효과(Time Compression Effect)'라는 말이 있다. 같은 시간도 나이가 들수록 더 빨리 흐른다고 느끼는 현상을 말한다. 어릴 때는 특별하지 않은 일상도 낯설고 새롭기 때문에 그 시간이 고스란히 느껴지지만, 나이가 들수록 밥을 먹고 잠을 자는 일상적인 일들은 익숙해지는 만큼 무의미한 것이 된다. 시간의 감각은 이러한 순간들을 생략해 버리고 그만큼 더 빠르게 흘러간다.

나이를 먹지 않아도, 시간 수축 효과는 우리의 일상에서 이런 일도 겪게 만든다. 마트에 장을 보러 갔는데 좋아하는 요거트 세 개들이 묶음 판촉 행사를 발견했다. 묶음 상품은 두 가지다. 플레인 요거트 세 개로만 묶여 있는 상품과 플레인, 딸기, 블루베리 요거트가 골고루 섞여 있는 상품.

내가 좋아하는 건 플레인 요거트지만 그래도 세 개 묶음인데 매일 플레인만 먹으면 좀 지겨울 것 같다. 그래, 묶음 상품은 다양한

맛을 먹는 즐거움에 사는 거지. 해서 딸기와 블루베리가 섞여 있는 묶음 상품을 몇 개 들고 집에 온다. 하지만 며칠 지나고 나면 플레인 요거트만 사라진 채 딸기와 블루베리 요거트만 남아 있는 냉장고를 마주하게 된다. 다양한 맛의 묶음 상품을 사왔어도 결국 플레인 요거트만 꺼내 먹었기 때문이다.

약속 시간에 매번 늦는 사람과 딸기, 블루베리 요거트를 잔뜩 남겨놓은 사람의 머릿속은 비슷하다. 실제의 24시간은 머릿속 24시간보다 길고, 삶은 우리 생각보다 훨씬 더 사소하고 잡다한 일들로 이루어져 있다는 사실을 잊은 거다. 내가 플레인 요거트를 좋아하긴 하지만 오늘도 내일도 그다음 날도 플레인 요거트만 먹으면 질릴 거야, 다른 맛도 먹어봐야지. 이렇게 생각하는 머릿속에는 매일 요거트를 먹는 순간만 한없이 강조되어 있다.

실제로 우리의 일상은 어떠한가. 오늘 저녁에 요거트를 하나 꺼내 먹고, 자고 일어나 치열한 출근길을 버티고, 그나마 하루의 기쁨인 점심은 무얼 먹을까 고민하고, 그 선택권마저 빼앗는 부장 때문에 또 잠깐 답답하다가, 사람 때문에 웃고 사람 때문에 이를 갈고, 그렇게 지친 몸을 추슬러 집에 돌아와 양말 벗고 냉장고를 열어 겨우 요거트 하나 꺼내 먹을 수 있을 때쯤이면 어제 먹은 요거트의 맛 따위 머릿속에 남아 있을 리가 없다. 질리기는 무슨, 오늘도 좋아하는 플레인 요거트를 집어 든다.

시간 수축 현상. 머릿속으로 삶을 그릴 때, 실제 삶의 무수히 많은 사소하고 잡다한 순간들을 생략해 버리고, 지금 내 눈앞의 중요해 보이는 사건들만 한없이 강조해 생각해 버리는 현상. 낙관적인 지각쟁이가 집을 나설 때나 플레인 요거트 마니아가 장을 볼 때만 일어나는 일은 아니다.

우리는 미래를 그릴 때 습관적으로 지금 이 순간 머릿속을 묵직하게 차지하고 있는 일로 가득 채워진 삶을 상상한다. 하지만 미용실에서 못나게 잘라놓은 머리도 며칠 놀림 받고 나면 그럭저럭 익숙해지고, 친구들이 오면 파티왕이 되려고 사놓은 보드게임은 자리만 잔뜩 차지한 채 1년에 한두 번 꺼낼까 말까다.

이렇게 귀여운 일들만 강조된 미래라면 그나마 다행이지만, 이 수축 현상은 고통스러운 일일수록 더 강하게 일어난다. 가장 흔하게 경험하는 고통의 수축은 사랑하던 사람과 이별했을 때다. 앞으로 남은 날들은 지금 느끼는 강렬한 상실감으로만 가득찰 것 같다. 일상의 동선 어딜 가도 그 사람의 흔적뿐일 텐데. 지나가다 이 영화를 마주친다면, 가게에서 이 노래가 나와버린다면 또 무너져버리겠지. 문밖을 나서는 것도 두려워진다. 문을 걸어 잠근 채 방 구석 안에만 틀어박혀 버린다.

진짜 문제는 거기서부터 시작된다. 사소한 일상들은 사라지고, 수축된 미래가 고스란히 현실이 된다. 문을 잠근 방 안에서는 예측할 수 없는 일은 일어나지 않으니까.

나에게는 군에 처음 입대했을 때 비슷한 기억이 있다. 입대 직전까지 학업과 일을 병행하며 몸을 한계까지 밀어붙이는 대학생활을 하고 있었다. 입소 전날에도 새벽 두 시까지 일을 하고 돌아와 잠깐 눈을 붙이고 훈련소로 향했는데, 훈련소를 마치자 배치된 부대에서는 마침 8월의 무더위에 대규모 훈련이 예정되어 있었다. 더위와 훈련에 지친 나는 갈증을 못 이긴 나머지 훈련장의 개천 물을 들이켰다. 마시면 안 되는 물이라는 부대장의 경고를 듣지 못한 채.

하루가 지나지 않아 구토와 설사가 연달아 찾아왔고, 전입신고한 지 일주일이 채 안 된 신병이 그대로 의무실에 누워 있는 신세가 되었다. 군대에서 좋은 첫인상일 수가 없었다. 스스로가 한심했다. 선임들 눈치도 보였다. 전방 부대에는 대학을 다니다 온 사람이 많지 않다. 고등학교만 마치고 일을 하다가 온 이들 속에서 명문대를 다니다 들어와 몸져누운 신병은 다른 모든 이유를 제치고 '공부만 하느라 다른 건 제대로 할 줄 모르는 놈'이 된다. 살면서 무엇이든 낙오해 본 적이 없는데, 분했다.

진짜 문제는 의무실을 바로 벗어나지 못했다는 거다. 처음엔 개천 물로 시작한 게 분명했던 구토 증세는 좀처럼 나아지질 않았다. 구토 때문에 아무것도 먹지 못한 빈속이 악순환에 들어선 것 같았다. 지속된 구토로 상해버린 위벽은 계속해서 음식물을 받아들이지 못하고 게워냈다.

여기에 심리적인 문제까지 더해졌다. 음식을 못 먹으니 하루 종일 수액을 꼽고 누워 같은 천장만 보며 눈을 떴다 감기만 반복했다. 흔히 군대에서 의무실에 누워 있으면 '꿀 빤다'는 소리를 듣지만 망가진 머리에는 TV도 책도 들어오지 않았다. 할 수 있는 건 그저 쓸데

없는 생각들이었다.

입대 전에는 하루 한 시간이 아까울 만큼 꽉 채운 밀도의 삶을 살았는데, 이곳의 일상은 하루하루가 무의미의 향연이다. 오늘은 땅을 파고 내일은 그 땅을 다시 메우는 아무 의미도 성취도 없는 2년. 눈에 보이는 아름다움이라고는 찾아볼 수 없는 황폐하고 칙칙한 색으로 가득 찬 2년. 군대가 아니었다면 정말 많은 걸 이룰 수 있는 시간인데, 이렇게 지은 죄도 없이 손발이 묶인 채 시간을 땅에 묻어버려야 한다니.

음침하고 비좁은 의무실에 누워 있으면 저 2년의 절망스러운 시뮬레이션이 끊임없이 머릿속에서 반복 재생 됐다. 그 까마득함에 명치가 꽉 조여 숨이 쉬어지질 않았다. 구역질은 갈수록 심해졌다.

이즈음부터 구역질은 몸의 문제가 아닌 게 분명해졌다. 입대를 즈음해 살이 많이 붙어 80킬로가 넘었던 몸무게는 두 달여 만에 50킬로대에 접어들었다. 내 키가 180이 넘으니, 50킬로대의 몸무게가 어떤 모습이었을지 상상하긴 어렵지 않다. 군 병원에서는 내과 환자로 분류되어 있던 내게 불안장애라는 병명을 덧붙였다. 향정신성 의약품을 처방받았고 그걸 먹으면 온몸이 축 늘어져 아무 생각도 하지 않을 수 있었다. 생각할 힘이 없자 불안하지도 않았다. 그래서 조금 버텨졌다. 약을 먹고 버틴다는 건 그런 거였다.

그 아득한 상황을 벗어날 수 있게 해준 건 우습게도 빨래였다. 열악한 군 시설은 온수도 세탁기도 아무 때나 쓸 수 없었다. 소소한 속옷 같은 건 찬물에 손으로 빨아야 했다. 그렇게 빨래를 하다

보면, 손에 닿는 그 차가운 감각에 정신이 번쩍 들었다. 까마득히 반복되던 2년이 손끝의 감각에 잊혀졌다. 차가운 물방울, 물을 먹은 섬유의 질감, 시린 손, 쪼그려 앉아 체중이 느껴지는 두 다리, 저려오는 발.

이런 사소한 것들이 느껴질 때 시간은 더 이상 수축하지 않았다. 생생한 감각 속에서 시간도 진짜로 느껴졌다. 기운을 냈다. 정신과 약을 서랍 속에 집어넣고 피어오르는 불안을 억누르며 소일거리들을 더 찾아다녔다. 잡다하고 단순한 일들을 나에게 시켜달라고 나섰다. 그렇게 손끝에 만져지는 것들에 집중하면서, 나는 수축된 시간을 벗어났다. 나중에는 일을 너무 맡아버려 휴가도 제대로 못나가게 되었다는 부작용이 생겼지만.

그러니까, 일상은 소중하다.

약속 시간에 맞춰 집을 나설 때나, 마트에서 요거트 묶음을 살 때 정도는 잠깐 잊어버려도 괜찮다. 귀여운 지각이나 딸기와 블루베리 요거트로 가득한 냉장고 같은 걸 남길 뿐이다. 하지만 마음이 정말 어둡고 지쳐 있을 때는 일상을 잊으면 안 된다. 창문을 열어 찬 공기를 들여야 한다. 방문을 열고 나와 걸어야 한다. 기분 좋은 섬유유연제 냄새를 맡으며 젖은 빨래를 맨손으로 건조대에 널고, 편의점에서 산 플레인 요거트를 담은 비닐봉지의 사그락대는 촉감을 느끼며 밤 공기를 마시는 게 좋다.

마음이 어두울 때든 밝을 때든, 너무 막연한 미래는 자주 그리지 않는 게 좋은 것 같다. 인생은 생각보다 사소하고 잡다한 것들로 가득 차 있으며, 그것들을 허투루 놓치지 않고 매일 하나하나 마음을 쏟다보면 생각보다 그리 나쁘지 않은 곳으로 흘러가는 것 같으니.

그래서 이적의 노래, 〈빨래〉를 좋아한다. 워낙 이 사람의 노래들을 좋아하지만 그중에서도 이 노래를 들을 때면 손끝의 차가운 물기가 떠오른다. 아마 그도 나와 같은 경험을 한 걸까.

빨래를 해야겠어요 오후엔 비가 올까요
그래도 상관은 없어요 괜찮아요
뭐라도 해야만 할 것 같아요 그러면 나을까 싶어요
잠시라도 모두 잊을 수 있을지 몰라요

운동이 아니면 죽음

대학원에서 문학을 공부하며 노동운동에도 헌신적인 친구와 만났다. 이런저런 근황을 나누던 중에 친구가 너무나도 결연한 말을 던진다.

"대학원생들도 요즘 다 운동 안 하면 죽는 거다, 그런 얘기해."

아아, 어느 386이 '요즘 젊은이들의 개인주의'를 탓했던가. 오늘날 상아탑은 이렇게나 피가 끓는다. '운동이 아니면 죽음'이라니, 이토록 서슬 퍼런 각오가 어디 있단 말인가. 문학을 하는 이가 사회운동에 투신하는 것이 바람직한지를 따지는 해묵은 논쟁은 차치하고라도, 목숨을 운운하는 젊은 신념이 이렇게나 생생하게 살아 있다는 건 인상적인 일이다. 캠퍼스 학생운동의 시대는 사실상 종언을 고했다고 생각했는데 그 명맥이 아직도 굵직했구나. 적잖이 신기해하는 내 반응에 친구는 호통을 치며 나의 편견을 혼낸다.

"아니, 엑서사이즈, 엑서사이즈! 무브먼트 말고 이 사람아! 이제 몸이 운동 안 하면 죽을 것 같다고!"

혼난 편견은 학생운동 정신에 대한 게 아니었다. 운동이란 단어에서 엑서사이즈보다 무브먼트를 먼저 떠올리다니. 이건 다 그 친구가 무브먼트에 열심인 사람이라서다. 내 탓이 아니다. 나는 아주 온건한 소시민인 걸.

온건한 소시민으로서 '무브먼트 아니면 죽음'이란 구호에는 조금 놀랐지만 '엑서사이즈 아니면 죽음'에는 깊이 공감한다. 나는 원래 체력이 좋은 편이었다. 주변에서도 놀라워할 정도였다. 이틀 밤 정도는 거뜬히 샐 수 있었다. 지금 생각해도 놀라운 체력이다. 몸은 하나인데 학업과 생업을 병행하자니 선택권이 없었다. 소화가 잘 안 돼 속은 늘 쓰리고 편두통은 기본에 관절과 근육이 구석구석 뻐근하다는 사소한 부작용이 있긴 했지만 어쨌든 그게 되긴 됐다.

이제 안 된다. 할 일이 많으면 밤새서 해야지 하던 버릇은 이제 안 통한다. 점점 밤을 꼴딱 새는 게 불가능해지고, 깊은 새벽 어딘가에서 졸기 시작한다. 어쩌다 겨우 새는 데 성공하면 다음 날은 초죽음이 되어 하루를 망친다. 대학 때만 해도 신나게 뛰어다녔던 농구 코트는 한두 번만 왕복해도 심장을 토해낼 것처럼 숨이 벅차다. 잔병치레는 늘고 몸은 점점 무거워진다. 이쯤 되면 저 말이 생각난다. 아, 운동 안 하면 진짜 죽겠구나.

일상에 운동의 자리를 마련해 주는 건 정말 쉽지 않다. 안 하면 죽겠다 싶은 생각이 들 정도라면 이미 몸은 축날 만큼 축났다는 말이다. 어차피 넉넉히 쉬어가며 지내는 사람에게는 좀처럼 들 일이 없는 생각이다. 쉴 시간이 부족하고 그래서 어쩌다 시간이 생기면 침대에 절여져 있는 이들에게 떠오르는 일이 훨씬 많다.

그러니까 문제는, 그런 사람들은 정말로 시간이 생기면 침대에 절여져 꾸역꾸역 잔다는 거다. 운동을 언제 해, 잘 시간도 모자라 죽겠는데. 짬짬이 난 시간을 긁어모아 침대에 다 쑤셔넣어도 잠은 모자라다. 으악, 이렇게 피곤한데 운동까지 하자니 죽을 것만 같아. 너무 피곤해서 운동을 해야겠는데 너무 피곤해서 운동을 할 수가 없다. 운동을 안 하면 죽을 거 같은데 운동을 하면 죽을 거 같다.

근데 정말 그렇다. 침대에 눕고만 싶은 마음과 싸워가며 시간을 쥐어짜내 겨우 안 하던 운동을 하기 시작하면 처음에는 정말 죽을 것 같다. 그동안 방치해 온 시간을 따라잡고 싶은 마음에 풀리지도 않은 몸으로 무리도 해본다. 그럼 이제 근육도 놀라고 폐도 놀란다. 으아아아 주인 놈이 드디어 미쳤어. 이어지는 온몸의 격한 항의. 그래서 모처럼 운동하고 난 뒤의 며칠은 안 했을 때보다 더 괴롭다. 뭐야 운동하면 몸도 개운하고 삶의 질도 나아진다며. 안 할 때보다 더 쑤시는데. 어디 갔어, 원래도 없던 내 삶의 질.

잘 맞는 운동을 찾는 게 중요하다. 내가 처음으로 돈을 내고 해본 운동은 크로스핏이었다. 정확히는 내 돈은 아니었고, 내가 회사에서 해고되었을 때 그 사실이 안타까웠던 한 선배가 자기 돈으로 먼저 등록부터 해놓고 나에게 알려줬다. 시간 생긴 김에 운동이라도 하렴. 그 선배도 '운동 안 하면 죽겠다'는 걸 느꼈던 사람이었고, 그 느낌에서 끝내지 않고 크로스핏으로 탄탄한 몸을 얻어낸 사람이었다. 그래서인지 운동을 권하는 그의 태도에서 강력한 확신의 힘이 느껴졌다.

문제는 사람마다 잘 맞는 운동이 다르다는 사실이었다. 그 마음이 너무 고마웠지만 크로스핏은 운동 부족보다 먼저 나에게 죽음을 안겨줄 것만 같았다. 아 운동하다 토 나온다는 게 이런 거구나. 선배의 호의를 생각해 꾸준히 나가려 노력했건만 매주 다가오는 크로스핏 시간은 공포 그 자체였다. [운동에 대한 친밀감이 1 하락하였습니다.]

두 번째로 돈을 주고 한 운동은 헬스장의 PT였다. 운동을 시작하려는 이들에게 가장 무난한 선택지 아니던가. 집에서 가까운 곳에 등록을 했다. 나에게 배정된 트레이너에게 "저는 막 근육을 키우고 싶은 생각은 없고 그냥 건강하게……"까지 얘기했을 때 내 말을 자르고 들려온 대답은 "회원님! 남자는 무조건 사이즈입니다! 다 필요 없어요! 사이즈!"였다.

확실히 팔짱도 낄 수 없을 것 같은 사이즈의 이두삼두를 가진 그 트레이너는, 내가 다른 사람들이 하는 재미있어 보이는 동작에 관심을 가질 때마다 "회원님! 저런 운동은 그냥 쓰레기입니다, 쓰레기! 저런 건 막 뚱뚱한 여자들이 운동하기 싫어할 때 재미나 붙이라고 시키는 거예요. 남자는 무조건 웨이트입니다! 사이즈!"라고 대답했다. 이 놀라운 신념. 이 정도 믿음이면 온 우주가 도와 그의 사이즈를 키워줄 것만 같다.

하루는 옷을 갈아입고 집에 가는 길에 직원들끼리 이야기하는 소리가 들려왔는데 그중에서도 예의 그 트레이너 목소리가 제일 컸다. "솔직히 운동하는 사람 입장에서 엄마 밥은 쓰레기야! 나트륨 높지, 탄수화물 높지, 엄마 밥 쓰레기!" 모든 트레이너가 그런 건 절대 아니겠지만 어쨌든 난 '사이즈'와 '쓰레기'를 신봉하는 그분 덕분에 헬스 PT에도 애정을 붙이지 못했다. [운동에 대한 친밀감이 2 하락하였습니다.]

그러다 필라테스를 만났다. 요가에 조예가 깊은 연인 덕분에 함께 요가 수업을 몇 차례 간 적이 있는데, 다른 운동에는 영 재미를 못붙이면서 요가는 그럭저럭 재미있게 하는 나를 보고 연인은 필라테스를 추천했다. 나에게 필요한 운동이라면서.

과연 연인의 눈이 정확하다. 필라테스는 재미있었다. 요가처럼 느슨하게 쉬어가며 하는 운동인 줄 알았더니 웬걸, 강도 높은 근육 운동이었다. 하지만 크로스핏처럼 토 나오게 힘든 것도 아니고, 헬스 PT처럼 재미없는 '사이즈 벌크 업'의 반복도 아니었다. 몸의 자잘한 근육 하나하나에 세심하게 집중하며 늘렸다 당겼다 하는 과정을 살살이 느낀다.

나에겐 이게 중요했던 거다. 마냥 몸을 괴롭히고 정신력으로 승부하는 게 아니라, 동작 하나를 해도 내가 지금 뭘 하고 있는지 정확히 알고 세밀하게 움직이는 운동.

내 몸을 세심하게 느껴야 하는 이 운동을 일 년 가까이 하면서, 내 몸에 대해 두 가지를 깨달았다. 첫째는 어깨다. 나도 모르게 어깨에 쓸데없는 힘을 너무 많이 준다. 다리에 힘을 줘야 할 때도 어깨에 힘 빡, 배에 힘을 줘야 할 때도 어깨에 힘 빡. 이쯤 되면 어깨에 자유 의지가 있는 게 아닌가 싶을 정도다. 운동하면서 강사에게 제일 많이 듣는 말이 "회원님, 어깨 힘 빼시고!"다. 선생님, 어깨한테 직접 얘기 좀 해주세요. 그래도 자꾸 듣다 보니 이제 뭘 할 때마다 어깨에 힘부터 빼는 습관이 들었다. 운동복을 벗고 책상에 앉아 있을 때도 말이다.

두 번째는 숨이다. 평소보다 강한 힘을 줘야 할 때면 헙, 하고 숨을 참는다. 근육이 아플 때도 끄으으으, 숨을 안 쉬고 있다. 그러면 또 "회원님, 숨 쉬세요, 숨!" 하고 타이르는 소리가 들려온다. 덕분에 숨을 길게 내쉬면서도 힘을 쓸 수 있다는 걸 처음 알았다.

아, 세 번째로 많이 듣는 말은 "회원님, 배꼽 더 집어넣으세요, 배꼽, 스쿱!"이다. 필라테스가 너무 힘들었던 어떤 네티즌이 이런 말을 했는데 내 마음과 꼭 같다. 선생님 그거 배 다 넣은 거예요. 나와 보이는 건 뱃살이에요. 선생님은 이런 배 가져보신 적 없으시죠.

힘이 들어간 어깨, 습관처럼 멈추는 숨. 둘 다 필라테스를 하기 전에는 깨닫지 못했던 것들이다. 힘이 필요할 때 나는 숨이 멎은 채 어깨에만 힘이 잔뜩 들어가 있구나. 내 몸 구석구석을 느끼며 집중하는 운동을 하며 알게 되었다. 힘을 써야 할 때는 오히려 어깨에 힘을 빼고, 심호흡을 크게 해야 한다는 것을. 그리고 힘이 필요한 곳에 정확히 집중해야 한다는 것을. 비단 필라테스를 할 때가 아니어도.

필라테스를 하기 전에 이토록 내 몸에 집중해 본 적이 있었는지 생각해 본다. 있긴 있다. 아플 때다. 혼자 사는 사람은 평소 자기 몸에 아무리 무심하더라도 컨디션이 이상한 느낌이 들면 몸이 보내는 신호에 민감하게 반응해야 한다. 돌봐줄 사람이 없으니까.

아파서 드러누웠다고 약이랑 죽을 사다줄 사람도 없고, 다 먹은 죽 그릇을 대신 설거지해 줄 사람도 없다. 땀에 젖은 옷을 대신 빨아줄 사람도, 비좁은데 흐트러지기까지 한 집을 정리해 줄 사람도 없다. 그 와중에 출근은 해야 하니 스스로 잘 챙기지 못하면 눈 깜짝할 새에 몸도 집구석도 엉망이 된다. 그러니 몸살은 커지기 전에 싹을 잘라버려야 되고, 그러려면 몸을 예민하게 느껴야 한다.

혼자 지낸 시간이 쌓인 만큼 몸살 기운이 느껴질 때 취하는 행동은 거의 매뉴얼이 되었다. 어라, 으슬으슬한 것이 그냥 피곤한 게 아닌 것 같다 싶으면 일단 취소할 수 있는 일정은 모조리 취소하고 곧장 집으로 향한다. 향하는 길에 식당에 들러 뜨끈한 음식을 한 그릇 먹고, 약국에서 해열제와 항생제를 사온다. 집에 오자마자 씻고 약을 삼킨 뒤 옷을 잔뜩 껴입은 채 두꺼운 이불 속에 들어가 눕는다.

답답할 만큼 더운 잠자리를 버티며 의식을 잃듯 잠들면 미열에 머무르던 열 기운이 훅 올라와 자는 동안 몸이 펄펄 끓는다. 정신을 차려보면 이불 속에 껴입었던 옷은 땀으로 푹 젖었고 그 땀과 함께 열도 식었다. 다음 날 세탁기를 돌려놓고 조금 일찍 출근해 링거를 맞고 나면 멀쩡하게 다시 하루를 시작할 수 있다.

사람마다 다르겠지만 내겐 몸살이 올 때 거의 예외 없이 먹히는 방법이다. 혼자 살면 아플 때 제일 서럽다고들 하는데, 익숙한 대처법이 있어서 딱히 서럽고 말고 할 것도 없다. 기계처럼 딱딱, 절차를 따르는 데 집중한다. 오히려 옆에서 걱정하는 사람이 없어서 더 효율적이다. 정말로 몸을 가누기 힘들 정도의 중병이라면 도움이 절실하고 고맙겠지만, 하룻밤 끙끙 앓으면 끝나는 몸살은 옆에서 누가 걱정해 주면 내 마음만 더 안 좋다. 사실 해줄 수 있는 것도 별로 없다. 내 몸에는 결국 내가 신경을 쓰는 게 제일 중요하다.

재미있는 것은, 필라테스를 시작한 일 년여 동안 저 회복 절차를 밟을 일이 없었다는 거다. 그 전에는 일 년에 한 번은 연례행사처럼 꼬박꼬박 앓았는데. 몸에 관심을 주지 않고 바쁘게 살 때 몸이 못 받은 관심을 한꺼번에 청구라도 했던 걸까. 몸 구석구석 집중하는 운동을 꾸준히 하니 일 년에 한 번 엄청난 관심을 몰아서 요구하는 몸살은 필요 없어진 모양이다.

어떤 식으로든 몸은 자기가 받아야 하는 관심을 다 받아내고야 만다. 평소에 골고루 주느냐, 아니면 한 번에 몰아서 주느냐가 다를 뿐.

프로 테크닉 코믹스

내 또래라면 누구나 알 '그려보자' 시리즈의 김충원 선생님은, "그림을 잘 그리려면 어떻게 해야 하나요?"라는 막연한 질문에 이렇게 답했다.

"아이는 누구나 예술가로 태어납니다. 누구나 어릴 땐 하얀 벽마다 아무거나 손에 잡히는 것들로 그림을 그려놓곤 합니다. 그 취미를 잃지 않고 자라면 그림을 좋아하는 어른이 되어 그림 실력도 함께 자랄 거고, 자라면서 다른 것들에 마음을 주면 그림 실력은 거기서 멈추는 거겠죠."

어느 인터뷰의 인상적인 대목이었다. 원전이 뭐였는지 찾으려고 몇 차례 검색을 해봤는데, 과거의 모든 자료를 다 찾아낼 수 있는 인터넷 시대건만 내 검색 능력의 부족인지 찾지 못했다. 그래서 소소한 표현은 다를지도 모르겠다. 하지만 한 마디 한 마디 기억에 남을 만큼 나에게는 와닿는 말이다.

내가 그랬다. 기억할 수 있는 가장 어릴 때부터 나는 밥상 앞에 다리 뻗고 앉아 하루 종일 쉬지 않고 무언가를 그리곤 했다. 공책이나 스케치북으로는 감당이 안 돼 아버지는 매일 회사에서 지그재그로 뜯어 쓰는 복사용지의 파본을 한 상자씩 업어오셨다.

학교에서도 나는 늘 '쉬는 시간에 교실에서 만화 그리는 애'였다. 고등학교 때까지 그 취미는 계속되어서 나는 당연히 만화가나 그래픽 디자이너 같은 직업을 가지거나, 그것도 아니면 극장 간판이라도 그리면서 살 줄 알았다. 하지만 그것도 제대로 공부하려면 돈이 꽤 많이 드는 예술이었다. 인문계에 진학한 나는 예고 다니는 친구들의 작업물을 종종 어깨너머로 훔쳐보는 걸로 만족하며 당장 할 수 있는 공부를 열심히 했다. 생각보다 공부도 잘 맞았다.

결국 성적 맞춰 간 대학에서 그림이 아닌 공부에 마음을 빼앗겼고, 다른 어른들처럼 내 그림도 거기서 멈췄다. 비디오를 만드는 PD가 됐으니 어릴 적 상상에서 그렇게 멀리 오진 않은 셈이다. 고등학교 때 멈춘 그림 실력도 가끔씩 써먹고 있고.

어릴 적 복사용지를 박스로 가져다주던 아버지는, 내 나이가 두 자리가 될 즈음부터 꽤 무뚝뚝했다. 좋은 아버지였지만 다정한 아버지는 아니었고, 다정한 남편은 더더욱 아니었다. 아주 어릴 적 기억들을 더듬어보면 퇴근길에 도도도 달려가 번쩍 들려 목마 타는 장면도 많고, 활짝 웃는 모습도 많았다. 사진도 잔뜩 찍어주고, 손잡고 산에도 자주 가는 아버지였다.

모두가 그랬듯 IMF가 문제였던 것 같다. 웃는 얼굴의 기억은 그 즈음부터 쌓이지 않았다. 화창했던 아버지의 기억은 오랜 세월에 바래만 갔다. 다시 불러오기는 점점 어려워졌다. 안동 집성촌 종가의 아들로 자란 분이라며 나는 그 무뚝뚝함의 이유도 스스로 찾아내 붙여버렸다.

집성촌 종가의 아들로 자라 국가의 부도를 겪고 나락을 경험한 아버지에게, 공부는 곧잘 하는데 백날 천날 앉아서 되도 않을 만화만 그리는 아들은 어떻게 보였을까. 세 살 네 살 아기에게 복사용지 박스를 가져다줄 때와는 다른 마음이지 않았을까.

무뚝뚝한 아버지는 거리감을 주기도 했지만, 심리적인 공간을 보장해 준다는 뜻이기도 했다. 내 성적은 나쁘지 않은 편이었지만 여느 부모의 눈에 그렇듯 '딴청 안 부리고 조금만 더 노력하면 훨씬 더 잘할 녀석'으로 보이지 않았을 리가 없다. 그런 아들이 공책을 더미로 쌓아가며 만화만 그리고, 푼돈이나마 쥐여주면 집 한구석에 만화책만 차곡차곡 늘려간다는 걸 뻔히 알았을 텐데도 아버지는 달리 말이 없었다.

중학교 진학이 얼마 안 남았을 즈음 지나가는 말로, 그래 커서 무얼 하고 싶으냐 물으셨던 기억이 난다. 만화가나 그래픽 디자이너 같은 게 하고 싶다 대답했다. 극장 간판 이야기는 안 했다. 썩 마뜩잖은 기색이었지만 그때도 가타부타 말은 없으셨다.

그리고 그 주에 책을 두 권 사오셨다. 『프로 테크닉 코믹스』와 『만화 프로테크닉』. 만화 그리기의 기초 지식을 다룬 책들. 한 번도 만화에 관심을 보인 적이 없었던 아버지가 사온 책이라기엔, 아주 충실하고 유익했다. 인터넷도 없던 시절, 서점에 들어가 주인에게 아들 녀석 얘길 하며 이것저것 물어보았을 모습을 생각했다. 이걸 사서 들고 들어올 때 무슨 마음이었을까. 지금도 책상 옆에 꽂혀 있는 두 권의 책을 볼 때마다 그때의 아버지 얼굴을 상상해 본다.

나는 유년기 이후로 내 선택에 대해 부모님의 반대나 염려를 받은 적이 없는, 아주 독립적으로 자란 사람이다. 그리고 그 두 권의 만화 작법책은 내가 어떤 선택을 하든 당신은 그걸 응원하겠다는, 기억 속 아버지의 첫 표현이었다. 그 뒤로 삼십 대의 중반이 되기까지 나는 거의 모든 것을 혼자 결정하고 혼자 해결해 왔고, 그동안 아버지는 늘 똑같은 태도로 나를 신뢰하고 응원해 왔다.

홀로 단단하게 설 수 있으려면 역설적이지만 넉넉하게 품어주는 누군가가 필요하다.

소리 고생

초등학교 1학년 때 일기장을 들춰보다 빵 터진 대목이 있다. 옆집에 새로 이사 오는 소리가 하루 종일 시끄러워 고생스러웠다는 내용이었다. 근 삼십 년 전 일기가 반가웠던 건, 지금도 나는 꽤 많은 것에 무던한 편이지만 유독 소리에는 예민하기 때문이다.

이 예민함의 오래된 뿌리를 발견해 빵 터진 것은 아니었다. 하루를 겪은 감상을 자유롭게 적어 넣는 어른들의 일기장과 달리, 초등학교 저학년을 위한 일기장엔 날짜, 날씨, 오늘의 기분처럼 구체적인 것들을 적는 칸이 따로 있다. 일기란 걸 처음 써보는 꼬마 작가들을 위한 길라잡이인 셈이다. 그중 '오늘 한 일'에 적혀 있는 말이 내가 빵 터진 이유였다.

"오늘 한 일: 소리 고생."

아이고, 여덟 살 꼬마가 얼마나 힘들었으면 이런 조어를 다 만들어냈을까.

싫어하는 소리를 꼽아보자. 누구에게나 달갑지 않은 소리지만 유독 내 귀에 더 끔찍한 그런 소리. 일단 나에게는 자동차 경적 소리다. 차 안의 운전자가 할 수 있는 소통이랄 게 경적을 울리는 것밖에 없으니 피치 못할 경우는 물론 써야 한다. 신호가 바뀌었는데 앞차가 딴청에 빠져 출발하지 않고 있다면 가볍게 빵, 한 번 해줄 수 있다.

듣기 싫은 건 감정이 섞였을 때다. 운전이 미숙해 헤매고 있는 차가 있으면 까짓것, 운전 선배가 적당히 돌아가주면 될 것을 빠아아아아앙, 빵빵빵빵빵, 빠아아아아아앙, 있는 대로 짜증을 섞어 울려대는 경적은 정말 듣기 싫다. 상대가 허둥지둥 서둘러 상황이 빨리 해결된다면 그나마 의의가 있겠지만 대개는 재촉해서 빨리 해결될 일이 아니다. 그냥 짜증내는 거다. 제 성이 풀릴 때까지 울려대는 경적을 듣고 있노라면 욕지기가 다 나온다.

불행한 사실은 지금 내가 사는 건물이 도로변에 있다는 점이다. 바로 집 앞에 버스 정류장, 편의시설 가까움, 치안 좋음. 매력적인 입지 조건이라고 생각했지만 그건 창문까지 도로 쪽으로 난 집에 살아본 적이 없는 나의 착각이었다. 아침 7시 전후로 출근하는 차들이 도로를 채우면 어김없이 창밖에서 짜증 섞인 경적 소리가 들려온다. 알람이 따로 필요 없다.

밤을 새본 사람이라면 하루 중 가장 고요한 시간이 동틀 녘이라는 걸 알 것이다. 그 고요를 깨고 들려오는 경적 소리는 더욱 끔찍하다. 더구나 나는 아침 9시에 출근해 오후 6시에 퇴근하는 사람이 아니다. 밤을 예사로 새고 해가 뜰 쯤 지친 몸을 침대에 던질 때가 많은데, 살포시 든 잠이 저 경적 소리에 박살날 때는 정말 울고 싶다. 여름 더위가 무르익지 않아 에어컨 없이 창문만 열어두어도 충분히 시원한 밤에도 그럴 수 없다. 꼭꼭 닫아놓은 이중창도 뚫고 잠을 깨우는 경적 소리 때문에.

어머니가 그러셨지, 남들 잘 때 자고 깰 때 깨야 한다고. 일찍이 어머니 말씀 안 듣고 이런 삶을 선택한 불효자는 이렇게 벌을 받습니다.

또 하나를 꼽자면 대중교통에서 이어폰 없이 스마트폰 영상 보는 소리다. 경적 소리는 그 엄청난 데시벨이 짜증을 일으키는 첫 번째 원인이지만, 이쪽은 소리 자체는 그리 크지 않다. 문제는 저 뻔뻔한 태도다.

촌각을 다투는 일도 아니다. 그냥 앉아 가긴 심심한데 이어폰이 없다면 스마트폰으로 시간을 때울 수 있는 방법은 동영상 말고도 많다. 그럼에도 소리를 크게 틀어놓고 동영상을 보고 있다면, 같은 공간의 다른 이들은 없는 사람 취급하겠다는 뜻이다. 소리보다 그 태도에 기분이 상한다. 결국 참지 못하고 꼭 한마디 하고 만다. 저기, 이어폰 없으세요?

이렇게까지 하면 보통 입술을 비죽이며 소리를 끈다. 니가 뭔데 참견질이냐 적반하장으로 맞서는 사람을 만난 적은 없다. 결국 본

인도 알고 있었다는 얘기다. 자기 행동이 별로라는 걸. 알면서도 누가 뭐라고 안 하면 대강 뭉개야지 생각한 걸까. 자신의 귀찮음을 모두에게 n분의 1 불편함으로 전가하면서. 와우, 이렇게 생각하니까 더 나빠.

둘 다 소리보다는 태도다. 경적 소리도 정말 무언가를 알려주려 울릴 때는 그리 시끄럽게 들리지 않는다. 아무리 큰 소리도 그러려니 할 수 있는 게 있고, 실제로는 별로 시끄럽지 않아도 부아가 치미는 소리들이 있다.

회사생활을 시작한 뒤로 가장 오래 살았던 오피스텔의 관리인 아저씨는 목소리가 어마무시하게 컸다. 내가 살던 방은 5층이었는데, 밤샘 작업을 하고 동틀 녘 잠자리에 들면 날 깨우는 게 정오의 햇살이 아니라 창밖에서 들려오는 관리인 아저씨의 목소리인 경우가 많았다. 1층 주차장 밖에서 누군가와 통화하는 목소리가 5층의 방까지 올라왔던 건데, 이 아저씨는 코앞에서 대화를 할 때도 항상 그 데시벨을 유지했다.

크기뿐이랴. 말투도 괄괄해 꼭 성이 많이 난 것 같았다. 내용에 집중해 들어보면 정말 화가 난 건 아니라서 웃으며 대꾸하려 노력하면서도 나도 모르게 슬금슬금 뒷걸음질치곤 했다.

여느 때처럼 밤새 작업을 하고 아침나절 까무룩 잠이 들려던 날이었다. 또 창밖에서 우렁찬 아저씨의 목소리가 들려왔다. 너무 피곤했던 나머지 약간 짜증이 나려는데, 원치 않아도 기울여지는 귀에 자세한 내용이 들어온다.

"아니 그렇게 불편하게 지내면 안 되지! 그런 건 집주인한테 얘기해서 꼭 처리를 하라고! 가만 있어봐! 내가 대신 전화를 해줄까!"

"어! 택배를 내가 받았는데! 이게 귀한 거 같아서 문 앞에는 못 놓겠더라고! 관리실에 와서 꼭 받아가! 아니, 아니! 퇴근 시간 지나도 내가 좀 기다릴 테니까 꼭 받아가!"

"아니 분리수거는 내가 할 테니까! 그냥 거기다 놓고 가라고! 내가 정리해! 들어가!"

부리부리한 목소리인데 내용은 다정하기 그지없다. 듣다 보면 너무 열심히 마음 써주셔서 피식 웃음까지 날 때도 자주였다. 언제부턴가 피곤한 아침 아저씨 목소리에 설핏 잠이 깨도 어렵지 않게 다시 잠들 수 있었던 걸 보면, 역시 소리보다 중요한 건 태도다.

원래 귀여우면 다 용서되는 법이다.

혼자 살다 보니

하나. 속옷을 벗어서 세탁기에 돌리지 않고 샤워하면서 같이 빨때, 자연스럽게 배 위에 대고 비누를 문지른다. 아, 이래서 복근이 빨래판이구나. 과연 잘 빨리겠다.

난 없지만.

둘. 여름에 샌들을 신으면 발이 시원해서 좋은 것이 첫째요, 맨발에 신으니 양말 빨래를 안 해도 돼서 좋은 것이 둘째라. 아니, 빨래 널 때 제일 귀찮은 게 양말인 걸 생각하면 이게 첫째여도 되겠다.

셋. 영화 감상이 취미면 큰 TV를 놓고 싶은데 그걸 놓을 큰 집이 필요하고, 음악 감상이 취미면 좋은 오디오를 놓고 싶은데 옆집에서 쫓아오지 않을 독채가 필요하고. 책을 좋아하면 점점 불어나는 책꽂을 자리가 모자라고, 피규어 모으는 걸 좋아하면…… 그만하자.

"토지 문제는 가장 기본이기 때문에 여기서부터 잘못되면 모든 것이 잘못된다." — 조지 버나드 쇼

넷. 조금 큰 집으로 이사하면서 침대 욕심을 내봤다. 누워서 양팔 양다리를 벌릴 수 있는 사이즈를 샀다. 완벽한 대(大)자에는 조금 못 미치지만 아주 조금 의기소침한 대자로는 누울 수 있다. 침대가 커져서 가장 편한 건 한구석에 벗어 쌓아놓은 옷을 정리하지 않아도 편하게 누울 수 있다는 거다.

행복은 조금 게을러도 불편해지지 않을 때 느끼는 것 같다.

다섯. 퇴근하고 들어와 너무 피곤하니까 잠깐만 누워야지 하면 그대로 끝이다. 그때 쏟아지는 잠만큼 달콤한 것도 없다. 그래도 세수는 하고 자야지, 초인적인 의지를 발휘해 일어나 세수를 하고 나면 왜 잠이 깨끗이 깨버리는 걸까. 왜 좋은 생각들은 그제야 떠오르는 걸까. 내 몸은 여전히 피곤한데. 기상 시간은 정해져 있는데.

축제가 한창 좋을 나이

신촌에 있는 학교를 졸업하고 십여 년째, 그 주변으로만 이사를 반복하며 신촌을 떠나지 못하고 있다. 어느 예술가는 나이가 들수록 젊은 감각을 유지하기 위해 젊은이가 많은 동네에 머문다는데, 꼭 그런 이유가 아니어도 대학가는 주거지와 편의시설, 문화시설, 각종 대중교통이 적당히 섞여 있는 매력적인 동네라 떠나기 어렵다.

그중에서도 제일 마음에 드는 건 여유가 생길 때마다 느긋하게 거닐 수 있는 캠퍼스다. 쾌적하기로도 여느 공원 못지않거니와 늘 설렜던 대학 시절의 기억이 묻은 풍경 속을 산책하는 것은 기분 좋은 여흥이다.

늦은 시간 퇴근길, 학교 앞 버스 정류장에서 내리는데 마침 축제의 열기가 한창인 날이었다. 학교 주변에 살면 이런 반가움을 만나기도 한다. 밤까지 식지 않은 활기가 궁금해 구경이나 할까 번잡한 캠퍼스를 어슬렁 걸었다. 피부에 와 감기는 선선한 밤공기를 느끼며 음악과 알코올과 웃음에 취해 있는 스무 여남은 살들을 본다.

난 축제를 싫어하는 학생이었다. 술도 안 먹었고 친구도 없었다. 시끌벅적한 분위기도 취향이 아니었다. 연세대 다니면서 연고전도 한 번 안 간 학생이 나다. 이런 풍경에서 느낄 그리움이란 솔직히 내 겐 없다. 그런데 어쩐 일일까. 소음으로 느꼈던 예전과 달리 소란한 풍경들이 잔잔하게 느껴진다.

왠지 모르게 넉넉한 웃음이 나오는 가운데 문득 이 풍경에 나보 다 더 어울리지 않는 노신사를 마주쳤다. 슬쩍 봐도 일흔은 넘은 얼 굴. 점잖게 정장을 차려입은 채 나에게 길을 묻는다. 건물 이름을 들 어보니 이 넓은 캠퍼스 구석에 숨어 있는 곳이라 어지간한 재학생들 도 잘 모를 만한 이름이다. 그렇잖아도 몇 차례 물었지만 답을 못 얻 은 표정이다. 말로 설명하기는 더욱 애매한 위치, 산책도 할 겸 모셔 다 드리기로 했다.

걷는 길 적적할까 작은 말을 주고받다 보니 역시나 이 캠퍼스의 선배님이었다. 축제날 어느 건물에서는 동문회를 한다고 들었던 것 도 같다. 거길 가시는 길이었나 보다. 60학번. 학번으로 들을 거라고 는 생각도 못해본 까마득한 숫자였지만 낯선 젊은이를 대하는 낯빛 에는 여전히 예가 어려 있었다. 그 얼굴에 마음이 풀려 이런저런 이 야기를 늘어놓았다.

"학생은 축제 안 즐기고 혼자 뭐해요."

"학생 아니고 졸업생입니다. 회사 마치고 퇴근하는 길에 구경 왔어요. 학교 다닐 땐 축제가 시끄럽다고 느꼈는데, 지금 와서 구경하니 활기 넘치고 좋네요."

내 말에 갑자기 껄껄껄, 웃음소리가 고요한 소나무 숲을 울린다.

"그거 나이가 들었다는 증거예요."

아 선배님 잠깐만요.

어른은 언제 돼

"내가 살면서 제일 황당한 것은 어른이 되었다는 느낌을 가진 적이 없다는 것이다. 결혼하고 직업을 갖고 애를 낳아 키우면서도, 옛날 보았던 어른들처럼 내가 우람하지도 단단하지도 못하고 늘 허약할 뿐이었다. 그러다 갑자기 늙어버렸다. 준비만 하다가."

많은 이들의 공감을 얻은 고(故) 황현산 선생의 트윗이다. 스무 살이 넘어 법적으로 성인이 되는 순간 그동안 생각해 온 바로 그 어른이 되었다고 느낀 사람은 아무도 없을 것이다. 그 순간을 기다렸다가 미성년자 관람불가 상영관을 당당히 들어섰다든지, 술 담배를 보란 듯이 구매했다면 모를까. 이건 법적인 성인이 되었음을 만끽한 순간이다. 동시에 그들이 보아오던 어른과는 가장 동떨어진 모습일 것이다. 술 담배 사면서 우쭐하는 어른을 볼 일은 없었을 테니.

어디 보자, 내가 성인이 되고 처음 극장에서 봤던 19금 영화는 이병헌이 나오는 〈달콤한 인생〉이었다. 특별한 스토리는 없었고, 감독의 말에 따르면 '한 번의 돌이킬 수 없는 실수로 끝까지 가는' 모티브로 만든 영화라고 했다. 진짜 끝까지 가는 영화였다. 곳곳에서 예고 없이 튀어나오는 총소리, 쉴 새 없이 이어지는 피 칠갑 파티에 기가 다 빨렸다. 같이 본 친구와 둘이 핼쑥한 얼굴로 극장을 나오며 우리 앞으로 19금은 보지 말자고 얘기했던 기억이 난다. 성인용 영화는 봤지만 어른이 되진 못했다.

스스로 어른이 되었구나 느끼는 순간은 쉬이 오지 않는다. 하지만 같이 컵떡볶이 사 먹던 또래가 문득 어른으로 보이는 순간은 좀 더 쉽게 만날 수 있을지도 모른다. 내 경우는 그가 운전하는 차를 탔을 때다. 운전은 오랫동안 내게 어른의 상징이었다. 법적으로 운전할 수 있는 나이가 정해져 있는 것 이상의 의미가 있다.

이동 범위의 방대한 확장, 마음대로 움직일 수 있는 완전히 사적인 공간. 누군가를 태워주고 데려다주는 일은 어른 중에서도 어른스러워 보이는 일이다. 누군가 운전하는 차를 타면 운전자는 주체적인 존재, 옆에 탄 사람은 수동적인 존재가 된다. 그 순간만큼 남의 손에 자기 운명을 맡길 때도 없을 거다.

회사생활 십 년 차를 목전에 두고 있지만 나는 여전히 뚜벅이다. 예능 PD 위아래 사번을 통틀어도 차가 없는 사람은 손에 꼽는 것 같다. 직장인이 자가용으로 출퇴근하는 건 자연스러운 일이고, 이

일은 막차가 끊긴 시간에 퇴근하는 날도 부지기수라 더욱 그렇다.

다만 나는 집이 가까운 편이라 그럴 땐 가끔 택시를 타는 게 차를 가지는 것보다 더 싸게 먹힌다. 대중교통이 모든 곳에 닿고 택시가 지천에 있는데다 툭 하면 차가 막히고 주차장도 귀한 서울에 살면서 차가 필요하다고 느낀 적은 없다. 이동 수단의 의미 이상으로는 관심이 없기도 하고. 아마 앞으로도 당분간은 뚜벅이일 것 같다. 어쩐지 어른이 안 된 것 같은 기분도 계속 이어질 전망이다.

그래도 면허는 일찍 딴 편이다. 고등학교를 졸업하면서 바로 교회 고등부의 선생님이 됐는데, 밤늦게까지 학생들이 이것저것 연습하고 나면 집까지 무사히 데려다주는 게 교회의 일이었다. 내가 운전을 못하니 고등부 목사님에게 매번 부탁을 드렸는데, 다른 바쁜 일이 많아 내 부탁이 버거웠던 목사님은 어느 날 예고도 없이 내 손을 잡고 운전학원에 가서 냅다 나를 등록시켜 버렸다. 꽤 비쌌던 학원 등록금도 당신 돈으로 턱 내주면서. 고로 나는 선택권이 없었다.

학업에 아르바이트에 교회 일까지 바빴지만 잠을 줄여가며 꾸역꾸역 면허를 땄다. 그렇게 딴 면허로 운전한 첫 차가 15인승짜리 교회 봉고였다. 15인승쯤 되면 이건 그냥 버스다. 커브를 돌 때도 후진을 할 때도 주의를 잔뜩 기울여야 하고, 가끔 골목 구석에 사는 학생을 데려다줄 때면 진땀이 다 났다.

운전을 시작부터 끝판왕으로 했으니 운전 실력이 나쁜 편은 아니지만, 그렇다고 내가 어른스럽게 느껴지진 않았다. 왜? 나는 내가 안 보이잖아. 핸들을 잡고 사이드미러를 한 번씩 흘겨보는 그 옆얼굴이 어른 같은 건데.

사람들이 가장 보편적으로 느끼는 '어른의 순간'은 뭘까. 두 가지 정도인 것 같다. 부모에게서 독립해 자기 생활을 꾸려나갈 때가 하나. 결혼해서 자녀를 낳아 그 자신이 부모가 되는 순간이 둘. 흔히 첫 번째가 먼저고 두 번째가 그 뒤를 잇는 편이지만, 첫 번째를 건너뛰고 바로 두 번째로 가면서 첫 번째까지 동시에 해버리는 사람들도 꽤 된다.

나는 고등학교까지 천안에서 나왔고, 스무 살부터 서울에서 지냈다. 십 년 넘는 서울살이에 좋은 사람도 많이 만났지만, 아직도 친구란 말을 들으면 천안의 얼굴들이 먼저 떠오른다. 가장 가깝게 어울리는 고향 친구들이 모이면 여섯쯤 되는데 그중 셋은 이미 애 아빠고 한 명은 큰 애가 곧 초등학생이 된다. 애 아빠가 된 셋과 아직 결혼도 안 한 셋의 차이는 간단하다. 서울로 터를 옮겼느냐, 계속 천안에 사느냐.

흔히 서울 밖을 통틀어 지방이라고 부르지만 천안은 지방이라 부르기도 애매하다. 1호선이 닿고, 차로는 한 시간. 서울시 천안구라고 부를 만큼 가까운 두 도시인데도 서울과 천안의 삶은 다르다. 앞서 말한 친한 친구 여섯 말고도 천안에 사는 다른 친구들은 빠짐없이 기혼자에 애기 엄마 아빠다. 대부분 서른이 되기 전에 결혼했다.

서울에 터를 잡은 이들 중에 내가 아는 기혼자는 하나도 없다. 서울에서 서른이 넘은 처녀 총각은 굳이 처녀 총각이라 부르는 것도 이상할 만큼 당연한 존재다. 결혼을 해도 이상하지 않을 나이지만, 하지 않았어도 서울에서는 이상하지 않다. 오히려 이십 대에 결혼을 하면 빠르다는 인상을 받는다. 서울과 서울 밖의 시간은 이토록 다르게 흐른다.

이유가 뭘까. 가장 먼저 생각나는 건 부동산이다. 결혼의 현실적인 문제들을 떠올릴 때 머릿속을 가장 묵직하게 차지하는 건 역시 집이다. 내가 한동안 지냈던 여섯 평짜리 원룸의 전세 보증금보다 조금 싼 가격으로, 한 친구는 천안에서 방 세 개짜리 빌라를 샀다. 매매다 매매. 자가. 서울 살면 부동산 유리창에 붙어 있는 매물 종이들 중에 일단 거르고 보는 매매. 그 빌라엔 내 원룸, 아니 2년은 내가 쓰고 그 이후엔 어떻게 될지 자신이 안 생기는 원룸이 다섯 개 정도는 들어갈 것 같았다.

서울과 천안의 평균 연봉도 어느 정도 차이가 나지만, 부동산 가격 차이와 비교하면 연봉의 차이는 소박하게 느껴질 정도다. 게다가 천안에서 계속 지낸다는 건, 많은 경우 독립하지 않고 가족과 계속 함께 살며 직장생활을 시작했다는 말이기도 하다. 용돈 정도를 빼면 수입을 꼬박꼬박 저축할 수 있다. 매매는 한 걸음 더 빨리 다가온다.

부동산 가격 말고 또 다른 이유는 예측 가능성이다. 상경을 택하지 않고 살아온 곳에서 계속 살아가는 삶은 예측하기도 훨씬 쉽다. 오랫동안 만들어진 익숙한 인간관계, 알려고 애쓰지 않아도 자연스레 알게 되는 지역사회의 이런저런 면들. 내가 무엇을 할 수 있고 어떤 선택지가 있는지 파악하기도 용이하다.

환경의 변화 자체가 느리기도 하다. 천안만 해도 인구 60만 명이 넘는데다 쉬지 않고 개발이 이루어지는 대도시지만 서울이 변하는 속도와 비교하는 건 무리다. 미시적으로도 거시적으로도, 서울의 삶은 훨씬 더 예측 불가능하다. 결혼하고 싶은 사람이 생겨도 잠시 미뤄둘 이유는 얼마든지 있다.

그러니까 저 보편적인 어른의 기준은 어느 순간 뒤집힌다. 서울에 올라와 자기 삶을 스스로 꾸린 사람은 고향에서 계속 가족과 사는 친구보다 더 어른 같아 보였겠지만, 결혼은 그 친구들이 먼저 한다. 먼저 아빠가 되고 먼저 엄마가 되면서 먼저 어른이 된다. 결혼과 출산이 필수도 아니고 꼭 그래야 더 어른이 되는 것도 아니지만, 내가 경험해 보지 못한 인생의 단단한 영역에 들어섰다는 사실은 어쨌든 나보다 그들이 더 어른스러워 보이게 만든다. 적어도 그들은 책임질 것이 늘었으니까. 그렇게 어른이 되는 시간도 서울과 서울의 밖은 다르게 흐른다.

아이를 낳아 키우고 있는 친구들도 그 사실을 잊은 채 만나 실없는 농담을 주고받노라면 별로 달라진 게 없어 보인다. 당사자들도 스스로 부모라는 게 실감이 안 난다는 말을 자주 한다. 어른이 되었다는 실감 없이 어른이 되어버리는 것처럼, 부모도 그렇게 되는 모양이다.

결국 이것도 운전대를 잡은 옆얼굴 같은 걸까. 내가 독립해서 혼자 사는 게 누군가에겐 어른스러워 보였을지 몰라도 나는 아무 생각이 없었던 것처럼, 내 눈에는 한없이 어른스러운 그 엄마 아빠들도 어느새 부모가 되어버린 자신을 실감하지 못한다고 하니.

　나의 부모도 그렇게 반신반의하며 청춘을 떠나왔을까. 반신반의하는 사이에 그 아기는 이미 청춘을 지나와 혼자 삶을 꾸리고 있는 걸까. 그렇게 홀로 선 그도 스스로 어른이 되었다고 깨닫지 못한 채 어느새 늙어버리는 걸까. 역시 자기 눈에 자기가 안 보이는 게 문제다. 내가 어른이 되는 건 아마 내가 가장 늦게 알 것 같다.

서울에 내 방 하나

스무 살 서울에 처음 올라와 제일 신기했던 건 지명이었다. 지방 출신의 대학생에게는 미디어나 노랫말 같은 데서나 만날 수 있었던 신촌, 신도림, 영등포 같은 이름을 직접 밟고 서 있다는 게 신기했다. 여기에 다리 이름, 도로 이름까지 가면 신기함은 배가 되는데, 신촌 홍대야 서울살이 전에도 가본 적은 있지만 '내부순환로', '양화대교', '강변북로' 같은 이름은 아침 교통방송에서나 들어봤지 어디에 어떻게 붙어 있는 건지도 모를 그야말로 '이름'들에 불과했기 때문이다.

신촌, 신도림, 영등포 같은 지명에서 내부순환로, 양화대교, 강변북로라는 이름까지 익숙해지려면 시간이 좀 걸린다. 지방에서 서울에 처음 올라오면 지리에 익숙하지 않아 무조건 지하철만 타기 때문이다. 모든 세계는 지하철역을 중심으로 구체화된다. 지명이라 언급한 신촌, 신도림, 영등포 같은 이름들도 실은 지하철 역명에 더 가깝다.

마치 우주정거장처럼 역과 역 사이 땅 위에는 실제로 무엇이 있는지 모른다. 몇 분마다 한 번씩 검은 창밖으로 나타나는 지하철역만이 실존하는 이 이동은 차라리 텔레포트에 더 가깝다. 그러다 보니 처음 몇 년간 서울이란 도시의 지리적 이미지는 지하철 노선도를 중심으로 만들어진다. 디자인 때문에 옆으로 넓게 그려진 노선도를 따라 서울이란 도시도 실제보다 옆으로 넓은 도시가 된다.

지하철 창밖의 검정이 답답해질 때쯤 버스를 타기 시작했다. 지리를 모르면 버스 타는 게 겁나는데, 그 즈음부터 버스 정류장마다 지하철만큼이나 알아보기 쉬운 노선도가 세워지기도 했다. 타기만 하면 시간 맞춰 도착하는 지하철에 비해 더러 시간이 더 걸리기도 하는 버스지만, 몇 분 더 걸리더라도 창밖에 볼거리가 있는 편이 좋다.

아 저 가게가 저기 있었구나. 저 사람들은 저 문제 때문에 거리에 나와 싸우고 있구나. 오늘은 이 동네에서 뭐가 열리나 보다. 서울의 땅 위에서는 매일 무슨 일인가가 벌어진다. 그때쯤 눈에 들어온다. 내부순환로, 양화대교, 강변북로.

지방에서 올라온 여느 서울살이들에 비해 난 서울에 온전히 마음을 붙이기까지 시간이 좀 걸렸다. 집이 부산쯤 되면 거리 핑계라도 대고 조금 덜 찾을 텐데 천안은 고속버스로 한 시간, KTX로는 40분이면 간다. 금요일 저녁 신촌에서 잠실 가는 버스를 타면 아마 같은 시각 서울역에서 출발한 사람이 천안역에 먼저 도착할 거다. 잘만 하면 잠실 가던 사람이 도착하기 전에 다시 서울로 돌아올 수도 있다.

덕분에 매주 집에 내려갔다. 주말에 충분히 내려갈 수 있는데 쭉 다녀온 교회를 옮기고 싶지 않았다. 과외 아르바이트를 구하기에도 인맥이 충분한 천안 쪽이 훨씬 수월했다. 서울에는 온갖 명문대 학생들이 다 모여 있어 과외 인력은 공급 과잉이다. 제법 대도시인 천안에만 와도 과외 수요는 꽤 높은데, 이름 좀 있다 하는 대학의 학생은 죄 서울에 가버렸으니 공급이 희소해 내 시장 가치는 쑥쑥 올라갔다.

그러니 여전히 내게 '집'은 천안이었다. 서울에서 친구들과 얘기할 때 주말에는 '집에 내려간다'고 말했다. 천안의 친구들에겐 서울에 있는 '내 방에 놀러오라'고 말했다. 실제로 서울에서 내 몸이 머무르는 공간은 집이 아니라 딱 한 칸짜리 방이었으니까. 가장 비싸게 내본 월세는 40만 원, 가장 싸게는 17만 원짜리 방.

17만 원짜리 방은 애초에 사람이 자는 용도로 만들어진 것 같지 않았다. 커다란 옛날 주택에 가면 종종 볼 수 있었던 작은 창고, 흔히 '광'이라고 부르던 그것에 더 가까웠다. 그 안에서는 양쪽 벽 사이로 팔을 다 펼 수가 없었다. 책상과 침대를 놓으니 서 있을 공간밖에 남지 않았다. 그래도 방에 책은 있어야 했다. 책 놓을 공간이 없어 낮에 책상을 쓸 때는 침대 위에 책을 쌓아놓고, 밤에 잘 때는 침대에 쌓여 있던 책 더미를 책상 위로 옮겨놓고 누웠다.

놀랍지만 그런 방에도 가끔 친구가 놀러왔다. 그런 날엔 친구를 침대에 눕히고 나는 침대 아래 모로 누워 잤다. 똑바로 눕기엔 공간이 조금 모자랐다. 아무리 오래 머물러도 집이라고 부르기는 어려운 공간이었다.

재미있는 건 정작 천안의 '집'에는 내 방이 없었다는 거다. 우리 가족뿐 아니라 대한민국 평균이 그럭저럭 살 만했던 90년대 중반, 열 살 언저리까지만 내 방이 있었고 그 뒤로는 내내 없었다. 사실 그 뒤의 집들은 몇몇 이웃이 화장실을 공동으로 쓰거나, 욕실이라기엔 문도 없는 한쪽 구석에 찬물만 나오는 수도꼭지 하나뿐이라 겨울엔 주전자에 물을 끓여 섞어 씻는 곳들이었으니 자연히 내 방을 따로 갖고 싶다는 생각은 엄두도 못 냈다.

집의 후미진 구석에서 쥐나 바퀴벌레를 만나는 것은 익숙한 일이었다. 밤이면 얇은 천장 위로 쥐들이 뛰어다니는 소리가 천둥 같았다. 그래도 비 오는 날이면 그 얇은 천장을 빗방울이 후두두두 두드리는 소리가 아늑했다.

내 방이 없는 건 그리 불편하지 않았다. 중학생 때는 하루 종일 친구들과 어울려 다니느라 집에서는 노상 잠만 자고 나갔고, 슬슬 공부에 신경 써야 할 고등학생 때는 기숙사에 들어갔으니까. 가끔 기숙사에서 돌아와 좁은 방에 어머니, 아버지, 동생과 넷이 어깨가 닿을 만큼 가까이 누운 밤이면 이렇게 온 가족이 한방에 나란히 누워 잠들 수 있다는 사실이 따뜻하게 느껴지기도 했다. 앞으로 몇 년이나 더 이런 날이 남았을까 헤아려보면서.

그러니까 나는 대학을 다니면서까지 쾌적한 내 방, 내 공간이 없다는 사실이 괜찮았다. 주변에서는 나이를 먹어갈수록 더 좋은 자기 방, 자기 집, 자기 공간을 갖고 싶은 욕망을 앞다투어 내보이는데 그다지 공감하지 못했다. 물론 월세 17만 원짜리 작은 방은 조금 답답했지만 어쩌겠어 지금 내게는 이게 최선인데, 하고 넘겼다. 상황이 나아지면 방도 키우면 되겠지. 일단은 여기에 만족하고, 슬퍼할 시간을 다른 것들에 써야지. 내게는 그런 욕망이 없나 보다 생각하고는 스스로에 살짝 감탄했다. 와, 나 무슨 신선 같네. 이런 게 바로 안분지족(安分知足).

그게 착각이었다는 걸 깨닫기는 그리 오래 걸리지 않았다. 하루는 꽤 고급 아파트에 과외를 하러 갔는데 학생의 공부방이 너무 좋았다. 높은 층고가 만들어주는 기분 좋은 고요함. 고층이라 시원한 풍경이 가득 들어오는 넓은 창문. 그리고 의자 바퀴가 경쾌한 소리를 내며 구르는 단단한 마룻바닥. 마음이 그렇게 편할 수가 없었다.

여기라면 일이 너무 잘될 것 같아. 글도 너무 잘 써질 것 같아. 새로운 생각들이 마구 흘러나올 것 같아. 심지어 가르치는 말도 훨씬 매끈하게 나오는 것 같았다. 이게 내 방이라면 원이 없겠다는 생각이 자꾸 피어올랐다. 욕망이 없는 게 아니었다. 욕망의 씨앗이 자랄 흙밭조차 제대로 깔려 있지 않았을 뿐이었다. 사람은 가져본 적이 없는 것은 욕망할 줄도 모른다.

학년이 올라갈수록 장학금과 아르바이트로 모이는 돈이 조금씩 더 커졌고, 월세 17만 원짜리 방에서 27만 원, 38만 원, 40만 원짜리 방으로 옮길수록 욕망은 구체성을 더했다. 옆방 사람 방귀 뀌는 소리도 그대로 다 들려 뭘 보고 들을 땐 꼬박꼬박 이어폰을 쓰던 고시원에서, 방에 틀어놓을 음악을 위해 좀 더 음질이 괜찮은 스피커를 찾는 원룸이 되었다. 누군가 버려놓은 책장을 주워와 톱으로 썰어 좁은 방에 맞추고 뿌듯해하던 욕망이, 인터넷 쇼핑몰에서 더 예쁜 책장을 찾는 욕망이 되었다. 대학을 졸업하고 회사원이 되자 월세는 전세가 됐다. 욕망은 이제 집 안의 것들에만 머무르지 않는다. 집 밖의 이름들, 신촌, 신도림, 지하철역, 내부순환로, 양화대교, 강변북로.

천안의 부모님도 오랜 고생의 결실을 조금씩 찾아가신다. 내가 중학생일 때부터 살았던 집, 화장실을 몇 가구가 같이 쓰던 가게 주택에서 십여 년 만에 버젓한 아파트로 이사를 했다. 아직 갚아야 할 게 뭐가 남았고, 몇 년 동안 얼마를 넣어야 하고, 이것저것 복잡한 게 많이 남은 모양이지만 낯빛이 밝아지신 걸 보니 걱정할 정도는 아닌 것 같다.

아버지는 자리에 없는 동생을 부르며 그놈이 때 빼고 광내느라 매일 욕실에서 한참을 있는데 이 집은 화장실이 두 개라 잘됐다며 시원하게 웃었다. 부모가 마음을 쓰는 곳이란 그런 거였다.

두 분 고생의 결실, 깨끗한 새 아파트가 참 반갑긴 한데 낯설다. 내가 천안의 '집'을 생각하면 떠오르던 낡고 좁은 가게 주택은 더 이상 우리 집이 아니다. 이 좋은 아파트에는 이제 내 추억도, 내 물건도, 원래도 없던 내 방도 없다. 그즈음부터 나는 서울의 내 전셋집을 '집'

이라고 부르기 시작했다. 우리 집에 놀러와. 응, 다음 주에는 부모님 댁에 내려갈 거야.

신촌에서 잠실 가는 것보다 가까운 천안이지만 이제는 한 달에 한 번, 바쁠 땐 그것도 못 찾는다. 서울에서 보낸 세월이 쌓인 만큼 할 일도 더 많아졌다. 회사도 바쁘지만 신촌, 신도림, 영등포, 내부순환로, 양화대교, 강변북로에서도 많은 시간을 보낸다. 그나마도 주변의 지방 출신들을 보니 나는 꽤 자주 찾는 편에 속한다. 집이 부산쯤 됐으면 어쩔 뻔했어.

자주 못 가다 보니 한 번 갈 때 양손에 뭐라도 들고 가야 마음이 조금 낫다. 어머니가 감을 좋아하시니 좀 사가야겠다. 날도 추워지는데 아버지 외투라도 하나 사갈까. 종이 가방을 한 아름 안고 기차를 타러 가는 길, 기차역 거울에 비친 모습이 어릴 적 명절에 고향을 찾던 부모님 모습과 영락없다.

아, 나는 어른이 되었구나.

2장

문밖으로 나가면

동안이시네요

실제보다 더 나이 들어 보이는 사람들이 자주 듣는 말, "괜찮아. 나중에는 이런 애들이 어려 보여." 얼마나 과학적인 근거가 있는지는 모르겠지만, 나에게는 어느 정도 들어맞았다. 대학 초년생 때까지는 항상 '노안' 소리를 듣다가 요즘에는 심심찮게 "어려 보이시네요"라는 말을 들으니까.

정말로 어려 보이는지는 잘 모르겠다. 방송사에서 일하다 보니 동년배들보다 머리 모양이나 차림새가 자유로워서 그렇게 보일 수는 있겠다. 다른 남자들보다 얼굴에 털이 별로 없어서 그럴 수도 있겠고. 하지만 거울을 들여다보면 그냥 내 나이 같아 보인다. 겉으로 보이는 나이라는 건 그냥 분위기를 이르는 것일지도 모른다.

다만 이십 대 초반까지 나는 확실히 노안이었다. 초등학교 졸업

앨범을 봐도 이목구비가 지금과 별로 다르지 않다. 5학년 즈음 이미 키가 170이 넘어 아버지와도 어깨를 견주었다. 키 때문에 수학여행이나 소풍 같은 걸 가면 단체 사진 속 나는 늘 제일 뒷줄 가장자리에 서 있는데, 반대편 가장자리는 보통 선생님 자리다. 덕분에 자세히 보지 않으면 나도 선생님으로 보인다. 초등학생인데.

중학교 때는 친구와 함께 교복을 입고 탄 버스에서 각자 천 원을 내고 친구는 500원을, 나는 200원을 거슬러 받기도 했고, 고등학교 때는 교복을 입고 간 미용실에서 이건 어느 회사 유니폼이냐는 질문도 받았다. 새내기가 되어 캠퍼스를 거닐 때도, 동아리 가입을 권유하는 전단지 나눠주는 손길이 유독 내 앞에서는 멈췄다.

키나 얼굴도 그렇지만 외모에 신경 쓸 여유가 전혀 없었던 것도 이유다. 취향에 맞는 옷을 사 입을 돈도 시간도 없었기 때문에 덩치가 비슷한 아버지 옷을 그냥 입었다. 그나마 아버지가 총각 때 입던 코듀로이 재킷은 팔꿈치에 가죽이 덧대어져 복고적인 멋이 있었다.

내가 돌이 채 안 되었을 때 어머니가 그 재킷을 버리려고 하자, 아버지가 말리며 "성민이 크면 입어야지"라고 한 말에 어머니가 코웃음을 치셨다는데, 정말로 그걸 입었다. 문제는 그 재킷만 복고적인 멋이 있었다는 거다. 나머지는 그냥 아저씨 옷. 덕분에 나는 남들 한창 파릇파릇하다는 이십 대 초반부터 영락없는 아저씨였다.

군복무를 마치고 와서 조금은 나를 돌볼 여유가 생기고, 무엇보다 나와는 달리 옷을 좋아하는 동생의 덩치가 나랑 비슷해지면서 내가 입는 옷은 아버지 옷에서 동생 옷이 되었다. 그즈음부터 들었던 것 같다. "너도 이제 니 나이 찾아간다." 얼굴에 걸맞은 나이가 된 게 이십 대 후반. 초등학교 때부터 나는 이십 대 후반의 모습으로 살아왔다는 말이 된다.

동안이라는 말이 예사 칭찬인 사회다. 첫 만남에서 "몇 살처럼 보여요?"라는 질문만큼 긴장감을 끌어올리는 방법도 없다. 심지어 "몇 살 같냐" 묻는 게 군대에서 신병을 놀려 먹는 단골 레퍼토리라는 사실은 이 질문이 가진 함의를 적나라하게 보여준다.

이 질문을 받는다면? 당연히 실제로 보이는 것보다 넉넉잡아 다섯 살은 내려서 말하는 게 좋다. 애초에 정말로 정확히 맞히길 바라며 묻는 질문이 아니니까. 다섯 살 내려서 말했는데도 실제 나이랑 딱 맞아떨어질 수도 있다. 그럼 왠지 실망하는 기색을 볼 수 있다. 초면에 상대의 정보를 정확히 맞혀도 실망하는 기색을 만나는 몇 안 되는 질문이다.

이런 추세와는 반대로, 솔직히 말하자면 나는 노안 대접을 어느 정도 즐겼다. 내가 나이보다 더 어른 같아 보인다는 사실은 또래들의 관심사에 섞여 들지 못하는 적당한 명분이 되었다. 어른들도 나를 대할 때 유독 더 어른 대접을 해주었다. 덕분에 여러 상황에서 내 생각은 자주 힘을 더 얻었고, 여럿이 무언가를 합의해야 할 때 내가 옳다고 생각하는 방향으로 끌고 가기도 수월했다.

그랬는데, 나이보다 어려 보인다는 말을 듣는 날이 올 줄이야. 이런 종류의 칭찬에 쌍심지를 켜는 게 요즘 정서라지만 어지간하면 상대가 호의로 한 말은 호의로 들으려고 하는 편이다. 게다가 꽤 많은 경우는 칭찬보다는 정말 의외라는 놀라움이 섞여 있을 때도 많았다. 그만큼 생의 기운이 더 충만해 보인다는 뜻으로 듣고 좋아하면 되지 뭘. 살아온 대부분은 정반대의 이야기만 들어왔던지라 새로운 기분이다.

다만 좀 불편한데, 기분이 나쁘다는 뜻이 아니라 정말로 편의성이 떨어진다는 말이다. 무엇보다 일하는 데 도움이 안 된다. 사실 어려 보이는 게 도움이 되는 직업이 뭐가 있을까. 연예인? 아역으로 이름을 알린 배우들이 여전히 어려 보이는 외모 때문에 배역의 폭을 넓히지 못해 전전긍긍하는 걸 보면 그들에게도 꼭 좋은 것만은 아닌 것 같다. 그래도 기초화장품 광고 모델로는 환영받을 거고, 그나마 이건 연예인의 직업생활에 꽤 빛나는 커리어지만 그 화장품을 사서 쓰는 사람들의 직업생활에는 어려 보이는 게 좋을 일이 없다.

아직도 기분 나쁘면 "너 몇 살이야"부터 튀어나오는 사람들이 도처에 있는 사회에서는 더욱 그렇다. 영업을 해도 거래를 해도 어지간하면 나이가 많아 보이는 쪽이 유리하다. 그런 자리에서 실제로 민증 까고 확인할 일은 없으니 방점은 '많아 보이는' 데 있다.

PD란 직업은 더 그렇다. PD는 결정을 내리고 책임을 진다. 촬영장에 가면 적게는 대여섯 명에서 많게는 50~60명에 이르는 스태프들에게 끊임없이 무언가를 결정해서 알려줘야 한다. 삼십 대 초반부터 이런 입장에 놓이는 직업은 많지 않다. 그의 결정을 기다리는 스태프는 대부분 그보다 나이가 많다. 물론 그만큼 베테랑이기 때문에

PD의 역할을 존중할 줄도 안다. 나이가 어리다고 무시하거나 전달한 내용을 대강 해치우는 일은 잘 일어나지 않는다. 그런 일이 일어났다고 해도 그게 나이 때문은 아닐 거다. 오히려 나이가 어리다는 자격지심 때문에 괜히 유난을 부려 반감을 샀다면 모를까.

그래, 자격지심. PD는 오히려 결정권자라는 사실을 모두가 존중해주기 때문에 어린 나이나 어려 보이는 외모가 걸림돌이 될 일은 다른 직업보다 적을지도 모른다. 이제 갓 입사했을 때도 일한 경력이 거의 내 나이에 맞먹는 분들까지 '감독님'이라 부르며 깍듯이 존중해 주셨으니까.

자격지심은 거기서 온다. 내가 이 존중을 받을 자격이 있는가. 내결정이 틀리진 않았을까. 이런 생각들이 순간순간 고개를 쳐드는 와중에 "어려 보이시네요" 한마디는 기름을 들이붓는 격이다. 으악, 내가 만만해 보이진 않을까!

이 걱정에 짐짓 베테랑인 척하는 건 최악의 선택이다. 스태프들의 경력이 그냥 쌓였을까. 그렇게 속 보이는 초짜 PD를 한둘 겪은 게 아닐 텐데. 괜한 기 싸움보다 솔직한 편이 낫다. 고민되는 결정들은 툭터놓고 조언을 구하고, 밀어붙이고 싶은 결정은 진지하게 얘기하면된다. 하고 싶은 게 무엇인지, 무엇이 고민인지 확실하게 말해주는 PD가 동료들 입장에서도 일하기 편하다. 물론 하나부터 열까지 모든 걸 다 신경 써줘야 할 만큼 아무것도 모르면 문제겠지만.

결국 자격지심을 느끼지 않을 만큼 실력이 단단하면 될 문제다. 얘기 몇 번 나눠보고 이 PD가 알 만큼 안다 싶으면 다른 이들의 태도도 달라진다. 다만 실력이 충분하다는 게 딱 잘라 어느 정도라고 누가 얘기할 수 있을까. 서른네 살에는 이 정도가 적당해, 이런 건 없잖아. 그러니 나는 자신 있게 힘내다가도 어쩌다 흔들리는 순간에는 으악, 어려 보인다니 만만해 보인다는 얘긴가! 외치고 있겠지.

솔직히 지금도 별로 안 어려 보이는 것 같은데, 실력에 자신이 생기기 전에 얼굴이 먼저 늙을 거 같다. 배부른 소리 하지 말고 선크림이나 바르자.

그놈의 합격 수기

합격 수기 얘기를 해야겠다. MBC 예능 PD 합격 수기. 내가 살면서 쓴 모든 글을 통틀어 가장 많이 읽혔을 거다. 합격 소식을 듣고 벅찼던 마음이 휘발되기 전에 남기려고 앉은 자리에서 블로그에 줄줄 써내려갔던 글이다.

온라인에 쓰인 글은 생명이 짧다. 등장한 지 며칠, 아니 몇 시간만 지나도 새롭게 올라오는 소식들에 금세 묻혀버린다. 그런데 2012년에 쓴 저 글은 지금껏 읽히고 있다. 어떻게 아냐고? 아직도 PD 지망생들이 모여서 스터디를 할 때 저것부터 읽고 시작한다는 얘기를 심심찮게 전해 들으니까.

PD 공채는 흔히 언론고시라 불리는데, 고시라는 단어는 그저 높은 경쟁률에 대한 비유적 표현일 뿐 행정고시, 사법고시처럼 등수가 좍 나오는 명쾌한 시험이 아니다. 도대체 뭘 어떻게 테스트하는 건지, 뭘 준비해야 하는지 불분명하다. 애초에 얼마나 많은 지식을 아느냐가 중요한 채용이 아니니 그럴 수밖에. 그렇다 보니 엄청난 응시자 숫자에 비해 시험 내용은 베일에 싸여 있는 수준인데, 내 수기가 채용과정을 하나하나 묘사하며 자기소개서부터 작문, 면접 문제와 그 대답까지 고스란히 적어놓은 만큼 굉장히 드물고 귀한 정보가 되었던 모양이다.

솔직히 말하면? 비공개로 돌려버리고 싶은 순간이 한두 번이 아니었다. 이렇게까지 많은 사람이 읽을 줄 알았다면 처음부터 안 썼거나, 쓰더라도 꽤 많은 표현이 달랐을 거다.

그때와 생각이 많이 달라졌다거나 그런 건 아니다. 다만 저 글을 쓸 당시의 나는 꽤 벅찼다. 벅차서 퍽 도취되어 있는 게 글에서 느껴진다. 도취된 모습이 자연스러운 글인 것도 맞다. 높은 경쟁률을 뚫고 합격한 직후니까. 무엇보다 나는 지원서를 넣을 때만 해도 변변찮은 이력 때문에 서류 통과조차 못 할 거라 생각했다. 그 끝에 만난 합격은 더욱 고무적이었다.

대학 내내 그냥 공부만 좋아하고 돈까지 버느라 취업 준비라 부를 수 있는 건 전혀 못했다. 화려한 경력의 멋쟁이들이 많았던 학교에는 눈만 들면 해외 인턴에, 유학에, 창업에, 온갖 자격증과 공모전 수상 경력을 주렁주렁 갖춘 학생들이 즐비했다. 저 화려한 스펙들 속에서 졸업을 목전에 두자 스스로 너무 경솔했던 건 아닐까 고민도 들었다. 이력서에 이름, 나이 같은 기본적인 인적사항을 적고 나니 더 채울 수 있는 칸이 없었다. 나 같아도 이 서류는 안 뽑아주겠다 생각했던 게 최종 합격까지 갔으니 벅차고 들뜬 건 당연한 일이었다.

그래서 쓴 글이기도 했다. 계획적으로 자기 인생을 착착 준비해 나가는 사람들 속에서, 나처럼 그때그때 손에 닿는 일을 좇아 사느라 기민하게 삶을 챙기지 못한 사람들이 봤으면 해서. 나도 그랬는데, 그래서 불안했는데, 자기 색깔대로 열심히만 살면 어떻게든 괜찮을 것 같다고 격려해 주고 싶어서.

하지만 깊은 밤 라디오 들으며 촉촉해진 마음으로 써내려간 편지를 밝은 날 다시 읽어보고도 그대로 부칠 용자가 어디 있으랴. 그 벅찬 순간을 저 뒤에 남겨두고 나는 계속 연차가 쌓여가는데, 합격 수기 속 벅차오른 나는 해가 지나도 계속 도취된 채로 박제되어 있다.

생각해 보라. 그렇게 자백 묻은 글을 써놓고 입사했는데, 만나는 선배들마다 그거 봤다고 한마디씩 거든다면. 입사한 지 한참 지나 후배들도 잔뜩 들어왔는데, 그들도 그걸 읽고 들어와서 날 먼저 알아본다면. 연출자가 되어 출연진을 섭외하고 함께 일할 스태프를 꾸리는데, 그중에서도 가끔 그 글을 봤다며 말을 걸어오는 사람들이 있다면. 옛날 싸이월드 다이어리 다시 보는 수준이 아니다. 트위터 계정 공개되면 죽으러 가겠다는 사람 여럿 봤는데 거의 그런 기분이다. 우와, 이미 겪은 일인데도 쓰면서 다시 쥐구멍에 숨고 싶어졌다.

정말로 그런 순간들 많았다. 입사한 지 얼마 지나지 않아 "너의 초심 잘 봤다"며 짓궂게 웃는 선배의 얼굴. 스터디할 때 읽어봤다며 반가워하는 후배. 한번은 한국PD연합회에서 내는 책에 내 수기를 싣고 싶다기에 정리해서 보내드렸더니, 『피디란 무엇인가』라는 제목의 책이 왔다. 그때가 입사 3년 차였는데, 저자 목록에 내 이름이 있는 걸 보고 한 선배가 빵 터졌다. "푸하하! 야! 너 PD가 뭔지 알겠어? 나는 아직도 모르겠는데!" PD란 무엇인가. 다른 건 모르겠고 하나는 확실히 알겠다. 놀리기 좋아하는 사람들이다.

　이토록 민망할 바엔 그냥 글을 내리는 게 답일 수도 있다. 이미 여기저기 퍼진 글이니 지금은 쓰지도 않는 내 블로그에서 내리는 건 이제 큰 의미가 없겠지만, 그나마 앞으로 만날 민망한 상황의 숫자를 조금이나마 줄일 수는 있을 거다. 나아가 정말로 민망하고 아무도 안 보면 좋겠다고 진심으로 생각한다면 지금 이런 언급조차 안 하는 게 맞다. 놀리기 좋아하는 게 PD들만은 아니니까. 이걸 알면서도 계속 내버려두는 내가, 말은 이렇게 하면서 실은 즐기는 거라고 생각한다면 그건 틀렸다. 난 정말로 민망하니까.

　하지만 민망함을 조금 참고 다시 들여다보면, 어느 선배가 놀렸던 말처럼 거기엔 정말 나의 초심이 보인다. 이 직업을 갖게 된 첫 순간, 어떤 마음으로 무엇을 꿈꾸었는지가 민망하리만큼 솔직한 말들로 적혀 있다. 그 뒤로 여러 가지 일을 겪었고 조금이나마 연차가 쌓여왔지만, 글 속에는 여전히 부푼 가슴으로 설레고 있는 내가 생생하게 보인다. 그 도취와 벅찬 마음에 얼굴이 달아오를지언정, 글 속의 나에게 진심으로 부끄러운 사람이 되고 싶지는 않다.

　그러니 그냥 두자. 설익은 초심을 본 사람들이 놀려도, 그 작은 민망함을 끌어안는다면 정말로 큰 후회와 부끄러움으로 가는 길은 피할 수 있을 테니.

한 가지 다행스러운 것은, 그래도 글 속의 내가 그렸던 모습과 지금의 내가 많이 다르지는 않다는 거다. 저 쑥스러운 글이 예기치 못한 곳에서 한 번씩 튀어나와 준 덕분일까. 바쁘게 지내다가도 한 번씩 지금의 내 모습을 합격 수기 속 스물일곱 살의 눈으로 보곤 했다. 그건 좋은 자극이었다.

처음 마음을 기억하고 싶어도 선명한 기록이 없다면 시간이 흐를수록 지금의 모습에 맞추어 좋을 대로 윤색하기 마련이다. 시작하던 그 모습 그대로 나를 지켜봐줄 분신을 만들어놓는 대가가 소소한 민망함이라면 기꺼이 지불할 만하다. 옵션으로 가끔 도망쳐 숨을 쥐 구멍 추가는 필수다.

시간은 흐르고 새로운 PD 합격자도, 새로운 합격 수기도 계속 나온다. 이 직업의 인기도 예전 같진 않은 만큼 수기를 찾는 사람도 줄어갈 거다. 제법 오래 버티긴 했지만 결국 내 수기도 생명력을 다해간다. 폐역사 바닥에 말라붙은 신문처럼 조만간 아무도 읽지 않는 글이 될 것이다. 그러면 더 민망할 일도 없겠지. 금방일 거다.

그러니 지우지 말자. 적어도, 부푼 가슴 안고 새로 들어온 후배가 "선배님 저 그거 봤어요"라고 말할 때, 맞다고 그거, 그거 나 맞고 그 글에서 했던 말들 아직 유효하다고, 당신 눈에 많이 달라 보이지 않았으면 좋겠다고 말할 수 있으면 좋겠다. 계속 내버려두고 쑥스러워하자. 경솔했지만, 잘 경솔했다.

설레서 뛰어든 열차의 꽁무니

크리스마스는 신비로운 날이다. 교회에서 많은 시간을 보낸 나 같은 사람에게는 너무 당연한 얘기겠지만, 그렇지 않은 이들에게도 크리스마스는 가장 따뜻한 겨울이다. 그 지점을 귀신같이 읽어내는 자본주의는 크리스마스가 오기 두 달 전부터 따스한 색감의 이미지를 앞다투어 만들어내 그 온도를 더한다. 기업의 상술이라고 도끼눈을 뜨기엔 그 이미지들이 유년의 추억 속에 너무 아로새겨져 있어 미워할 수가 없다. 성탄이 오면 축음기로 캐럴을 틀어놓고 어머니 발등 위에 올라서 왈츠를 추던 기억들이 따뜻하다.

살림이 어려워져 축음기 놓을 자리가 없는 집으로 이사를 한 뒤에도 성탄절에는 산타가 잊지 않고 들렀다. 어머니는 집에서 구할 수 있는 가장 큰 종이인 달력을 양말 모양으로 오려 주머니를 만들어주셨다. 그걸 머리맡에 달아놓고 잠들면 다음 날 소소한 선물이 가득 들어 있었다. 색연필, 지우개, 새콤달콤 같은 것들. 대단히 특별한 선물이라고 하긴 어려웠지만, 성탄절 아침에 달력 양말에서 꺼내는 기분만큼은 특별했다.

그러던 어느 해, 선물 꾸러미 속에 만화 비디오가 있었다. 어른이 된 지금의 정확한 호칭은 애니메이션 VHS. 그동안 달력 양말 안에 들어 있던 선물들과는 뭔가 급이 달랐다. 지금도 '검은 광택이 번뜩이는 전자기기'는 손에 들어왔을 때 사람을 설레게 하는 대표적인 물건이다. VHS도 어디까지나 전자기식 기록 장치다. 검은색이고. 광택은 없지만. 아, 케이스 속의 테이프를 꺼내면 광택도 번쩍번쩍하다. 훌륭하다.

무슨 만화였는지는 잘 기억나지 않는다. 〈호호아줌마〉였던 것 같기도 하고, 〈아기천사 두두〉였던 것도 같다. 〈감바의 모험〉이었는지도 모르겠다. 어쨌든 아침에 그걸 발견하자마자 신이 나 데크에 집어넣었고, 그해 성탄절은 그걸 내내 몇 번이고 돌려보는 데 다 썼다. 오로지 렌탈로만 이용할 수 있었던 비디오였다. 내 소유의 비디오, 정확히는 무한히 볼 수 있는 내 소유의 콘텐츠를 가지게 되었다는 게 얼마나 신이 났는지 모른다.

그런데 하루가 지나자 어머니가 비디오 가게에 반납하러 가야 한다는 거다. 산타 할아버지가 나 준 건데 왜? 산타 할아버지도 비디오 가게에서 빌려서 주신 거야. 반납해야 돼. 뭔가 한 번에 이해가 되지 않는 메커니즘이었지만 마지못해 수긍했던 기억이 난다. 산타 할

아버지 일 참 번거롭게 한다는 생각도 했고.

그때의 콘텐츠란 그런 거였다. 비디오는 보고 이틀 안에 반납해야 하고 TV에서 해주는 영화는 정확한 시간을 놓치면 안 됐다. 소유할 수 없었고 하나하나가 귀했다. 넷플릭스도 원래는 웹사이트에서 영화를 고르면 빨간 봉투에 비디오를 담아 배송해 주는 서비스였다. 미국이란 넓은 땅에서 배송이란 일주일도 예사로 넘기는 서비스다.

보고 싶은 영화를 신청해 놓고 집으로 배달될 때까지 무슨 기분이었을까. 지금도 사람들은 장바구니에 담아 결제한 설렘이 옥천 hub에서 움직이지 않을 때 제일 분개한다. 그런 설렘이 콘텐츠에도 있었다.

지금의 넷플릭스는? 가입하고 제일 많이 본 게 선택 화면인 건 나뿐이 아닐 거다. 오 이거 재밌을라나. 예고편. 아니 이건 다음에. 그럼 이건 어떨라나, 아니 이게 더 재미있어 보여. 이건 좀 애매해 보이는데 볼까 말까. 언제든 볼 수 있는 너무 많은 선택지. 하나 틀어서 5분 정도 보다 마음에 안 들면 미련 없이 나가 다시 골라도 되는, 너무 손쉽게 가질 수 있는 너무 많은 선택지.

콘텐츠를 이토록 쉽게 소유할 수 있게 된 것도 정말 최근의 일이다. 그전에는 영화는커녕 책받침, 엽서 같은 것들로 이미지나마 가지는 것이 가장 쉬운 콘텐츠의 소유였다. 정성을 좀 더 들이는 아이들은 잡지를 오렸다. 아세트지로 포장한 하드보드지 필통을 좋아하는 이미지로 장식했다. 나모 웹에디터로 만든 조악한 홈페이지의 대부분은 자신이 수집한 이미지를 전시하는 공간이었다. 영화 스틸컷, 일본 애니메이션의 알려지지 않은 일러스트, 연예인의 화보 사진들. 다른 루트로는 볼 수 없는 그런 이미지들을 보기 위해 홈페이지를 돌아다녔다.

나는 고등학교에 들어갈 때까지 집에서 인터넷을 쓸 수 없었는데, 친구가 인터넷에서 다운받은 〈모노노케 히메〉의 B컷 포스터 이미지 파일이 너무 갖고 싶었다. 5.25인치 디스켓에 BMP 이미지 세 장을 겨우 복사해 오며 설렜던 기억을 떠올린다. 플로피 디스크는 늘 불안정한 매체였고, 복사해 온 파일은 대개 제대로 작동하는 법이 없었다. 노심초사 열어본 이미지 파일이 한 줄씩 차근차근 나타나는 걸 보며 안도의 한숨을 쉬었던 기억이 새롭다.

과거의 불편을 향수로 미화할 생각은 없다. 휴대 전화가 없어 늦으면 늦는 대로 약속장소에서 마냥 기다리던 시절은 낭만이 아니다. '안녕하세요 거기 훈이네 집이죠 저는 훈이 친구 성민이인데요 혹시 훈이 있나요'를 종이에 적어 연습하고 외워서 전화하는 아이는 귀엽지만, 그렇게 프라이버시라고는 하나 없던 집 전화 문화도 별로 돌아가고 싶지는 않다.

그럼에도 아우라를 잃어버린 채 범람하는 콘텐츠는 어딘가 쓸쓸하다. 물론 소비자에겐 선택권이 많아져서 좋고, 범람하는 만큼 더 양질이 되지 않고는 살아남을 수 없는 콘텐츠 시장은 그 자체로 자유주의 시장의 이상향일지도 모른다. 독일의 철학자 발터 벤야민이 말한 기술복제시대의 예술작품은 100년 전에 이미 아우라를 잃었지만*, 오늘에 이르러 기술복제시대에 가졌던 아우라마저 또 한 번 잃는다.

흔한 오해와 달리 벤야민은 아우라의 상실을 지지했다. 기술복제의 무한한 생산력이 예술작품의 대중화와 해방을 일구었다며 두둔했다. 같은 맥락에서 누구나 파일로 콘텐츠를 쉽게 소유할 수 있고, 보고 싶은 이미지는 수백 수천 장 얼마든지 가질 수 있으며, 불과 몇 년 전까지만 해도 극소수만 접근할 수 있었던 촬영, 편집, 그리고 상영까지 모두에게 열린 지금이 더 나은 세상이라고 생각한다.

하지만 내가 콘텐츠를 만드는 사람으로 살리라 마음먹게 만든 건 그 시절의 아우라였다. 꼰대 같은 말이지만 영화 한 편, 이미지 한 장에 설레던 그때가 가끔 그립다. 지금도 좋은 영화, 오래도록 기억하고 싶은 영화는 물론 많지만, 실은 너무 많다. 하나를 기억하고 충분히 주억거리기도 전에 또 좋은 영화가 나온다. 입도 짧으면서 뷔페에서 욕심을 부려 헛배만 더부룩한 기분이다. 적당한 결핍 덕분에 오래오래 곱씹으며 깊이 소화할 수 있던 그때의 작품들은 참 운이 좋았다.

영화적으로는 당연히 지금의 수작들이 훨씬 수준 높다. 수많은 아이돌 그룹 중 아무나 1992년으로 데려다 놓으면 서태지와 아이들

---

* 벤야민은 예술작품이 지니고 있는 고유한 가치와 미적 교감의 힘을 '아우라'라고 부르면서, 사진과 영화 등의 복제기술의 발달로 이러한 '아우라'가 상실되었다고 설명했다. '오리지널'의 진가가 사라지면서 예술은 숭배의 대상에서 대중의 영역으로 이동한다(발터 벤야민의 『기술복제시대의 예술작품』(1935) 참조).

쌈싸먹을 전설이 될 수 있겠다 싶은 것처럼. 후발 주자는 항상 더 많이 진화해야 선대의 발자국을 따라갈 수 있다. 콜럼버스가 달걀을 어떻게 세웠다더라.

채널이 세 개뿐이던 그 시절 방송사 PD들은 아무거나 만들어 틀어도 시청률 30프로는 거저 나왔겠지. 어떻게 만들어도 전 국민의 반이 기꺼이 봐주던 시절의 선배들은 PD생활이 어땠을까 싶을 때가 가끔 있다. 지금은 수없이 많은 국내 채널은 물론 지구상의 무한한 콘텐츠 틈바구니 속에서 어떻게든 발버둥쳐야 눈길 한 번 받을까 싶은데.

달리는 기차의 박력을 보고 설레서 올라탔더니 내가 본 그 기차 머리는 한참 저 앞에 지나갔다. 올라탈 때 봤던 것과는 한참 다른 꽁무니에서 허우적거리고 있다. 어릴 적 설렌 일을 어른이 되어 붙잡은 사람은 다 이렇게 비슷할까. 처음부터 이런 꽁무니 칸을 봤다면 올라타지 않았을까.

아냐, 그래도 설렜을 것 같다.

1초 25프레임

음악 프로그램의 편집에는 무대 중간중간 객석의 관객들 표정이 들어간다. 요즘은 비전문가들도 어지간한 편집 기술은 다 이해하고 있다. 객석의 리액션이 진짜 실시간의 반응은 아니라는 것도 공공연한 비밀이다. 자기 얼굴이 방송 편집에 활용될 수도 있다는 동의서에 사인하고 들어온 방청객들의 표정은 노래하는 가수의 얼굴 사이사이에 편집자가 입맛대로 끼워 넣는다.

그래도 가장 좋은 편집은 역시 그 사람이 정말로 놀란 대목에 그 표정을 그대로 쓰는 거다. 하지만 사람들이 무대에 감탄하는 순간은 비슷하기 마련이니, 좋은 표정들은 비슷한 대목에 몰린다. 그 컷들을 거기에 다 붙이면 무대를 보여줄 짬이 안 난다. 해서 쓰고 남은 좋은 표정들은 모아놨다가 다른 곳에 적절하게 집어넣는다.

여기에도 상도가 있어서 가급적이면 표정을 잘라 붙이더라도 그 표정을 짓게 만든 무대 안에서 활용하고, 그 무대 밖으로 꺼내 다른 노래에 붙이는 건 지양한다. 동의서에 사인하긴 했어도 엉뚱한 무대에서 자기 얼굴을 보면 기분 나쁠 수도 있으니까. "나는 저 노래는 하나도 감동 안 했는데 왜 내 표정이 저래?" 하면 곤란하다.

하지만 같은 무대 안에서라면 어느 정도 용인이 된다. 당사자도 어느 대목에서 정확히 무슨 표정을 지었는지까지 기억하진 못할 테니까. 그 노래가 감동적이었다는 인상 정도는 남아 있을 테니 표정을 지은 순간을 살짝 옮겼다고 그렇게 못마땅하진 않겠지.

이런 리액션 넣는 걸 싫어하는 사람들도 종종 있다. 이해한다. 이건 편집자의 강요니까. 시청자에게 '이 순간에는 이런 감정을 느끼는 것이 마땅해.' 하고 알려주는 게 객석 리액션 컷의 역할이다. 온전히 내 느낌으로 깊이 감상하고 싶은 사람들에게는 거슬릴 수도 있다. 하지만 이해해 주자. TV 콘텐츠는 쉬워야 한다. 극장의 영화처럼 좋은 음향으로 온전히 몰입해서 감상할 수 없을 때가 많다. 그걸 감안했을 때 객석의 표정이 들어간 컷은 현장의 감동을 효율적으로 전달할 수 있는 좋은 방법이다.

〈듀엣가요제〉 조연출 시절, 어느 가수의 무대를 편집할 때였더라. 육중완이었던 것 같기도 산들이었던 것 같기도 하다. 무대 위 가수가 누구였는지도 기억이 안 나는데, 객석에 아주 잠시 지나가는 할아버지 관객 컷 하나가 지금도 선명하게 기억난다.

고희는 족히 넘겼을 연배에 부스스한 머리칼, 등산복 차림이 아무래도 콘서트장 화려한 조명이 익숙한 멋쟁이 도시 할아버지는 아닌 것 같았다. 딸내미가 방청권 신청해 손에 쥐어드렸나. 아니면 출연진 누군가의 초대로 온 지인인가. 이 분에겐 잘 모르는 얼굴의 잘 모르는 노래였을 거다. 〈듀엣가요제〉의 녹화는 반나절은 족히 찍곤 했다. 〈가요무대〉도 아니고 낯선 노래만 줄줄이 들으며 반나절을 앉아 있었으니 분명 허리도 많이 배겼을 터.

그런데 무대를 보는 표정이 참, 황홀하다는 표현을 붙이자니 너무 화려한 단어다. 웃음인 듯 아닌 듯 살짝 벌어진 입에 작은 눈 사이로 어린 빛이 모처럼 보는 순수한 감동의 표정이었다. 세상이 경이로 가득 찬 아이의 표정이 저렇지 않을까. 일흔이 넘은 얼굴에 깃든 저 표정은 무슨 의미일까. 화려한 조명과 LED, 라이브 세션의 웅장한 연주로 잘 연출된 무대를 보는 경험이 얼마나 되는 삶이었을까.

그 많은 리액션 컷을 찾아 넣으면서도 이런 표정을 본 적은 없었다. 얼추 편집을 해놓고 처음부터 다시 흐름을 보려고 재생하는 중에도 1초 25프레임, 잠시 그 표정이 스쳐 지나가면 한 번씩 마음이 덜컹했다.

이 분에게 이 날은 어떤 의미였을까. 아이고 육 씬가 그놈이 노래가 참 아이고. 집으로 가는 차 안의 상기된 목소리가 들리는 듯했다.

숱하게 밤을 새며 지친 손이 편집기 위에서 습관처럼 움직이려 할 때쯤 이름 모를 할아버지의 얼굴 1초 25프레임에 별안간 기운이 났다. 당신이 보러왔던 녹화의 TV 방영분을 집에서도 보시려나. 그럼 이건 더 잘 만들고 싶다. 현장에서 보는 것보다 방송으로 보는 게 더 재미있다는 걸 알려드리고 싶다. 아이고 육 씬가 저놈이 테레비로 봐도 참 잘한다.

……등산복 벗었는데 안에 입은 티셔츠에 '우윳빛깔 육중완' 쓰여 있고 이런 건 아니었겠지. 신보 나왔다고 스밍 돌리고 계시려나.

PD를 하다 보니

박수 튀기는 소리

공개방송으로 녹화하는 프로그램에는 방청객이 있다. 방청객들은 대개 리액션이 좋아서 웃기도 잘 웃어주고 박수도 잘 쳐준다. 무대 하나가 끝나고 쏟아지는 감동의 박수는 그 자체로 자연스러운 효과음이라, 그 소리 그대로 다 쓰는 게 좋다.

하지만 편집하다 보면 그 긴 박수 소리를 어쩔 수 없이 잘라야 하는 순간이 있는데, 방송 시간에 비해 박수가 너무 긴 경우나 아니면 박수 소리가 아직 안 끝났는데 패널 중 한 명이 눈치 없는 비방용 멘트를 해서 들어내야 하는 경우다. 그 멘트를 잘라내면 박수 소리가 같이 잘려 부자연스럽게 갑자기 뚝 끊긴다.

그런 경우를 위해 박수 소리만 따로 녹음해 놓은 효과음이 있다.

뚝 끊긴 자리에 이 효과음을 자연스럽게 연결해 주면 감쪽같다.

깊은 밤 편집실에서는 이 소리가 자꾸 기름에 뭘 튀기는 소리로 들린다. 비 오는 날 부침개에 막걸리가 땡기는 것도 비슷한 이유라는 데. 빗소리엔 부침개, 박수 소리엔 치킨이다.

오늘도 편집실엔 치킨이 온다.

새벽 세 시 반

몇 년 전 동네에 맛있는 빵집이 생겼다. 정말 너무너무 맛있는 빵집. 삶의 질이 올라갔다. 빵도 맛있는데 르 꼬르동 블루 출신의 젊은 부부가 항상 선한 인상으로 맞이해 준다. 심지어 두 사람은 빵집을 열고 얼마 지나지 않아 결혼도 했다. 새로 생긴 빵집에 걸려 있던 '결혼하고 올게요 :-)' 안내문은 참 사랑스러웠다.

그런데 좀 겁나는 건, 그 빵집 굴뚝이 쉬는 걸 못 봤다는 거다. 노르망디 버터라는 고급 재료만 쓴다고 들었는데, 냄새만으로도 좋은 걸 알겠는 그 고소한 향이 깊은 새벽 퇴근할 때도 늘 굴뚝에서 풍겨 온다. 새벽에도, 아침에도, 대낮에도, 저녁에도 굴뚝은 한결같이 고소하다.

에이, 그래도 뭔가 올려놓고 집에서 쉬는 거겠지, 생각했는데 새벽 세 시 반 퇴근길에 사장님을 마주쳤다. 눈이 휘둥그레져 지금 출근하시는 거예요, 물었더니 또 사람 좋은 웃음을 지으며 그렇다고 한다.

와 역시 저런 빵을 만드는 사람은 다르구나. 이 새벽부터 출근해야 한다니. 안쓰러움 섞인 감탄을 내쉬다가 새벽 세 시 반에 출근하는 사장님이랑, 새벽 세 시 반에 퇴근하는 나랑, 누가 더 안타까운 건지 헷갈리며 집으로 돌아왔다.

트렌드를 따라가기 어려운 이유

전 세계의 콘텐츠 제작사와 유통사가 모이는 행사에 참석했다. 수천 명 관계자들이 며칠 동안 서로의 콘텐츠를 홍보하고 거래하며, 업계 동향에 대해 밤낮없이 대화를 나눈다.

가장 큰 홀에서 열린 대담을 듣기 위해 앉았다. 한 전문가가 진지하게 말한다.

"이 행사에 참석한 수많은 미디어 관계자들이 '재미와 트렌드'에 대해 고민하느라 많은 시간을 쓰고 있다. 무엇이 재미있는지 알아내기 어려운 이유는 사실 간단하다. 우리가 늙어서다. 어리면 그냥 다 찾는다. 누가 안 가르쳐줘도 무한한 미디어 세계를 한눈에 다 본다."

아니 저기요. 너무 아픈데 보험처리 해주세요.

닿을 수 없는 리스트

대학교 2학년 즈음, 어느 교수님이 강의하다 말고 갑자기 그런 말을 했다.

"여러분 되게 바쁘죠? 그래서 읽고 싶은 책, 보고 싶은 영화, 뭐 그런 리스트 만들어놓고 나중에 여유 생기면 해치워야지, 그렇게 쟁여놓고 있죠? 그런데 너무 마음 쓸 필요 없어요. 그런 날 영영 안 와요."

그 말이 엄청 와닿아서 그때부터 악착같이 미루지 않고 틈나는 대로 그런 것들을 챙겼다. 새벽 두 시에 퇴근해 몸이 천근이어도 하루가 아까워 책 몇 글자라도 어떻게든 눈에 쑤셔 넣고 나서야 잠을 청했다. 그런 생활을 거듭한 끝에 마침내 나는, 잠이 부족한 사람이 되었다.

알람

아침 7시 편집실. 옆방에 누가 있는지는 모르겠지만 5분 간격으로 계속 알람이 울렸다가 힘겨운 손길로 끄기를 벌써 여덟 번째 반복. 자꾸 들리니까 좀 성가시기도, 안쓰럽기도.

……그 마음 잘 알지. …… 힘내세요.

넥타이가 없다

집에 넥타이가 없다. 내 돈 주고 사본 기억은 아예 없고 부모님께 두어 개 정도 받았던 것도 같다. 꽤 좋은 넥타이를 선물 받았던 적도 있는데 헤아려보니 그것도 십 년은 더 됐다. 버린 기억은 없는데 전부 어디로 사라졌는지 모르겠다. 그나마 대학 졸업하고 한동안은 어디 결혼식 같은 데는 매고 갔는데 그것도 한참 됐다. 지금은 결혼식도 장례식도 단정한 티셔츠에 재킷 하나 걸치는 게 나름의 격식이다. 나무라는 사람도 없다. 진작 이럴 걸.

넥타이를 매려고 노력할 때는 아침마다 얼마나 진땀을 흘렸는지 모른다. 인터넷을 보고 한 단계씩 차근차근 따라 매도 그 예쁜 삼각형은 안 만들어졌다. 목은 또 왜 그리 답답한지. 넥타이 매기의 결론은 항상 대체 누가 왜 이렇게 쓸데없는 물건을 만들고 정착시켰는가

원망 섞인 의문으로 귀결됐다. 제 손으로 목을 매다니, 제정신이 아닌 게 분명해.

PD라는 이름으로 꽉 채운 직장생활 8년. 결혼식, 장례식에도 넥타이를 포기했더니 일 년 내내 맬 일이 없다. 정장에 넥타이 차림의 다른 직장인들을 거리에서 만날 때마다 이 직업에 대한 만족도가 조금 올라간다. PD들에게 넥타이를 맬 일이 생긴다면 그건 심의규정을 위반해 방송통신심의위원회에 불려갈 때 정도다. PD들끼리 그런 자리에 불려가는 것을 일컬어 '정장 입는다'고 표현할 정도다.

그것도 혼나러 가는 자리인 만큼 격식을 차린다는 의미지 넥타이가 필수는 아니다. 나는 해고무효확인 소송으로 법원에 출석할 때도 안 맸으니 아마 방심위에도 안 매고 갈 것 같다. 제일 좋은 건 거기 갈 일을 안 만드는 거지만.

사람은 생각보다 겉모습에 영향을 많이 받는다. 아니, '생각보다'가 아니라 겉모습이 중요하다는 건 다들 알고 있다. 같은 사람이 정장을 입었을 때와 추리닝을 입었을 때 신뢰도가 달라지는 심리학 실험은 이제 진부하게 느껴질 정도다. 중요한 건 겉모습에 영향을 받는 대상에는 다른 사람뿐 아니라 스스로도 포함이 된다는 거다. 정장을 입었을 때와 추리닝을 입었을 때 행동이 달라지는 건 누구보다 그 자신이 제일 먼저다.

내가 나이를 좀 먹긴 먹었구나 느낄 때 중 한 가지는 '십 년 전'이란 시간을 떠올릴 때다. 시대의 변화가 빠르단 이야기를 할 때든, 대중문화의 트렌드를 이야기할 때든 별생각 없이 가장 만만한 단위인

'십 년 전'을 꺼내는데, 그러다가 그때의 내가 지금과 크게 다르지 않다는 걸 깨달을 때 흠칫 놀란다.

대학 때만 해도 십 년 전을 떠올리면 어린이였거나 교복을 입은 학생이었다. 그 '십 년 전'은 뭔가 많이 달랐다. 겉모습도, 경험하는 세상도, 그로부터 빚어지는 생각도. 그만큼 십 년은 큰 시간이었다. 충분히 거리감이 느껴지는 과거였다. 지금 십 년을 거슬러 올라가면? 대학생이네. 심지어 군복무도 마쳤다. 졸업도 얼마 안 남았다. 겉모습도, 입고 있는 옷도 비슷하다. 바라보는 세상과 생각도 뭐 얼마나 달라졌는지 잘 모르겠다.

시간이 흘렀으니 그래도 지식은 좀 늘었을 거고 시야도 조금은 넓어지긴 했겠지. 아니, 아니다. 전공과목 배운 거 까먹은 걸 생각하면 지식은 오히려 줄었을지도 모르겠다. 중간고사 보고서로 써냈던 글을 찾아 읽어보면 꼭 어제 쓴 글 같다. 이렇게 발전 없는 인간이라니. 큰 변곡점 없이 하루하루 살아왔을 뿐인데 그게 벌써 십 년이 됐어?

짐작건대 스스로 큰 변화를 느끼지 못하는 가장 큰 이유는 아마 정장을 입지 않아서일 거다. 청바지에 백팩을 메고 가던 곳이 캠퍼스에서 방송사로 바뀌었을 뿐이니까. 생각보다 사람 얼굴은 해가 바뀌어도 그렇게 변하지 않는다. 바뀌는 건 옷이고, 그 옷이 만드는 표정이다. 정장을 입지 않은 덕분에 나는 매일 아침 거울 속 모습에서 시간의 마디를 느낄 일이 없었다.

정장 입는 회사에 들어갔다면 매일 아침 거울 속 낯선 모습에 적응해 가며 삶의 장이 달라진 스스로를 느꼈을 텐데.

가끔 정장에 서류 가방을 든 지인을 만나면, 백팩을 메고 있는 나와는 다른 세계로 건너간 것 같은 기분을 느낀다. 어릴 적 생각하던 어른의 모습. 그러면 아직 그 어른이 되지 못한 나도 보인다. 시간은 흘렀는데 나는 여전하네. 지금 봐도 어제 쓴 글 같은 대학 시절 보고서처럼 나는 청바지와 함께 여기 머물러 있다.

실은 십 대를 거치며 친하게 지내온 친구들 중에서도 정장 입는 녀석은 없다. 제일 오래 만나온 다섯 친구 중에 두 명은 음악을 하고, 한 명은 노래와 연기를 하고, 다른 한 명은 어린이집을 누비는 체육 선생님이다. 그나마 마지막 한 명은 목사님인데 모히칸 머리에 선글라스를 쓰고 다닌다. 만날 때마다 티셔츠에 야구 모자를 쓰고 나오는 이 친구들 덕분에 아직도 철없던 십 대가 작년쯤 된 것 같은 기분이다.

그리운 친구들은 오랜만에 만나도 항상 그대로라는 말이야 진부한 수사지만 이 친구들은 정말로 그렇다. 각자의 자리에서 가정도 꾸리고 아빠도 되고 자기 몫을 성실하게 책임지며 살고 있지만 눈을 비비고 다시 봐도 어른이 된 것 같진 않다. 가끔 만나면 하는 거? 치킨 시켜놓고 닌텐도 스위치. 4인용. 재밌다.

돌아보면 이들이 아니어도 주변에 정장 입은 직장인이 별로 없다. 방송계 사람들은 물론이거니와 자영업자, 기자, 학자, 교사, 학원 강사, 배우, 뮤지션, 스타트업·IT기업·게임회사 직원 등 모두가 백팩에 청바지 차림이다. 업무 시간이 딱히 정해져 있지 않은 내 직업 덕분에 비슷한 사람들을 주로 만나기도 했겠지만, 그래도 세상에는 이토록 다양한 일을 하는 사람들이 참 많다는 뜻이기도 하다.

PD는 업무 시간이 불규칙적인 만큼 평일 낮에 쉴 때도 많은데, 극장에 자리가 없다든지 식당에 대기 줄이 길면 나도 모르게 원성이 툭 나오곤 한다. "아오, 이 사람들은 다 뭐하는 사람들이길래 평일 낮부터 이렇게들 나와 있어. 일 안 해?" 뭐하는 사람들이긴, 나 같은 사람들이겠지. 참으로 자기객관화 안 되는 짜증이다.

정장을 입고 서류 가방을 들고 (야근이 많이 붙긴 하겠지만 그래도 기본적으로) 아침 9시부터 저녁 6시까지 일을 하는 직장인이 실제로는 얼마나 되는 걸까. 여전히 이런 모습이 모름지기 정상의 직장인인 걸까. 모든 사람들이 이렇게 살기라도 하는 것처럼 많은 것들이 이 기준으로 세팅되어 있지만 정말 그런지는 잘 모르겠다. 그러니까 이 모양을 갖추지 못해 불안해할 필요도 없다. 평일 낮에 거리에 나와 있는 사람들도 다들 자기 삶을 잘 꾸려나가고 있을 테니까.

적어도, 정장을 차려입은 친구 앞에서 괜히 어른이 덜 된 것 같은 기분을 느낄 필요는 없을 것 같다.

남자지만 긴 생머리입니다

내 머리는 꽤 길다. 정확히는 머리카락이. 머리라고 하면 두상이 길다는 말이랑 헷갈리지만 실제로 보면 그럴 염려는 없다. 만나자마자 어깨까지 닿고도 흘러내리는 긴 생머리부터 눈에 들어올 테니까.

그래서 편한 점 하나. 오랜만에 마주쳤는데 할 말이 마땅치 않은 사람들은 대개 살이 쪘다거나 빠졌다는 둥, 몇 차례 알려준 신상을 재차 묻는다는 둥 어색하고 쓸데없는 인사말을 늘어놓기 마련이다. 하지만 나를 마주치면 하나같이 진심으로 이 말을 한다. "와, 머리 많이 길었네?" 당연하죠, 머리는 놔두면 계속 자라니까요.

그러니 만날 때마다 똑같은 말을 진심으로 할 수 있다. 저번에 만났을 때보다 머리는 분명 또 자랐을 테니까. 할 말이 마땅치 않은 사람에게 이보다 좋은 인사거리는 없다. "와, 머리 진짜 많이 길었네?"

두발 단속이 꽤 엄격한 고등학교를 나왔다. 단속하는 교사 마음에 안 들면 바리캉으로 한 줄을 스윽 그어버리는, 그것도 두피가 하얗게 보일 만큼 바짝 고속도로를 내버리는 학교였다. 요즘 같을 때 인터넷에 그 사진이 올라온다면 야만적이라고 지탄깨나 받았을 거다. 머리 그게 뭐라고 그렇게까지 했을까.

하기야 수틀리면 뺨따귀는 기본이요, 하키채, 당구 큐대, 야구 배트 등 참으로 다채로운 무기들이 날아다니는 학교였으니 바리캉 정도는 무감했을 터다. 나도 마음에 안 드는 교사에게 대들다가 교실 바닥에서 얼굴을 누비는 구두 밑창의 감촉을 경험했다. 〈말죽거리 잔혹사〉는 내 학창 시절보다 이십 년은 앞선 얘긴데 왜 그리도 익숙했을까.

다만 난 머리만큼은 모범생이었다. 두발 단속 교사가 교실에 들어와서 애들 앞에 일으켜 세우는 학생이었다. 얘처럼 자르란 말이야, 얘처럼. 그랬다. 그야말로 스포츠머리의 모범이었다. 양옆과 뒷머리를 바짝 치고 정수리와 앞머리만 살짝 자라 있는, 머리끄덩이를 잡을래야 잡을 수 없는 머리. 두발 단속을 그토록 열렬히 지지하는 것도 아니었고, 구둣발의 맛도 예사로 볼 만큼 반골 기질도 다분했지만 머리만은 참으로 모범적이었다. 귀찮으니까.

머리 그게 뭐라고. 머리 모양에 대한 이 심드렁한 태도는 집착적인 두발 단속에도 공감을 못했지만, 엄청난 공을 들여가며 그 단속을 피해 갈 필요성도 못 느꼈다. 머리 모양은 내 정체성에 그다지 큰 자리를 차지하지 않았고, 나는 머리 모양 때문에 귀찮아지는 것이 싫어 3주에 한 번 기계처럼 미용실에 들러 단정한 스포츠머리를 심드렁하게 유지했다.

대학 시절 유독 아저씨 취급을 받은 것도 그 스포츠머리 때문이었다. 머리 모양이 마음속에서 차지하는 자리는 여전히 미미했고 생활의 여유는 더욱 없었다. 바리캉을 든 학생주임이 칭찬하던 스포츠머리 그대로 대학생활을 했다. 기르려면 못 기를 것도 없었지만 까칠한 머리가 덥수룩 자라나는 과정의 지저분함을 참을 인내심도, 그걸 왁스로 누르고 모자로 숨길 정성도 없었다.

그 머리를 벗어날 수 있었던 건 군복무를 마치고 떠난 3개월의 세계 여행 덕분이었다. 먹고 자는 것만으로도 빠듯한 예산에 미용실 같은 건 끼어들 자리가 없었다. 이역만리에선 삐죽삐죽 지저분하게 자라는 머리를 신경 쓸 사람도 없었다. 덕분에 석 달 동안 적당히 자라 돌아올 즈음에는 제법 자리를 잡았다.

고생이란 고생은 다하고 몇 달 만에 돌아온 내게 현관문을 열어주던 동생의 첫마디가 "형한테 노숙자 냄새나"였는데, 적당히 자란 머리 때문에 친구들은 내가 어려져왔다며 입을 모아 반가워했다. 그러니 그 시절부터 나를 알던 지인들에게 지금의 내 긴 머리는 또 얼마나 생경할까.

스포츠머리로 평생을 살아온 나 같은 사람이 아니어도 긴 머리의 남자는 신기하다. 사람들은 내 머리를 보고 보통 두 가지 질문을 꼭 한다. 왜 기르시는 거예요, 언제까지 기르실 거예요. 둘 다 남자의 긴 머리는 비정상이라는 전제가 깔려 있다.

이유를 묻는 질문에는 '남자가 특별한 사연 없이 머리를 기를 리가 없다'라는 생각이, 어디까지 기를 거냐는 질문에는 '이 특수한 상태를 언제까지 유지하다가 정상적인 짧은 머리로 돌아갈 것인가' 하는 생각이 들어 있으니까. 여기에 "기부하려고 기르시는 거예요?"까지 추가하면 완벽. 그 정도 아름다운 명분쯤은 있어야 수긍할 수 있는 게 긴 머리다. '그냥 스타일'의 선택지는 없다.

예전에는 여자도 긴 머리를 갑자기 단발로 자르고 나타나면 '무슨 일 있어?' 하는 질문을 받곤 했지만 요즘엔 그런 질문도 점점 촌스러운 대접이다. 자르는 데 이유가 어디 있어. 그냥 자르고 싶어서 자른 거지.

기르는 것도 마찬가지다. 그냥 길러봤다. 해직 PD로 지낸 시절, 딱히 소속도 없고 사람들 시선에도 신경 쓸 것 없이 몇 개월을 보냈더니 머리가 꽤 자라 있었다. 거울 속 그 모습도 나쁘지 않아 이참에 한 번 길러볼까 했을 뿐이다. 그렇게 생각하고 거리에 나섰더니 여자들 머리 스타일은 참 다양한데 남자는 하나같이 귀 위로 짧은 머리인 게 너무 재미없어 보였다. 평생 저렇게 짧은 머리로만 사는 거 너무 별론데? 하고 놔두기 시작했더니 어느새 어깨에 닿고도 흘러내리는 긴 생머리가 됐다.

하루는 친구와 술집을 찾았는데 마침 옆 테이블에 친구의 지인들이 앉아 있었다. 반갑게 인사를 나누던 일행 중 하나가 친구 옆에 서 있는 나를 가리키며 묻는 말. "여자친구……?" 빵 터진 친구가 해명을 하자 믿어지지 않는다는 듯 나를 보는 눈빛. 남자입니다. 심지어 제가 한 살 형이고요.

또 한 번은 회사의 리뷰 방송에 출연을 하러 갔는데, 아무리 편집실에서 밤을 새고 와 수척한 얼굴의 자사 직원이어도 일단 출연자이니만큼 의상이며 메이크업은 제공해 주는 모양이었다. 주는 옷을 받아 입고 분장실에 가서 앉았는데, 앉자마자 들려오는 분장사 선생님의 질문. "속눈썹 붙여드릴까요?"

머리가 길고 나서 이런 오해를 많이 받는다. 그나마 한국은 성별간의 외모 차이가 덜한 나라인데, 아시아보다 성징이 훨씬 더 두드러지는 유럽이나 미국에 가면 열 번에 일고여덟 번은 맴, 미스, 아니면 마담, 마드모아젤로 불린다. 내 얼굴이 삼십 대 중반 남성치고는 선이 얇은 것은 맞다. 거기에 머리까지 길다 보니 얼굴만 보면 그럴 수도 있다고 생각한다.

하지만 나는 키도 180이 넘는다. 어깨나 등빨도 별로 호리호리하지 않다. 나 정도 체격의 여성이 드물지 않은 서구 사회에서는 그렇다 쳐도 한국에서까지 오해를 받을 때는 자주 의아하다. 심지어 몇마디 대화를 나누고 나서도 '목소리가 굵은 여자'라고 생각하는 경우도 있었다. 머리 모양은 그 무엇보다 성별을 판단하는 가장 강력한 단서인 것이다. 심지어 목소리나 체격보다 훨씬 마음대로 바꿀수 있는 건데.

여성의 머리며 화장이며 옷차림에 이러쿵저러쿵 참견하는 사람이 많은 게 사실이지만, 어떤 측면에서 그건 외모에 관한 한 남성에게 가해지는 터부가 더 강력하다는 말이기도 하다.

짧은 머리를 한 여성, 화장을 안 한 맨얼굴의 여성, 관리 안 한 손톱이 거친 여성, 후줄근하게 입은 여성은 종종 "넌 여자애가 그게 뭐니"라는 핀잔을 듣지만, 긴 머리 남성, 화장한 남성은 앞서 늘어놓은 여성의 대조항에 비해 훨씬 드물다. 네일아트를 한 남성, 치마를 입은 남성까지 가면 주위의 반응은 핀잔이란 귀여운 단어로 표현할 수 없는 무언가가 될 것이다. 애초에 거스른다는 걸 생각하기 어려울 만큼 강력한 터부란 얘기다.

그러니 키가 180이 넘는 긴 머리의 남성은 눈에 띈다. 공중화장실에서 마주치는 사람들이 화들짝 놀라는 건 너무 당연한 일상이다. 그건 딱히 오해를 살 만한 외모가 아니어도 일어날 만한 일이긴 하다. 절대 오해 살 리 없는 터프한 얼굴이라고 해도 화장실에서 맨 처음 눈에 들어오는 건 긴 머리일 테니까. 본능적으로 일단 놀라게 되어 있다. 다행히 화장실은 그 오해를 가장 빨리 해소할 수 있는 공간이기도 하다.

한번 눈에 띄면 기억에도 오래 남는다. 두세 달 전에 딱 한 번 밥 먹으러 왔던 식당의 사장님이 "또 오셨네요"라며 인사하는 일이 점점 늘어난다. 심지어 대기자가 많아 그냥 포기했던 식당에서도 두 번째 방문에 "오실 때마다 못 들어오셔서 어떡해요"라는 말을 들었다. 대기자 명단을 확인하고 돌아서는 그 잠깐 봤을 뿐인데. 식당 사장님들의 프로페셔널한 서비스 정신이라기엔 머리가 길고 나서 이런 경험이 부쩍 늘었다.

좀 더 나아가면 식당이나 카페에서 유난히 흘긋흘긋 쳐다본다든지, 낮은 목소리를 내면 자기들 대화까지 멈추고 돌아본다든지 하는 일도 가끔씩 있다. 손님의 나이대가 높은 종로의 어느 노포에서는 나이 많은 종업원들이 대놓고 신기하다며 몰려와 구경하는 일도 있었다.

나는 이런 대부분의 경우에 대해서 '그럴 수 있다'고 생각하는 편이지만 타인의 무례함에 아주 민감하게 반응하는 것이 요즘 정서다. 인터넷을 들어가면 세상의 수많은 무례함에 대해 앞다투어 불쾌해하는 이야기를 끝도 없이 볼 수 있다.

하지만 어떤 정치적 올바름, 개인주의적 존중 역시 환경의 산물이다. 그런 매너를 배우고 자연스럽게 받아들일 수 있는 환경에서 자라 기준이 높아진 것이 꼭 그 사람이 도덕적으로 우월한 사람이라는 뜻은 아니다. 특히 전혀 다른 기준으로 거의 평생을 살아온 세대에 대해서는 어느 정도 느슨한 이해도 필요하다고 생각한다. 긴 머리에 곱상하게 생긴 남자, 얼마나 신기하겠어. 신기할 수 있지.

그럼에도 눈에 띈다는 것은 어쨌든 성가신 일이다. 아무도 나를 신경 쓰지 않는다고 느낄 때보다 긴장하게 된다. 하지만 긴 머리로 인해 받는 관심은 언제든 내 의지로 벗어날 수 있다. 아직까지는 크게 부담을 느낄 정도가 아니라 상관없지만, 만약 내가 이게 너무 싫다고 느껴지는 날이 온다면 머리야 자르면 그만이다.

다만 생각나는 것은 그럴 수 없는 사람들이다. 장애가 있어서, 피부색이 달라서 나갔다 하면 시선을 받을 수밖에 없는 사람들. 귀찮으면 잘라버릴 수 있는 내 머리와는 다른 이유 때문에 눈에 띄는 사람들이다. 심지어 내 긴 머리에 향하는 시선에는 그저 호기심 정도가 섞여 있을 뿐이지만, 다른 이유로 눈에 띄는 사람들에게는 섞여 있는 감정도 보통 다르다.

십 년 전 케냐를 여행했을 때, 치안이 안 좋기로 유명한 나이로비에서도 가장 저소득층이 사는 슬럼 지역을 들른 적이 있다. 자유여행에서 단순한 호기심으로 슬럼 지역을 찾는 일은 여행자 자신에게도, 그곳 사람들에게도 바람직하지 않다. 하지만 그 여행은 내 개인여행이기도 하면서, 교회에서 청년들과 함께 진행했던 개발 프로젝트의 사전 조사도 겸했기에 필요한 방문이었다.

나이로비 교회의 케냐인 목회자와 동행이라 조금 마음이 놓인 것도 있지만, 한편으로는 '여기도 사람 사는 곳인데 여행하면서 위험한 거야 어느 곳이나 다 똑같지 뭐'라는 마음도 있었다. 여행 좀 다녀봤다는 알량한 허세도 살짝 섞여 있었다.

하지만 거기서 느낀 위압감은 전혀 다른 영역이었다. 나이로비는 우리 기준에서야 치안이 열악하지만, 아프리카 대륙 전체로 보면 최고로 안전한 도시 중 하나다. 아프리카 일대의 치안을 판단하는 기준은 강도나 소매치기가 아니라 내전이다. 케냐는 적어도 내전 중인 국가는 아니다. 그래서 유럽인 관광객들을 심심찮게 만날 수 있다. 그런데 현지 목회자와 함께 간 그곳은 관광객이 절대로 찾지 않는

곳이었고, 그 말은 눈 닿는 모든 곳에서 피부가 하얀 사람은 나밖에 없었다는 말이었다.

걷는 곳마다 눈에 띄었고 보이는 모든 사람들이 오로지 나만 보고 있었다. 호기심, 흥미, 경계심, 적대감, 다양한 감정들이 섞인 시선을 한 몸에 받았다. 발걸음 하나 표정 하나에도 온 신경을 쏟을 수밖에 없었다. 행여 심기를 거스르는 모습을 보일까 모든 자율신경계가 수동으로 작동하는 기분이었다. 다행히 큰 문제없이 나왔지만, 그때의 긴장감은 아직도 생생하다.

어떤 사람들은 평생을 이런 시선과 긴장감 속에 살아야 한다는 생각을 한다. 긴 머리에 꽂히는 시선을 느끼며 사는 요즘, 머리로만 알고 있던 것과 사소하게나마 짐작할 수 있는 것이 달라진다.

긴 머리의 남자도, 장애인도, 피부색이 다른 이도 혹은 그 어떤 낯선 존재도, 신기할 수 있다. 자기도 모르게 어, 하고 눈길이 가는 거야 어쩌겠는가. 그럴 수 있다. 하지만 거기에 감정을 담아 지속하지 않았으면 좋겠고, 종국에는 낯설어하지 않으면 좋겠다.

어, 하고 눈길조차 안 갈 만큼 그러려니 하는 존재들이 되었으면.

손목시계의 진공

연락 올 사람이 없어 하루 종일 울리지 않는 휴대전화는 종종 '시계'라는 놀림을 받는다. 놀리는 의미가 아니어도 GPS 위성으로부터 시간을 전송받는 휴대전화는 훌륭한 시계다. 사람들이 한시도 몸에서 떼어놓지 않는 물건이 된 지도 꽤 됐으니 더욱 그렇다.

그래도 나는 손목시계를 찬다. 습관이 단단히 들었다. 손목에 없으면 허전한 존재감이 너무 커 집을 나설 때 깜빡할 일도 없다. 있는 존재감보다 큰 없는 존재감. 그만큼 내 손목에 당연해졌다. 손목에 시계가 없는 날이면 습관처럼 빈 손목을 들었다가, 시계 자리만 하얗게 그을리지 않은 손목을 황망히 내리기를 거듭한다.

사실 필요할 땐 전화기를 들여다보면 되는 건 맞다. 하지만 시간은 손목에서 보는 게 좋다. 마주 앉은 사람에게 지루하다는 인상을 주지 않으면서 몰래 시간을 확인하기에도 요긴하고, 시간 보려고 집어든 전화기에서 쓸데없는 다른 정보에 주의를 빼앗기지 않을 수 있어서 좋기도 하지만 솔직히 이런 이유들은 그냥 구색이다. 결국 습관이 들어서일 뿐이다.

아, 휴대전화 시계에는 없는 확실히 좋은 점이 하나 있다. 시간을 5분 빨리 맞춰놓을 수 있다는 거. 에누리 없이 GPS에서 받은 시간을 보여주는 휴대전화와 달리 손목시계는 내가 설정해 놓은 5분 빠른 시간을 보여준다. "어차피 자기가 5분 빠르다는 거 알고 있으면 소용없는 거 아냐?" 하고 비웃는 사람도 있겠지만 그거 생각보다 자주 까먹는다.

덕분에 5분 미리 움직여 좋을 때가 많다. 학생이었다면 수업이 실제로 끝나는 시간보다 5분 먼저부터 좀이 쑤셨겠지만 직장인의 일과란 시작하는 시간은 정해져 있어도 끝나는 시간은 정해져 있지 않아 그럴 일은 없다.

반대로 휴대전화가 시계로서 가장 우월해질 때는 국경을 넘을 때다. 껐다 켜기만 하면 현지 시간을 알아서 딱 띄워주고 바로 옆에 한국 시간도 보여주니 이보다 더 요긴할 수가 없다. 여기서 손목시계는 몹시 귀찮아진다. 워낙 여행도 많이 다니고 해외 촬영도 많다 보니 그때마다 시계를 맞춰야 하는데 이게 참 번거롭다.

기능이 많은 어떤 디지털시계들은 설정에 들어가 국가만 지정해주면 척하고 바로 현지 시각으로 바뀌기도 하고, 클래식한 아날로그

시계는 단추만 몇 바퀴 획획 돌려주면 금방 맞출 수 있겠지만, 디지털이긴 한데 기능도 별로 없고 아날로그 바늘이 더 큰데 도르래도 없는 내 시계는 둘 다 못한다.

이 녀석의 시간을 재설정하려면 이것저것 눌러 설정에 들어간 다음 단추를 꾹 눌러, 분침이 틱틱틱 하고 1분씩 전진하게 해야 한다. 시차가 +1시간이면 그렇게 한 바퀴만 돌리면 되니 그 정도는 금방 맞춘다. 문제는 -1시간이다. 분침이 뒤로는 못 움직이기 때문에 앞으로 꼬박 열한 바퀴를 돌 때까지 단추를 누르고 있어야 한다.

너무 쉽게 눌리면 부지중에도 시간이 바뀌어버릴 걸 걱정했는지, 세심하게도 꽤 힘을 주어 눌러야 바늘이 움직인다. 덕분에 조그만 단추를 누르고 있다 보면 손가락이 얼얼하기도 하고, 열한 바퀴 돌아가는 걸 계속 들여다보고 있기 뭐해서 잠깐 주의를 돌렸다가는 더 돌아가버린 바늘 때문에 다시 열한 바퀴를 돌려야 할 때도 있다. 귀찮기 짝이 없다.

일상엔 그런 일들이 있다. 요령 있는 사람이나 둔한 사람이나, 고스란히 똑같은 시간을 들여야 하는 일들. 방송사에서는 테이프 아웃(tape-out)이 그런 일이다. 디지털로 편집한 영상 파일을 실물 VHS 테이프로 옮기는 작업을 뜻하는데, 영상 시퀀스의 길이만큼 일대일로 시간이 걸린다. 50분짜리 파일을 테이프 아웃하려면 50분이, 100분짜리 파일을 테이프 아웃하려면 100분이 고스란히 걸린다는 말이다.

편집은 손이 빠르고 기민한 사람이 빨리한다. 50분짜리 편집도 하루 이틀이면 끝낼 수 있는 사람이 있는가 하면, 일주일 동안 20분짜리를 붙잡고 있어도 끝을 못 보는 사람도 있다. 하지만 테이프 아웃은 다르다. 20분짜리 시퀀스면 꼬박 20분을, 50분짜리 시퀀스면 50분을 정직하게 기다려야 영상이 기록된 테이프를 받을 수 있다. 얼마나 요령이 좋고 손이 빠른지는 상관없다. 발을 동동 굴러도 소용없다. 할 수 있는 건 그저 필요한 만큼 시간이 지나길 기다리는 것뿐이다.

필요한 만큼 시간을 들여야 하는 일들. 1분씩 틱틱틱틱 바늘이 움직여야 맞출 수 있는 시계, 60분이 필요한 테이프 아웃, 이미 돌려버린 세탁기, 자꾸 뚜껑을 열어보면 설익어 버리는 찜 요리, 효모를 넣어 발효시키는 반죽, 그저 바라보는 것 말고는 할 수 있는 게 없는 일들.

나는 그다지 여유를 즐기는 성격이 아니다. 늘 해야 할 일을 잔뜩 끌어안고 있다. 그중에는 굳이 꼭 안 해도 되는데 나서서 만든 일이 적지 않다. 짬이 날 때는 본업과 상관없는 무언가를 만든다. 그것도 아니면 글이라도 써야, 책이라도 읽어내야 시간을 허비하지 않은 것 같은 안도감이 든다. 삶에 여백을 잘 두지 않는다. 여백이 생기면 조바심이 돋는다. 썩 바람직하지 않은 습관인 건 알지만 습관은 습관이 되어버린 순간부터 내 마음대로 안 돼서 습관이다.

그러다 이렇게 아무것도 할 수 없는 순간이 오면 비로소 여백을 온전히 허락한다. 손을 쓸 수 없는 시간, 그저 기다리는 것 말고는 할 수 있는 게 없는 순간이 되면 차라리 마음이 편해지는 것이다. 아무리 급한 상황이어도 이건 참 잘 받아들인다. 애써봐야 소용없어, 때 되면 되겠지.

비행기를 타고 국경을 넘어가는 시간은 묘한 진공의 느낌을 준다. 머물던 땅을 벗어났지만 새로운 땅에는 아직 발을 딛지 않은 시간. 이제 내 시계는 떠나온 땅의 시간과는 맞지 않을 텐데, 아직 목적지의 시간에도 이르지 못했다. 이동 중인 비행기에는 시계를 맞출 현재 시간은 존재하지 않는다. 출발지 시간, 목적지 시간, 그리고 남은 비행 시간만이 존재할 뿐. 어디에도 속해 있지 않은, 그리고 아무것도 할 수 없는 이 기묘한 진공 상태는 안정감을 준다.

그렇게 몇 시간의 무력함을 즐기다가, 착륙이 다가오면 다시 그 불편한 시계를 꺼낸다. 목적지의 시간을 확인하고 진공의 시곗바늘을 한 걸음씩 틱틱틱틱 일상의 시간으로 옮긴다. 서두르지도 못하게, 정확히 한 걸음씩 전진하는 시곗바늘을 맞추며 나도 일상으로 돌아갈 준비를 한다.

테이프 아웃을 기다릴 때도, 1시간 18분이 남았다는 세탁기를 바라볼 때도, 아직 더 푹 삶아야 하는 냄비 뚜껑을 열어보고 싶을 때도. 그렇게 무력한 순간의 시곗바늘을 맞추고 있으면 마음속 부유물들이 천천히 가라앉는 것을 느낀다. 잠시라도 맑은 물, 금방 다시 요란해지겠지만.

얼마 전부터 회사의 편집 시스템이 테이프리스(tapeless)로 바뀌었다. 이제 모든 과정을 디지털 파일로 처리하면서 굳이 실물 VHS로 옮길 필요가 없어진 것이다. 무력하게 기다려야 했던 몇십 분이 사라졌다. 덕분에 퇴근 시간은 빨라졌으니 기술의 진보에 만세를 외칠 일이다. 동시에 분주한 마음을 가라앉힐 틈도 사라졌다.

모든 기술이 그렇게 변해간다. 무력해지는 것도 점점 의지가 필요한 일이 되어간다. 힘써 무력하지 않으면 무력할 수 있는 기회도 없다.

알레르기 알려주기

나는 기본적으로 무던한 사람이다. 가리는 것 없이 다 잘 먹고 맛있게 먹는 편이다. 다채로운 나라들로 여행을 많이 다녀 낯선 환경에서 적응도 잘한다. 안락하다고는 할 수 없는 잠자리에서도 벌러덩 누워 잘 자고, 우와 이건 정말 다른 나라! 하는 이질감을 강력하게 내뿜는 음식도 그럭저럭 잘 먹는다.

다만 갑각류 알레르기가 있다. 새우, 게, 가재를 못 먹는다. 어렸을 땐 곧잘 먹었는데 고등학교 때쯤 갑자기 알레르기가 생겼다. 흔히 듣는 것처럼 그걸 먹고 식중독에 걸려서 체질이 변했다든지 그런 일도 없이 정말 그냥 생겼다. 그래서 난 이게 딸꾹질 같은 거라고 생각했다. 갑자기 나타나서 괴롭지만 신경 끄고 있다 보면 또 나도 모르게 없어지는 그런 거. 그래서 좀 간질거려도 신경 끄고 먹기로 했다.

딸꾹질처럼 없어지겠거니 하면서. 여행 중에 만난 의사가 그러다 죽을 수도 있다고 말리기 전까지는 말이다.

대수롭지 않게 얘기했지만 꽤 심한 편이긴 하다. 익히지 않은 갑각류의 몽글몽글한 생살은 몸에 닿기만 해도 닿는 부위가 모조리 부어오른다. 한번은 양념게장이 맛있는 식당에서 회식을 했는데 게장을 못 먹고 있는 나에게 누군가가 양념이 맛있으니 양념이라도 찍어 먹어보라며 권했다.

그래 볼까, 하고 게살이 닿기만 했을 뿐인 양념을 입에 넣자 스치고 지나간 입술, 입천장, 혓바닥, 목구멍을 타고 내려가는 식도까지 팅팅 붓고 열이 올랐다. 미친 듯이 뜨겁고 간지러운데 식도는 긁을 수도 없다. 그 의사도 그래서 말렸던 거였다. 알레르기가 있는 음식을 먹고 사망하는 대부분의 경우는 부어오른 식도에 숨이 막혀서다. 그저 호의로 양념이라도 먹어보라 권했던 사람은 내 모습을 보고 사색이 됐다.

초밥 집에서 초밥을 먹어도 은은한 근질거림을 느낄 수 있다. 당연히 새우 초밥은 마주 앉은 사람에게 양보하고 먹지 않는데도 그렇다. 노련한 주방장이 새우를 다듬은 칼로 내가 먹은 고등어 초밥의 살도 발라내고, 새우 초밥을 만든 손으로 내가 먹은 연어 초밥도 만들었기 때문이다. 그 정도로는 식도가 부어 죽지는 않으니 괜찮다. 은은한 간질거림만 조금 참으면 된다.

꽤 심하다고 쓰긴 했지만 생각보다 사는데 그리 불편하지는 않다. 갑각류는 흔하게 쓰이는 식재료가 아니다. 훨씬 일상적으로 쓰이는 밀가루나 오이에 알레르기가 있었다면 정말 불편했을 것 같다. 이부 프로펜 알레르기처럼 아픈 와중에도 일일이 약 성분을 확인해야 하는 경우까지 생각하면, 갑각류 알레르기는 내겐 정말 관리하기 쉽다고 느껴진다.

다만 외식 메뉴에는 심심찮게 들어 있다. 역시 돈 주고 사 먹는 건 뭔가 색다른 느낌이어야 하나 보다. 특히 중식당을 비롯한 아시아 음식점에서는 갑각류를 빼고 주문하는 게 쉽지 않다. 게다가 메뉴판에 게나 새우 요리가 있는 식당은 보통 그게 그 집의 자랑거리다. 여럿이 갔는데 그걸 안 시킬 수는 없다.

그러니 단둘이 식사할 때가 아닌 이상 애초에 알레르기 얘기를 안 한다. 얼마든지 적당히 피해서 먹을 수 있다. 나 하나 때문에 다른 이들의 메뉴 선택권을 줄이고 싶진 않다. 그러다 사람 수대로 나온 새우 요리를 한 사람 앞에 한 마리씩 나눌 때 알레르기를 들킨다. 내 몫의 갑각류를 누군가에게 양보할 때 그제야 "어? 왜 얘기 안 했어?" 소리를 듣게 되니 상대방을 공연히 무례한 사람 만든 것 같은 미안함도 든다.

내 알레르기를 아는 사람들은 메뉴를 주문할 때마다 한 번씩 농을 건다. 장난스런 얼굴로 갑각류 메뉴를 가리키며 "먹을래?" 하고 묻는다. 놀리는 말투지만 실은 고맙다. 농을 빙자해 '나는 너의 알레르기를 기억하고 있다'며 넌지시 알려주는 배려다. 그다지 불편한 알레르기는 아니라고 했지만 이렇게 배려를 받을 때는 고마우면서도 묘한 기분이 든다.

신경 써줘야 하는 사람이 된다는 건 그런 거다. 배려를 받는 사람이 되는 것. 순식간에 까다롭고 유약한 사람이 된 기분. 보호받아야 하는 사람이 되는 기분. 갑각류를 못 먹는다고 나에게 왜 이리 까다롭냐 묻는 사람은 아무도 없지만 나 홀로 느끼는 그 기분.

술을 마시기 시작한 지도 얼마 안 됐다. 성인이 된 후로도 한참 동안 술 대신 물이나 콜라를 마셨는데, 이건 보통 갑각류보다 먼저 눈에 띈다. "어? 너 술 안 먹어?"에서 "어? 너 새우도 못 먹어?"까지 이어지면 이제 돌이킬 수 없는 유난한 사람이다. 스스로 무던한 편이라고 생각하는 건 아무 소용없어진다. 술도 먹고 갑각류도 먹지만 그냥 입맛 때문에 가리는 게 열 가지쯤 되는 사람보다 더 까다로워 보일 수밖에 없다.

다행히 나는 좋은 사람들과 살고 있다. 왜 그리 유난 떠냐 한소리 하는 사람은 없다. 알아서 먼저 쟤 술 안 먹어, 다른 거 시켜줘, 쟤 갑각류 못 먹잖아, 다른 거 골라. 괜찮으니 신경 쓰지 말라고 손사래 쳐도 소용없다. 배려에 양보가 없다. 참 따뜻하고 고마운 일이지만 그때마다 어색한 웃음을 짓고 있는 나는 그저 배려를 받고 다른 사람들의 선택권을 줄이는 사람이 되어야 한다.

먹는 걸 떠나면 그런 순간들이 좀 더 있다. 피부가 얇고 예민한 편이다. 손바닥 피부가 유독 얇고 약해서 뜨거운 걸 잘 못 잡는다. 식당에서 갓 나온 밥공기도 제대로 못 잡을 때가 많다. 그걸 잘 아는 연인은 항상 자신이 먼저 밥공기를 집어 옮겨준다.

로션 같은 것도 아무거나 쓰면 난리 난다. 남성용으로 나오는 기초화장품을 발랐다가 얼굴이 울긋불긋 부어오른 적이 여러 번이라 이제는 내 피부에 잘 맞는 제품들을 꿰고 그것만 쓴다. 이런 건 일상에서 드러날 일이 별로 없지만 어쩌다 사람들과 몇 박 일정으로 떠났을 때, 남들은 잘만 나눠 쓰는 로션을 혼자만 못 쓸 때도 나는 유약한 사람이 된다.

물론, 그 모든 순간, 아무도 나에게 뭐라고 하지는 않는다. 운이 좋은 편이다. 하지만 아주 사소하게라도 배려를 받아야 하는 사람이 되는 순간, 조금 다른 선택을 할 수밖에 없는 순간 나는 떳떳하게 서 있는 사람이라는 느낌을 살짝 잃는다.

서울에 사는, 신체 건강한, 정규직의, 젊은 남자. 내가 배려를 필요로 하는 순간들이란 고작 그 정도들이다. 그 순간의 느낌을 잘 기억해야 한다. 삶의 나머지는 내가 배려를 해야 하는 순간들로 가득 차 있을 테니까. 그때 상대방의 기분이 이럴 거라는 걸, 잊지 말아야 한다.

적당히 오래오래 분투하기

첫 책의 제목은 『살아갑니다』였다. 처음부터 기획을 하고 쓴 책은 아니었고, 몇 년 동안 이곳저곳에 기고하고 기록한 글을 출판사에서 엮어낸 거였다. 그렇다 보니 딱히 특정한 주제나 통일된 색깔이 없어서 작업을 하면서도 이런 책 괜찮은 걸까 고민을 많이 했다. 출판사 분들이 많이 독려해 주셔서 힘을 냈고, 걱정에 과분하게도 책을 읽은 독자들의 평은 좋은 편이었다. 에세이는 잘 읽지 않는 편인데 흥미롭게 읽었다는 이야기들도 반가웠다.

그렇게 1쇄 이천 부가 다 팔리고 난 뒤로는 소식이 없다. 생각해 보니 에세이를 잘 읽는 사람들이 좋아하는 책이어야 잘 팔리는 에세이가 될 수 있었겠다. 그나마도 반 정도는 국가 지원 사업에 선정되어 팔린 거니, 실제로 누군가의 책장을 차지하는 영광은 천 권 정도밖에 누리지 못한 셈이다. 그래도 내가 쓴 글을 천 명이나 돈 주고 사서 읽고 집에 꽂아놓았다는 것만으로도 충분히 과분하고 쑥스러운 일이다. 출판사 생각은 다음에 들어보자.

처음 단독으로 연출한 방송은 〈가시나들〉이었다. '가장 시작하기 좋은 나이들'의 줄임말. 어릴 적 학교를 다니지 못해 평생 글을 모르고 살아온 할머니들이 한글을 배우는 문해학교가 소재다. 배우 문소리 씨와 가수 육중완 씨, 그리고 이십 대 연예인들이 함께하며 한글과 삶을 공부한다는 내용이었다. 파일럿 4부작으로 방송되는 동안 언론과 평단의 호평을 많이 받았다. 시청자들도 재미와 감동을 다 잡았다며 칭찬을 아끼지 않았다. 스스로 만든 것에 쉬이 만족하지 못하는 내게도 모처럼 마음에 드는 방송이었다.

만듦새에 대해 여러 가지 고민을 많이 했는데, 영상미나 편집 호흡은 좋아하는 고레에다 히로카즈 감독의 영화 같은 느낌을 내보고 싶었다. 어느 정도는 원했던 느낌을 내는 데 성공했다. 그리고 시청률도 히로카즈 영화의 국내 흥행 성적과 비슷하게 나왔다.

참고로 히로카즈 감독의 영화들은 대부분 한국 내에서 10만을 넘지 못했고, 칸 영화제에서 황금종려상을 받아 최고 성적을 낸 〈어느 가족〉이 17만이었다.

이듬해 봉준호 감독의 〈기생충〉이 같은 상을 받아 천만 관객을 넘긴 것을 생각하면 히로카즈의 영화가 얼마나 대중의 관심을 못 받았는지 실감이 간다. 여담이지만 〈기생충〉의 황금종려상 수상에 열광하는 대중이 못마땅했던 모 평론가가 뉴스에 출연해 황금종려상의 '권위 없음'을 설파하려고 멱살을 잡았던 영화가 〈어느 가족〉이기도 했다. 어쨌거나 히로카즈 영화의 느낌을 모사하려고 했던 〈가시나들〉은 히로카즈 영화의 홍행 성적까지 모사한 나머지 정규 편성을 못 받았다. 모사 대상을 정할 때는 잘 생각할 필요가 있다.

이름을 날리겠다는 순전한 공명심(功名心)이든, 사람들을 위무하며 사회에 보탬이 되고 싶다는 순수한 공명심(公明心)이든, PD는 물론이거니와 무언가를 만들어서 사람들에게 내보이는 이라면 당연히 많은 사람들이 봐주었으면, 하고 간절히 바란다.

사실 직업은 생계를 해결하는 노동으로써의 의미를 가장 존중받아야 하고, 그걸로 자아실현까지 하려고 들면 아귀가 맞지 않을 때가 많다. '돈 벌려고 일하는 것'이 당연한 얘기가 되어야 부당한 착취도 지나친 노동 시간도 사라진다. 삶의 의미와 행복은 퇴근하고 찾아도 괜찮다.

다만 몇몇 직업들은 노동과 자아실현을 분리하기엔 그 둘이 너무 한덩어리로 질척하게 뒤섞여 있는데, 당연하게도 PD는 그중 하나다. 안 그러고 싶어도 일단 노동 시간이 너무 길다. PD가 퇴근 후에 삶의 의미와 행복을 찾으려고 하면 그냥 퇴근 자체가 행복과 의미 전부가 될 거다. 〈두니아~처음 만난 세계〉와 〈가시나들〉을 연출할 때 내 주당 노동 시간은 120시간 정도였다.

120시간, 하면 감이 잘 안 온다. 하루가 24시간이니 주말 이틀을 쉰다고 생각하면 계산하기 쉽다. 월요일부터 금요일까지 단 한 시간도 쉬지 않고 24시간씩 5일을 내리 일하면 120시간이다. 물론 정말로 그랬다가는 사람이 죽을 테니 그건 불가능하고, 실제로는 주말 이틀도 꼬박 일을 해서 다행히 죽지 않고 120시간을 채울 수 있었다.

모든 프로그램이 항상 이렇게 일을 하는 것은 아니다. 그럼 진짜 죽는다. 〈두니아〉는 워낙 손이 많이 가는 프로그램이었고, 〈가시나들〉은 처음 맡은 단독 연출인 만큼 아주 세세한 부분까지 꼼꼼하게 신경 쓰다 보니 그랬다. 하지만 이런 경우가 아니어도 주당 70시간은 거뜬히 넘기는 게 PD들의 노동량이다.

이렇게 긴 노동 시간에서 가장 눈에 띄는 지점은, 누가 그렇게 하라고 억지로 시킨 게 아니라 자기들이 나서서 그렇게 하고 있다는 거다. 회사는 오히려 개정된 근로기준법에 맞춰 노동 시간을 줄여 달라 사정하고 있다. 회사가 노동 시간을 줄이라는데, 노동자가 오히려 재량근무제를 자청하며 더 일하겠다고 나서는 기이한 풍경이 벌어지는 곳이 방송사인 것이다.

이 기이한 풍경의 이유는 간단하다. 노동의 결과물인 방송을 대중에게 개인의 이름으로 평가받으니까. 저작권은 전부 회사 소유지만 욕도 칭찬도 내 이름으로 먹는다. 새로 나온 갤럭시 노트가 매끈하게 잘빠졌다고 삼성전자 연구원 아무개 씨를 칭찬하는 사람은 없겠지만, 〈가시나들〉에서 흠결이 보이면 사람들은 당장 담당 PD를 검색한 뒤 권성민을 욕한다. 그걸 만드는 과정에서 부장이 어떤 간섭을 했는지, 예산 담당 부서와 얼마나 싸웠는지는 고려사항이 아니다.

반대로 아주 마음에 들었을 때도 마찬가지다. 방송이 PD 한 사람의 역량으로 만들어지는 것도 아니거늘 대개 모든 찬사는 메인 PD의 독차지가 된다. 그러니 노동 시간이 문제겠는가. PD도 사람이니 덜 일하고 더 놀면 당연히 좋다. 하지만 그것 때문에 함량 미달의 방송이 자기 이름으로 나가는 걸 견딜 수 있는 PD는 별로 없을 거다. 크게 걸리는 건 내 이름인 만큼 조연출이나 다른 스태프에게까지 똑같은 마음을 요구할 수는 없다. 안 되겠다 싶으면 내가 직접 하는 수밖에. 120시간은 그렇게 만들어진다. 자아실현 해야지.

PD라는 직업을 선택한 이유를 가끔 질문 받는다. 답은 "써봤는데 붙어서"다. 이어지는 반응은 "아오, 재수 없어." 지금은 좀 시들해졌지만 워낙 경쟁률이 높은 직업이었으니 그럴 만하다. 어쩌겠는가. 직업 선택이란 대학을 고를 때랑 비슷한 것을. 묵직한 소명의식이나 숨길 수 없는 재능의 소유자가 아닌 이상 점수 맞춰 가는 거고 붙으면 가는 거다.

국문학자를 꿈꾸며 공부해 온 사람이 갑자기 점수 잘 나왔다고 컴퓨터공학과를 가는 일은 없겠지만, 대충 방향 비슷하면 점수 맞춰 가는 게 범부들의 삶이다. 애초에 인생의 지도가 그렇게 뚜렷한 사람은 많지 않다. 그렇게 뚜렷한 그림을 그리며 사는 게 맞는 것 같도 않다. 아주 멀찍이 어렴풋한 푯대 정도만 박아놓고 가끔씩 고개 들어 확인해 가며 사는 게 좋은 것 같다.

나는 뭔가를 창작하는 일을 늘 달고 살았다. 아주 어릴 때는 만화를, 조금 더 커서는 소설을, 그다음엔 연극을, 그리고 영상을 만들며 커왔다. 기왕이면 직업도 그런 걸 갖고 싶어 대학에서도 신문방송학을 전공했는데 마침 PD 공채에 붙은 것은 정말 운이 좋은 일이었다. 운이 좋았다는 말은 겸손이 아니다. 내가 친 공채에서는 이상할 정도로 내가 관심을 가졌던 것들만 자꾸 문제로 나왔다. 그 뒤로 다른 전형에 나온 문제들을 볼 때마다 운이 좋아서 붙었다는 것을 다시 확인한다. 아우 저건 못 풀겠다, 저때 시험 쳤으면 난 떨어졌겠다.

언론사 공채가 '언론고시'라는 별명으로 불리면서 생긴 오해가 있다. 진짜 고시들과 달리 언론고시는 1등부터 꼴등까지 점수대로 주르륵 줄을 세울 수 있는 시험이 아니다. 진짜 고시에는 늘 정답이 있다. 오래 공부하고 준비하면 그만큼 점수도 높아진다. 하지만 언론고시, 특히 PD 채용 시험의 문제들에는 정답이 없다. 채점을 하는 현직 PD들 눈에 얼마나 매력적인 사람인지가 중요할 뿐이다.

그러니 어떤 사람을 채점자로 만나는지, 요즘 그들의 관심사가 무엇인지에 당락이 영향받는다. 오랫동안 콘텐츠에 관심을 가지고 다양한 경험을 했다면 당연히 더 매력적이겠지만 이건 점수로 환산할 수 있는 영역이 아니다.

애초에 언론사 공채에 '고시'란 별명이 붙은 건 저 경이로운 경쟁률 때문이다. 내가 지원했을 때는 1000대 1이었다. 정답도 없는 시험에 경쟁률이 1000대 1이라니. 의자 하나 놓고 천 명이 링가링가링 도는 의자 뺏기 게임인 셈이다. 과연 의자에 앉은 사람이 천 명 중에 달리기가 제일 빨랐을까. 노래가 멈췄을 때 마침 의자 가까이 있었을 뿐이다. 바로 주변 열댓 명보다야 빨랐겠지. 실력이란 그 정도 의미다. 이게 운이 아니면 무어란 말인가.

그래서 PD 시험을 준비하는 지망생들이 고민 섞인 이야기를 들고 오면 열심히 들어주고 나서 꼭 덧붙인다. 이건 그냥 복권 사는 거랑 비슷한 거라고. 되면 좋겠지만 더 열심히 준비한다고 유리할 것도 없고, 여기에만 매달리는 것은 그저 불행해지는 길이라고. 콘텐츠를 만들고 싶어 PD가 되고 싶은 거라면 차라리 시험 준비할 시간에 자기 콘텐츠를 만들어보는 기회를 더 가지는 게 좋을지도 모른다고. 오히려 역설적으로 그게 더 매력적인 이력이 될 수도 있다고.

어차피 TV는 저물어가는 매체다. 고시란 별명을 얻은 경쟁률도 곧 옛날 얘기가 되겠지.

그래도 내 직업으로는 아직 만족스럽다. 콘텐츠를 만들어 먹고 사는 직업 중에는 여전히 가장 안정적이다. 월요일 아침 회사 가는 길이 귀찮기는 해도 우울하지는 않다는 것이 오늘의 직장인에게 얼마나 큰 복인지 잘 알고 있다. 운 좋게 들어온 직장, 운이 좋은 노동자다.

다만 이 직업의 또 다른 날개인 자아실현에 있어서는, 소수의 사람들에게 좋은 평가를 받되 대중적으로 큰 인기는 못 얻은 창작자, 이게 현재까지 내 점수다. 이제 고작 내 이름을 건 방송 하나, 책 하나 내놨을 뿐이니 조급할 필요는 없겠지만, 사람의 성정이란 되직한 것이라 수년 안에 다른 평가를 얻을 수 있을지 모르겠다.

대중의 인정은 알 수 없다. 정말 잘 만든 작품 같은데 예사로 외면 받고, 대체 저런 걸 왜 만들었을까 싶은 게 흥행가도를 달리기도 한다. 그런가 하면 누가 봐도 인정할 수밖에 없는 흥망도 충분히 많아서, 역시 대중의 눈은 정확하다며 고개를 끄덕이기도 한다.

콘텐츠가 범람하는 시대, 방송은 물론 영화도 책도 작품의 가치뿐 아니라 운까지 따라줘야 눈길을 받는다. PD 시험도 운이라 했는데, 세상사 운칠기삼(運七技三)이 맞는 모양이다. 손 놓고 있으면 찾아온 운마저 놓칠까 봐 부단히 발버둥칠 뿐. 언제 운이 찾아오는지 알 수가 없으니 열심히 살아야 하는 건 똑같다. 아 그럼 운칠기삼 대신 진인사대천명(盡人事待天命)이라고 하자. 사실상 같은 말인데 그게 좀 더 있어 보인다.

PD를 시작하면서 "난 적당히 편성이나 메꾸면서 월급 받는 데 만족해야지"라고 생각한 사람은 없을 것이다. "당신의 프로그램 덕분에 퇴근 후에 즐거움과 위로를 받았다"는 이야기를 최대한 많이 듣고 싶었을 것이고, TV를 잘 보지 않는 사람도 이름은 들어본 그런 프로그램을 만들고 싶었을 것이다.

하지만 예능으로 분류되는 프로그램만 100개가 넘는 시대다. TV 콘텐츠만 헤아렸을 때 그렇다. 스트리밍 서비스, 인터넷 채널을 합쳐 온갖 것을 만드는 사람들 가운데 그만큼 세상과 충분히 통한다고 느끼는 이가 얼마나 될까.

이 일을 먼저 시작했던 선배들, 그중에서도 욕심이 작지 않았던 선배들과 이야기를 나누다 보면 그런 순간을 마주하게 된다. 나이를 먹을수록 인생의 가능성이 조금씩 사그라들어 어느 한 지점에 수렴하는 순간을. 특별해 보였던 PD란 이름도 어느새 일상이 되었다. 사람들을 소소하게 웃기고 울리는 순간들이 쌓이고 또 지나간다. 그속에서 어쩌면 내가 생각했던 '길이 남을 한 장면'은 만들지 못할 수도 있겠다는 생각, 꽤 잘난 줄 알았던 나도 그리 특별하지 않았다는 사실을 받아들이는 순간이 천천히 다가온다.

남은 삶의 가능성은 점점 손 닿는 거리 안으로 들어온다. 인생은 예측 가능한 것이 되어간다.

삶에는 이미 다른 것들이 들어서 있다. 반려자, 동료들, 어쩌면 나를 닮은 아이, 까마득히 남은 대출, 책임져야 할 것들. 그것들이 주는 보람, 부담, 기쁨에 쫓기며 정신없이 매일을 보내다가 어느 고단한 밤에 누군가의 잠든 얼굴을, 어쩌면 거울 속의 지친 얼굴을 낯설게 보고 있노라면 깨닫는 것이다. 아, 내 삶은 여기에 자리 잡았구나. 어렴풋이, 그런 순간을 받아들이고 있는 선배들의 얼굴을 본다. 체념, 순응, 인정, 몇 가지 단어가 떠오르지만 그 표정에 딱 맞는 말을 고르긴 어렵다.

혹자는 삶이 그래서는 안 된다고, 박차고 끊임없이 흐르라 외치기도 한다. 그러나 뜨거운 삶에는 재가 남는 법이다. 눈에 밟히는 얼굴들을 장작 삼아 발화하는 맹목적인 열정에만 박수쳐주고 싶지는 않다. 나의 어머니도, 아버지도 내가 자라던 어느 순간 그런 생각을 했으리라. 젊고 푸른 당신들이 그리던 삶은 어떤 색깔이었나. 마침내 받아들인 이 삶의 얼굴과 얼마나 닮아 있는가.

적당히 편성이나 메꾸는 PD. 호시절에 30~40프로도 예사로 나오던 TV 시청률은 이제 3~4프로가 평균이다. 그 정도 성적표를 받은 PD는 박수 받지 못한다. 적당히 나왔네. 적당히 잘 메꿨네. 그런데 이 적당한 성적도 작은 숫자는 아니다. 5천만 인구의 1프로는 50만 명이다. 시청률 조사의 의심스러운 표본 조사 방식을 감안해 반을 뚝 잘라도 4프로면 백만 명이 한날한시에 같은 영상을 보고 있었다는 얘기다. 황금종려상을 탄 히로카즈의 영화도 17만이었는데. 적당한 백만.

정규 편성을 받지 못한 〈가시나들〉도 4주 동안 수십만의 사람이 웃고 울며 주변을 돌아볼 수 있게 해준 셈이다. 자신들의 어머니 혹은 할머니, 거리에서 만나는 노인들, 그리고 스스로의 나이 듦에 대해 온기를 담아 고찰하고 대화할 수 있었다는, 숫자에는 담기지 않은 감상들을 많이 만났다.

페이스북의 누군가가 자기 동네 문해학교 시화전에서 보았다며 어느 할머니가 쓴 시를 올려주었다. 박영자 할머니의 〈가시나들〉이라는 제목의 시다.

텔레비전에서 할머니들이
나와 편지 쓰기를 하네
온 교실이 눈물 바다
나도 열심히 공부해서

친구에게 편지를 쓰고 싶다

지금이

가장 시작하기 좋은 나이

라는 것을 이제 알았네

PD는 이런 순간을 위해 산다. 전파를 타고 시공간을 가로지르는 동안 바람결에 흩어지지 않도록, 주당 120시간을 꾹꾹 눌러 담아 잔뜩 단단해진 밀도의 이야기가 결국 누군가에게 온전히 가닿는 순간. 여기에 이렇게 잘 도착했다고 손들어 알려주는 목소리를 듣는 순간. 누군가는 이름도 못 들어봤을 저 수많은 프로그램들도 그런 순간의 조각들로 이루어져 있을 것이다. 이름을 날리진 못할지언정, PD들은 그렇게 어딘가를 '적당히' 채우고 있다.

나는 언제, 어디쯤에서 내 자리가 여기까지라는 것을 받아들이게 될까. 받아들인다는 말이 모든 근육을 풀고 주저앉는다는 말은 아니다. 힘주어 디딜 단단한 지반을 정한다는 뜻 정도면 어떨까.

인생의 가능성을 말할 때 새로운 지표가 된 박막례 할머니는 자신의 책 서두에서 손녀딸이 남긴 "서른 언저리에 서니 더 이상 내 인생에 반전 같은 건 없을 것 같다"는 말에 "염병하네, 70까지 버텨보길 잘했다"고 응수한다.

가능성이 사그라드니 어쩌니 했던 말들 위로 두 줄 직직 긋고 싶어지는 대목이지만, 그렇게 말한 그도 지금의 모습을 그리며 달려오

진 않았을 거다. 여기쯤이 내 자리라고 받아들인 곳에서도 마냥 드러누워 버리지 않았을 뿐.

우리는 모두 발 디딘 곳에서 분투하며 살아가고, 힘이 닿는 데까지는 앞으로도 그럴 거다. 여기쯤이 내 자리구나, 깨닫는 것은 너무 일찍 다리가 풀려 주저앉지 않도록 적당히 오래오래 분투하기 위해 디딜 곳을 찾았다는 말일 것이다. 적당히.

원래 그런 애

"니가 걔냐? 너 술 진짜 안 먹어?"

입사하고 한 달 정도 회사에서 거의 매일 들었던 질문. 약속이라도 한 것처럼 처음 보는 선배마다 인사 대신 똑같은 질문을 던져왔다. 수습 기간이 끝나고 처음으로 몇몇 선배들의 작은 술자리에 쪼르르 가서 앉았다가, "아, 제가 술을 안 해서요"라고 했던 게 불러온 파장이었다. 그 자리에 있던 예능 PD는 분명 대여섯 명이었는데, 이틀 정도 지나니까 예능국 60명이 다 알고 있는 분위기였다. 쟤가 그 술 안 먹는다는 신입사원? 과연 브로드캐스트(broadcast) 회사답다.

금주(禁酒)의 충격이 채 가시지 않았을 때 또 다른 충격을 선사했다. 야동을 본 적이 없다는 것. '야동'이란 단어가 상업적인 포르노

뿐 아니라 불법 촬영물을 지칭하는 데까지 쓰인다는 점에서 적절한 표현은 아니지만, 흔히 써온 표현을 일단 인용하자면 어쨌거나 나는 그 모든 야동을 한 번도 본 적이 없다. 대단한 신념이 있어서는 아니었고 그냥 태어나길 그런 게 별로 안 궁금한 사람으로 태어났다.

섹슈얼리티는 내 사람하고만 생각하고 싶다. 다른 사람들의 것은 안 궁금하다. 더구나 그 야동의 실체가 불법 촬영물을 상당수 포함하고 있다는 것을 알게 된 이상, 앞으로도 볼 일은 없을 것 같다.

술을 안 먹은 것은 신앙이 이유였다. '교회 다니는 사람은 술 먹으면 무조건 죄'라고까지 생각하진 않았다. 술, 담배를 하지 않는 외형적인 금욕보다 이웃을 섬기고 공의를 추구하는 게 신앙의 본질이라고 생각했다. 다만 나는 몇 년째 주일 아침 예배 시간에 무대에서 기타를 들고 찬양을 인도하는 사람이었고, 교회 고등부의 선생님이자 청년부의 회장이기도 했다. 교회 공동체에서 중요한 역할을 많이 맡은 만큼 자신에게 좀 더 엄격한 기준을 가져야겠다고 생각했다.

술을 안 먹는다고 말할 때마다 저 얘기를 다 할 수는 없었다. 그러니 대화는 항상 이런 식이었다. 왜? 왜 안 먹어? 아 몸이 안 받는 뭐 그런 거야? 그런 건 아니고 신앙 때문에요. 교회 다녀서? 근데 다 먹던데? 너 뭐 여호와의 증인 그런 거야? 아니 그냥 평범한 교회예요. 아 그럼 교회 다니는 사람은 원래 술 먹으면 안 돼? 꼭 그래야 된다고 생각하진 않는데 저는 뭐 하는 게 많아가지고. 아 그럼 진짜 한 번도 안 먹어 봤어? 네. 한 번도? 네 한 번도. 그럼 뭐 다른 것도 안 해? 너 야동 이런 것도 안 봐? 네 안 봐요. 한 번도? 네 한 번도. 진짜? 진짜.

나보다 3~4년 위로 젊은 남자 PD가 둘 있는데, 오매불망 남자 후배가 들어오길 기다리고 있었다. 그들과 내 사이로는 그들보다 나이가 많은 남자 후배, 그리고 여자 후배들밖에 없었다. 부담 없이 같이 술 마시며 어울릴 어린 남자 후배가 필요했던 거다. 그렇게 기다리던 어린 남자 신입사원이 하필이면 나였다. 설레는 첫 술자리에서 들은 말이 "술을 안 합니다." 이 기구한 사람들.

역시나 저 위에 열거한 대화를 매뉴얼처럼 거친 다음, 이 새낀 진짜야, 탄식 같은 단말마를 남긴 두 선배는 술상에 얼굴을 묻었다. 소주병 옆으로 나란히 놓인 정수리 두 개가 서글펐다.

다행히 나는 제법 교양 있는 조직에 들어왔다. 사람들은 신기해하고 놀리기도 하고 더러 서운해하기도 했지만, 술을 강요하거나 괴롭히는 사람은 없었다. 있다고 해봐야 "술 안 먹는 놈을 예능 PD로 뽑다니 이거 아주 잘못 뽑았어"라고 장난 섞어 투덜거리는 국장님이라든지, 내가 화장실 간 사이에 내 음료수 잔에 몰래 소주를 부어놓은 선배라든지, 아니면 술자리에서 콜라만 먹는 게 못마땅해 술 대신 콜라를 계속 강권한 끝에 앉은 자리에서 17캔을 마시게 한 부장이 있는 정도였달까. 뭐, 별거 아니다 그 정도는. 콜라도 너무 많이 마시면 알딸딸하게 취기가 올라온다는 사실을 배웠을 뿐.

꼭 술 때문이 아니어도 예능국에 들어온 이후로 많이 겉돌았다. 평소에도 어디가면 고지식한 사람인 편이니 딴따라를 자처하는 예능국에서는 그런 점이 두드러질 수밖에. 편집본에 조금이라도 논란의 여지가 눈에 띄면 이른바 '프로불편러'를 자처하는 것도 주로 나였다.

예능국 전반에는 이 '프로불편러'를 몹시 피곤해하는 분위기가 짙은데, 그건 대중을 상대하는 직업이라면 다들 비슷할 거다. 방송은 전파를 한 번 타면 수백만 명에게 노출되는 만큼, 정말 온갖 종류의 반응을 만난다. 프로그램에 대한 모든 의견이 일정 수준 이상으로 합리적이라면 피곤할 것도 없다. 하지만 그렇지 않은 의견이 상상 이상으로 많다.

정당하게 비판하는 사람들을 예민한 사람 취급하는 것처럼 보일 수도 있겠다. 근데 그 정도가 아니다. 방송 내용 중에 서로 다투고 돌아선 팀을 화해시키기 위해 가운데서 고군분투하는 리더가 나왔다고 "남북관계에서 평화만 강조하고 안보를 등한시하는 문재인 대통령 편들지 마라. 불편해서 못 보겠다"는 사람을 어떻게 해야 할까. 이런 게 엄청나게 많다.

그나마 그럴 수 있겠다 싶으면서도 도저히 수용할 수 없는 의견들도 많다. 가령 출산의 가치와 숭고함을 다루면 "이런 걸 보면서 상처받는 불임 여성들 생각은 안 하시나요" 하는 식이다. 틀린 말이라고 할 수는 없지만 그럼 아무것도 만들 수 없다. 화목한 가정도, 평범한 소비도 누군가에겐 상처가 될 테니까. 그런데 정말 많은 의견들이 이렇다. 절대 다수가 소비하는 매스미디어의 숙명이다.

공영방송은 당연히 방송이 끼칠 영향에 대해 책임감을 가져야 하고, 실제로 대부분의 PD들은 생각보다 높은 기준을 가지고 있다. 하지만 이렇게 몇 년을 시달리면 그냥 불편해하는 의견만 나타나도 피로가 몰려오기 마련이다. 그러다 보면 자칫 타당한 비판까지 부당하게 치부해 버릴 수도 있다. 혹은 피로감에 고개 돌린 나머지 시대가 변하면서 달라진 기준을 깨닫지 못했을 수도 있다. 종종 방송에서 물의를 일으킨 장면들은 이렇게 둔감해진 탓에 탄생한다. 타성에 젖는 것이다.

이런 분위기 속에서 프로불편러를 자처하기란 쉽지 않다. 말하면서도 지금 나 되게 유난스러워 보이겠다, 예민한 사람 같겠다 느낄 때가 많다. 그건 분명 편안한 기분은 아니다. 그렇게 의견을 말한다고 꼭 반영되는 것도 아니고, 무조건 내 기준이 옳다고 생각하지도 않는다. 예능이란 장르에 필요한 수준 이상으로 높은 기준을 들이밀 때도 많았다. 그래도 기준을 높게 잡으면 그 사이 적당한 어딘가에 자리를 잡는다.

노동조합이 낙하산 사장에 맞서 투쟁할 때도 유난스런 사람이 되었다. 전통적으로 파업과 투쟁은 기자와 시사교양 PD들의 몫이라는 인상이 강했다. 권력의 언론 탄압에 가장 직접 영향을 받는 분야라 그렇다. 예능 PD들에겐 상대적으로 그 영향이 덜했다. 그래도 노동조합은 한 배를 탄 사람들이고, 회사에 권위주의가 팽배할수록 예능 PD들도 각종 부당한 간섭을 받는 만큼 투쟁에 성실하게 참여는 한다. 앞으로 나서지 않을 뿐.

그 와중에 고작 입사 3년 차 예능 PD가 어쭙잖게 나섰다가 해고까지 당했으니 유난도 이런 유난이 없었다. 고맙게도 많은 동료들이 격려를 보내왔지만 쟤는 참 뭘 안다고 유난스럽네, 하는 시선도 당연히 있었다. 태생이 무대 체질이고 주목받는 걸 좋아하는 사람이었다면 모를까, 난 혼자 있는 게 편하고 조용한 걸 좋아하는 사람인지라 이런 시선은 많이 괴로웠다. 그런 시선 때문에 조용히 있기엔 너무 화가 났을 뿐.

그런 점에서 입사하자마자 '술 안 먹고 야동 안 보는 놈'으로 파장을 일으켰던 게 오히려 편리하게 작동했다. 첫인상부터 희한한 놈이었던 덕분에 그 뒤로 이어진 각종 유난들도 그러려니 하는 분위기였다. 아 쟤는 원래 그런 애지. 그 어떤 것도 서른에 이르기까지 술과 야동을 접하지 않은 것만큼 충격적이지는 않은 모양이었다.

'원래 그래'는 대개 틀렸다. 원래 그런 건 없다. 그건 그냥 생각하기 귀찮다는 뜻이다. 상처가 될 수도 있는 말이지만 잘만 써먹으면 이럴 땐 퍽 편하다. 남들에게 피해를 끼치는 이상한 성격이 아닌 이상, '원래 그런 애'가 되는 건 일종의 인정과 수용인 셈이다. 거기서부터 관계의 조율이 시작된다.

사람들은 자기 얘기를 듣고 싶어 한다. 수십억 인구를 16개 유형으로 나누는 MBTI 성격검사는 그저 유형이고 참고사항일 뿐이지만 디테일한 단어 하나까지 맞아 이거 완전 내 얘기야, 자기 것으로 취하는 사람들이 많다.

근거조차 불분명한 온갖 심리테스트의 인기는 단 한 번도 식은 적이 없다. 혈액형 성격론이 비과학적이라는 얘기는 '전형적인 A형'이거나, 'B형 같은 AB형'의 사람들에게 아무런 소용이 없다. 진짜 혈액이 성격에 영향을 미치는지의 여부는 중요하지 않다. A형, B형은 이들에게 더 이상 항원 항체의 분류가 아니라 성격의 유형일 뿐이다.

혈액형은 네 종류라도 되지, 더 나아가면 '화성에서 온 남자, 금성에서 온 여자'가 있다. 이건 인류를 딱 둘로 나눈다. 모든 인류는 둘 중 하나다. 대화 방식, 공감 능력, 공간 지각 능력, 문제 해결 능력 같은 수많은 변수들이 딱 두 가지 유형으로만 구성된다고 믿는다. 자기 연인이 무심하면 남자는 역시 공감 능력이 떨어지는 게 되고, 서운해하는 연인을 보며 여자들은 왜 이렇게 예민한가를 묻는다. 이 경이로운 경험의 확장. 꽤 많은 사람들이 이 두 개밖에 없는 분류에도 적극적으로 소속감을 표하며 자신을 설명하려고 한다.

결국 듣고 싶은 건 '내가 어떤 사람이냐'다. 대화하는 상대를 단번에 몰입시킬 수 있는 가장 좋은 방법은 "내가 볼 때 너는······"으로 말을 시작하는 것이다.

나는 나에게 별로 관심이 없다. 내가 어떤 사람인지 그리 궁금하지 않다. 알 만큼 안다고 생각한다. 뭘 하면 즐겁고 뭐가 지루한지, 어떤 걸 넉넉히 견딜 수 있고 견디기 힘든 건 어떤 건지 정도는 말할 수 있다. 그거면 충분하다. 남은 관심은 밖으로 돌린다. 거울은 오래 들여다볼수록 단점만 더 눈에 띌 뿐이다.

내가 어떤 사람인지는 내가 어디에 시간을 쓰고 돈을 쓰고 어떤 언어를 쓰며 어떤 사람과 오래 있고 어디에 눈과 발을 오래 두느냐가 말해준다. 백날 내가 어떤 사람이라고 입으로 말해봐야 그런 삶을 살고 있지 않으면 그건 내가 아니다. 시선을 밖으로 돌리면 거기서 본 것들이 얼굴에 쌓여 색을 입힌다.

내가 아는 내가 틀릴 수도 있다는 사실이 중요하다. 즐거운 일이라 생각했던 게 하루아침에 지루해질 수도 있고, 견디기 힘들 거라 겁먹었는데 생각보다 넉넉하게 버티는 나를 발견할 수도 있다. 남들 앞에 서는 게 불편하고 두려워도 필요하면 아닌 척할 수 있다. 강한 사람이 되는 첫 번째 방법은 강한 사람인 척하는 것이다. 가식도 십 년 하면 진심이고, 위선도 결과가 좋으면 박수 받아 마땅하다.

나는 이런 사람이야, 규정할수록 삶은 작아진다. '원래 그래'는 내가 할 말은 아니다. 삶은 '해보니 별거 아니더라'의 연속이 된다.

이쯤 되면 '내가 아는 나'는 참고사항이다. '남들이 말하는 나'도 마찬가지. 내가 내 등을 볼 수는 없으니, 혹시 내가 놓친 내 모습이 있는지 남들 눈을 빌려 가끔 확인해 주는 정도면 족하다. 그렇구나, 그러려니. 나를 지켜주는 나의 경계는 내가 관심을 끌수록 단단해진다.

이제 술은 가끔 마신다. 교회 고등부 교사도, 찬양 인도도, 청년부 회장도 다 끝났다. 환갑을 넘긴 아버지 소원이 아들이랑 대작하는 거라는데, 아버지 나이가 더 많아지기 전에 그 정도는 들어 드릴 수 있지 싶었다. 서른 해 만에 아들과 술잔을 맞댄 아버지는 전에 없이 즐거워했다. 성인이 되어 마시는 술 한잔. 이토록 별거 아닌 일도

이렇게나 특별해질 수 있구나. 역시 필살기는 기를 잔뜩 모아서 써야
세다.

아버지와 가끔 한잔씩 하고 나니 이제 어디 가서 술을 아예 안 먹
는다고 거짓말을 하고 싶진 않았다. 소식을 들은 동료들이 하나둘
반가워하며 술잔을 들고 찾아왔다. 술 안 먹는 놈 억지로 먹이려 내
민 술잔이 아니라, 예민하고 유난스러운 나를 '원래 그런 놈'으로 받
아들여준 이들이 내민 술잔에는 애정이 담겨 있었다. 사뭇 고마웠
다. 그래도 몰랐던 주사가 튀어나올 만큼 마셔본 적은 없다. 그 정도
면 충분하다. 거나하게 취할 생각은 여전히 없다.

아, 물론 야동 역시 앞으로도 볼 일은 없을 거다. '야동'이란 말도
그만 써야 한다.

3장

단단한 홀로서기를 위한 도구들

글쓰기의 감각

　　대학 시절 나는 확실한 아싸, 아웃사이더였다. 장학금 받으랴 생활비 벌랴, 주말엔 교회에서 대부분 시간을 보냈으니 또래들과 어울릴 시간이란 아예 없었다. 지방 공립학교 출신의 고리타분하고 촌스러운 나를 세련된 신촌 대학생들이 그리 반겨주지 않을 거란 자격지심도 있었다. 늘 혼자 강의를 듣고 혼자 밥을 먹었다.

　　다행히 공부가 재미있었다. 얼굴 아는 친구 하나 없어도 강의실에 있으면 설렜다. 강의실 제일 앞자리에서 교수님에게 계속 질문하고 교수님 질문에도 제일 열심히 대답하는 유별난 학생이었다. 두 장 써내면 잘 썼다 소리 듣는 쪽글 과제를 열 장씩 써냈고, 대학생이라면 학을 떼기로 유명한 조모임도 신나서 했다.

　　보통 조모임은 자유롭게 연구 주제를 정해 한 학기 동안 공부해서 발표도 하고 보고서도 작성하는 식으로 이루어졌는데, 공부 자체가 재미있었던 나에게는 이 자율적인 공부가 비로소 대학다운 공부처럼 느껴졌다.

서로 조장을 피하려고 눈치 보는 자리에서 저는 이 주제 해보고 싶은데 어떠세요? 물으면 반발 살 일은 거의 없었다. 그럼 조장 하실 분, 없으시면 제가 하죠 뭐, 발표하실 분, 없으시면 조장이 하면 되죠, 그럼 PPT는, 발표하는 사람이 만드는 게 맞죠, 그럼 보고서도 제가 정리해서 내는 게 편하겠네요, 하는 놀라운 발언들을 일삼곤 했다.

나중에 들은 얘긴데, 나는 스스로 아싸라고 생각했지만 이미 학과 내에서는 '조모임의 신'으로 유명했다고 한다. 도대체 누군지 친한 사람은 없는 것 같은데, 그 사람이랑 조모임 하면 계 타는 거라고. 그게 누군데? 그 왜, 강의실 가면 맨날 앞자리에서 교수님한테 질문하는 사람! 아~ 그 사람! 그리고 이어지는 몹시 수긍하는 분위기. 우수 보고서에 선정되어 사이버 강의실에 참고용으로 올라오던 열 장짜리 과제는 이름이 지워져 있었지만 모두가 누구 건지 짐작하고 있었다고.

그리고 또 나중에 들은 얘긴데, 당시 같은 강의실 저 뒷자리에 앉아 있던 지금의 내 연인은 그때 내가 굉장히 재수 없었다고 한다. 또다시 이어지는 몹시 수긍하는 분위기.

시간이 흘러 이제 내가 이런저런 강의실 강단 쪽에 서는 입장이 되고 보니, 그때의 나는 학생들이 아니라 교수의 눈에 더 띄었을 것이 분명하다. 이 자리에 서보니 알겠다. 제일 앞자리에 앉아서 눈을 반짝이며 모두에게 던지는 질문에 칼같이 대답하는 학생은 정말 엄청나게 눈에 띈다. 너무 그 학생만 쳐다보게 될까 봐 일부러 시선을 피해봤자 흰자위로도 지나치게 잘 보인다.

그러니 얼마나 의아했을까. 그렇게 존재감 넘치던 내가 중간고사 답안지는 생각보다 그리 훌륭한 점수가 아니었을 때. 어느 교수는 내 시험지를 돌려주며 진정 걱정스러운 눈빛으로 "혹시 무슨 일 있었니?" 하고 묻기도 했다.

중간고사는 객관식, 단답형 시험으로 치르는 경우가 많아서였다. 난 객관식, 단답형 시험 성적이 대단치 않았다. 수업도 열심히 듣고 공부도 좋아해서 내용은 잘 이해하고 있는데, 외워서 써야 하는 답은 소소하게 틀렸다. 암기형 시험은 시험 보기 직전에 벼락치기로 정리를 한 번 싹 해야 하는데, 평소에도 워낙 빠듯했던 일상에 벼락칠 시간을 더 낼 수는 없었다. 학창 시절 시험공부하기 싫을 때 농담처럼 입에 담곤 했던, 바로 그 '평소 실력'으로만 정말 시험을 치러야 했다.

그래도 기말고사는 대부분 서술형 시험이라는 게 다행이었다. 서술형 시험은 한 학기 수업 내용을 논리적으로 풀어 쓰는 방식이었기 때문에, 전체적인 내용을 잘 이해하고 있으면 외워야 할 것은 정말 굵직한 몇 가지 숫자와 단어들뿐이었다. 내 중간고사 답안지에 의아한 눈길을 보내던 교수들은, 서술형 기말고사 답안지를 받고 비로소 만족했다. 서술형 시험만큼은 확실히 잘 봤다. 안 그랬다면 나는 한 번도 장학금을 타지 못해 한 학기 건너 한 번씩 등록금을 벌기 위한 휴학을 해야만 했을 거다.

서술형 시험을 완벽하게 대비하는 발군의 공부법은 백지 테스트다. 백지를 펼쳐놓고 내가 이 주제에 대해 알고 있는 내용 전부를 기승전결까지 갖춰 써보는 거다. 다 쓰고 나면 수업 교재를 펼쳐놓고 다른 자료들까지 함께 비교하며 빠뜨린 게 있는지, 모든 내용들이 유기적으로 연결되어 있는지 확인한다. 부족한 게 있으면 다시 써본다. 모든 내용을 빠짐없이 엮어 서술할 수 있을 때까지.

수업 내용을 꼼꼼히 이해하고 있다면 그저 알고 있는 것들을 정리해 보는 과정에 불과하기 때문에 그리 오래 걸리지 않는다. 거기에 내가 주장하고 싶은 게 있으면 그 주장에 복무할 내용들이 제 발로 뛰어오기도 한다. 달달 외우는 벼락치기보다 금방 끝난다. 서술형 시험이란 정확히 이 과정의 재현이기 때문에 이걸 할 수 있으면 시험 걱정은 안 해도 된다. 객관식 중간고사 성적이 훌륭하지 않아도 장학금을 놓치지 않을 수 있었던 비결이다.

지식은 내가 얼마나 알고 있는지 확인하기 이전에 무엇을 모르고 있는지를 깨닫는 게 중요하다. 모른다는 사실조차 모르고 있을 때가 가장 위험하다. 객관식 문제들 위주로 공부하다 보면 문제가 다뤄주지 않는 것은 모른다는 사실도 모르게 된다. 유기적인 이해 없이 외우는 지식들은 조각조각 파편으로 남을 뿐이다. 흩어진 지식의 조각들을 연결해 하나의 큰 그림을 그리면 어디에 빠진 조각이 있는지도 보인다. 이걸 가능하게 하는 유일한 방법은 내 언어로 직접 써보는 것이다.

사실 백지 테스트는 이런저런 공부법을 알려주는 사람들이 늘 최고로 꼽을 만큼 유명한 공부법이기도 하다. 하지만 내게는 단순히 대학 시험만을 위한 방법은 아니었다. 글을 쓰는 것. 내 언어로, 내가 무엇을 알고 있는지, 무슨 모양의 생각을 하고 있는지 눈앞에 차근 차근 꺼내보는 과정. 아주 오랫동안 습관처럼 해온 일이다.

일기나 숙제로서가 아니라 본격적으로 글을 써봐야지, 하고 처음 생각한 건 중학교 때였다. 초등학교를 졸업할 즈음 나는 『드래곤 라자』라는 판타지 소설에 빠져 있었는데, 그 세계와 인물들에 너무 심취한 나머지 다 읽고도 소설이 끝났다는 걸 인정하기 힘들었다. 아쉬움을 달래려 열두 권짜리 원작과 일곱 권짜리 속편까지 두 차례 세 차례 다시 읽다 급기야는 내 손으로 직접 뒷이야기를 써보겠다는 결심에 이른다.

마침 크고 작은 온라인 커뮤니티가 활성화되기 시작할 때였고, 그 중 제법 큰 『드래곤 라자』의 팬 커뮤니티를 찾아 팬픽을 연재한 것이 본격적인 글쓰기의 시작이었다.

고작 팬픽 쓰는 것도 '알고 있는 것을 확인하는 과정'과 상관이 있냐고? 몹시, 아주 엄청나게 그렇다. 팬픽 쓰기는 이미 존재하는 소설의 인물, 세계, 문체를 모사하는 작업이다. 한 구절을 쓸 때마다 내가 알고 있는 소설의 원형에 어긋나지 않는가 끊임없이 자문한다. 그 주인공이라면 이렇게 얘기했을 거야. 비슷한 상황이 소설에 있었는데 어떻게 말했더라. 찾아보자. 아 이렇게 얘기했지.

머릿속 소설 조각들을 끼워 맞추며 빈자리는 원전을 뒤져 채운다. 작가가 어떤 어휘, 어떤 표현을 주로 썼는지도 유심히 보고 수집한다. 그가 즐겨 쓰는 어휘를 자연스럽게 구사할 수 있어야 매끄럽게 모사할 수 있다.

이런 노력이 유효했는지, 고작 중학생이 쓴 그 팬픽은 꽤 큰 규모였던 커뮤니티에서 가장 인기 있는 연재물이 됐다. 천 단위의 조회수를 보며 내가 쓴 글을 천 명 넘는 사람들이 읽었다는 사실에 부르르 떨었다. 잘 읽고 있다는 팬레터도 곧잘 왔다. 그중에는 정체를 알 수 없는 출판사에서 출간할 생각이 없냐며 보내온 제안도 있었다. 솔깃했다. 중학생이 소설을 출간하다니 폼 나잖아.

하지만 달콤함을 물리치고 좀 더 신중하게 생각해 봤다. 글 쓰는 게 재미있으니까 이번이 아니어도 언젠가 내 이름으로 책을 낼 날이 오겠지? 모르긴 몰라도 그땐 아마 지금보다는 더 똑똑하고 글도 잘 쓰는 어른일 텐데, 저서 목록 제일 앞에 중학교 때 쓴 '드래곤 라자 팬픽'이 있다면? 거기까지 생각이 미치자 모든 것이 선명해졌다. 정중한 거절을 담아 답장을 보냈다.

지금 생각해도 놀라울 정도로 어른스러운 행동이었다. 기특한 과거의 나. 사실 곰곰이 따져보면 엄연히 저작권이 있는 소설에 중학생이 팬픽을 썼다고 출간이 가능했을 리가 없으니 애초에 이상한 사람이었겠지만.

그 대신 내 이름으로 책을 내는 날은 생각보다 훨씬 빨리 왔다. 그날이 훨씬 빨리 온 것도 결국 다 저 팬픽 덕분이다. 내 글을 기다려주는 사람, 읽고 열광해 주는 사람들이 있으니 시간만 났다 하면 글을 쓰러 달려갔다. 집에 인터넷도 안 들어와 가장 가까운 PC방에 가서 스타크래프트하는 사람들 사이에 앉아 홀로 글을 썼다. 용돈도 없어서 천 원어치 끊어놓고 일 분씩 줄어드는 시간에 쫓기며 자판을 두드렸다. 지불한 천 원이 끝나면 수정도 할 수 없었으니 한 시간 안에 어떤 식으로든 한 편을 마무리해야 했다.

나중에는 공책에 미리 연필로 얼개를 잡아놓고 가기 시작했다. 누가 알려준 것도 아닌데 분량을 조절하고 개요를 짜는 글쓰기의 기본을 차례차례 터득한 것이다. 팬픽으로 시작했지만 읽어주는 사람이 늘면서 내 창작물도 쓰기 시작했다. 팬픽만큼은 아니었지만 역시 반응은 나쁘지 않았다.

그렇게 일주일에 두어 차례, 중학교를 졸업할 때까지 꾸준히 규칙적으로. 그건 누가 억지로 시켜도 못할 만큼 훌륭한 훈련이었다. 학습이 몸에 넣어주는 것과 훈련이 몸에 새기는 것은 다르다. 학습이 넣어주는 것은 지식이고, 이건 머리만 좋으면 한 방에 이해하고 돌아서도 잃을 염려는 안 해도 될 만큼 비가역적이다.

반면 훈련이 몸에 새기는 것은 감각이다. 자전거나 보드를 타는 것처럼 머리로는 원리를 이해했어도 몸의 감각이 따라주지 않으면 소용없다. 감각은 반복을 거쳐야만 얻을 수 있다. 그리고 지식의 이해와는 달리, 오랫동안 손을 놓으면 서서히 사라진다. 꾸준히 반복하는 것. 감각은 훈련을 필요로 한다.

종이의 표면을 사각거리며 스치는 연필의 촉감, 'ㄹ'과 'ㅓ'에 검지를 올려놓으면 타닥타닥 춤추듯 자판 위를 누비는 손가락의 경쾌한 리듬. 그리고 유독 시원하게 들리는 스페이스 바 때리는 소리. 하루가 멀다 하고 신나게 써재낀 몇 년 동안 글쓰기는 감각의 영역에 들어섰다.

더 이상 커뮤니티에 소설을 쓰지 않게 된 뒤로도 그 감각은 유효했다. 좋아하는 소설 속 인물을 모사하기 위해 뒤적이던 원전은 이제 내 머릿속이 되었다. 생각과 감정들이 뒤섞여 머릿속 복잡할 때, 내가 하고 싶은 말이 무엇인지, 내가 느끼는 감정이 뭔지 정체를 알 수 없을 때 연필을 잡거나 키보드 자판에 손가락을 올린다.

처음부터 사람들에게 보여주기 위해 공개적으로 글을 썼던 것도 좋은 훈련이었다. 단순한 배설이 아니라 이 생각을, 감정을 누군가에게 차근차근 설명한다고 생각하며 단어들을 골라 이어간다. 이해할 수 없었던 자신이 구체화되기 시작한다. 그러다 보면 안개 낀 것처럼 뿌옇던 머릿속 덩어리들이 눈앞에 정연한 글자로 뽑혀 나와 있다. 개운하다. 내 생각은 이거였구나. 이런 감정이었구나.

글이 되지 않은 생각은 머릿속을 어지럽히다 기화하지만 한 번 글로 남긴 생각은 다시 읽어보지 않아도 오래도록 기억난다. 뇌수(腦髓)의 분실(分室)이라고 했던가.

다시 한 번 글쓰기는, 내 머릿속에 들어 있는 것이 무엇인지 꺼내 확인하는 백지 테스트인 셈이다. 다만 공부의 대상이 교재 속 전공 지식을 넘어 나 자신과 눈앞의 세상 전부가 될 때, 백지 테스트란 이름보다 글쓰기라고 부르는 게 좀 더 잘 어울릴 뿐이다.

인생 조지는 위기를 피하는 방법

 글은 사람들이 볼 수 있는 곳에 써 버릇하는 게 좋다고 생각한다. 그게 생각이든 감정이든, 나만 보는 일기장에는 너무 솔직한 나머지 정돈 없는 배설이 되어버릴 위험이 있다. 그런 글은 쓰다가 오히려 마음이 더 헝클어지기도 한다.

 그런 면에서 과연 좋은 세상이다. 인터넷이 없었다면 도시락 싸들고 다니면서 내 글 읽어 달라 사정하는 수밖에 없었을 텐데, SNS는 사람들에게 글을 보여주면서도 새초롬하게 자존심을 지켜준다. "아니 뭐, 다 볼 수 있게 쓴 건 맞는데 그렇다고 꼭 읽어 달라거나 그런 건 아냐."

 나는 블로그와 페이스북을 가장 애용한다. 유행은 조금 지났지만 글쓰기엔 이 둘이 제일 편하다. 명색이 '소셜-네트워크-서비스'라지만 나에겐 그냥 전체 공개 일기장일 뿐 다른 사람들과 교류하는 데는 게으르다. 공개적인 글쓰기는 당연히 읽는 사람을 의식하며 써야 하니 그것도 교류라면 교류다.

문장이 끊어지는 호흡, 깔끔한 주술 관계, 생소한 개념의 설명, 사소한 문장이라도 상처받을 만한 사람이 있을 가능성 같은 것들. 그렇게 배려를 담아 쓰면 그 마음을 알아주기라도 하듯 꼭 달리는 댓글이 있다. "길어서 패스." 유독 한 가지 배려를 안 해준다는 말을 많이 듣는다. 길이.

한 번 글을 쓰면 꽤 길게 쓰는 편이다. 읽는 사람을 생각한다고는 했지만 결국 글 쓰는 첫 번째 목적은 나 자신을 위해서라 그렇다. 다른 사람에게 들려주기보다는 목구멍까지 차오른 얘기들을 꺼내놓으려고 쓰는 게 더 큰 이유니까. 있는 대로 다 끄집어내서 정리를 해야 하니 꼬리에 꼬리를 물고 글이 길어진다.

내 덕분에 페이스북의 몰랐던 기능을 알게 됐다는 사람들도 있다. "다른 사람들이 쓴 긴 글은 '더 보기'를 누르면 그냥 밑으로 펼쳐지는데, PD님 글은 창이 새로 뜨더라고요. 페북에 그런 기능 있는 거 처음 봤어요."

모바일 세상은 짧은 것들 천지다. 모두가 모든 걸 짧게 만들라 성화다. 영상도 짧게 만들어야 하고, 글도 짧게 써야 읽힌다. 읽는 걸 좋아하는 사람들도 긴 글은 종이책으로 읽지, 모바일에서는 짧은 글 위주로 눈길이 간다는 말을 한다.

그 와중에 수차례 "길어서 패스"를 당하면서도 꿋꿋이 긴 글을 쓴 덕분일까. 페이스북에 어울리지 않는 긴 글이 종이 위의 잉크 자국으로는 괜찮았던 걸까. 내 글을 눈여겨봐준 출판사가 있었고, 서른 살을 조금 넘긴 가을 내 이름으로 된 책이 나왔다. 사십 대쯤 가능하지 않을까 생각했던 일이 십 년은 빨리 찾아온 것이다. 페이스북이 아니었다면 불가능했겠지. 과연 소셜 네트워크의 시대다.

단순히 긴 글을 꾸준하게 쓴다고 될 일은 물론 아니었다. 내 경우에는 정치적 상황이 계기가 되었다. 이명박 정권에서 박근혜 정권에 이르는 십 년 동안 내가 몸담은 공영방송은 심각한 탄압을 받았다. 아, 원래대로였다면 정권 두 번이니 십 년이었겠지만 이 경우는 구 년이구나. 아무튼.

나는 꽤나 비겁하고 망설임이 많은 사람이라, 뜻하는 바가 있어도 박력 있게 밀어붙이질 못한다. 무거운 걸 들고 있는 사람에게 "이리 주세요, 제가 들게요"까지는 하는데, 그 사람이 괜찮다고 하면 어색하게 주춤거리고 있는 유형이다. 너스레를 잔뜩 섞어 아이 주시라니까요, 슬쩍 뺏어오는 사람의 매력을 선망한다는 뜻이다. 저게 더 멋있는 건 알겠는데, 거절한 사람의 의사를 넉넉하게 무시해 버리는 것도 참 능력이다.

대학 시절 수많은 시위와 싸움의 현장을 목도하러 광장에 꼬박꼬박 나가면서도, 대열에 섞여 함께 구호를 외치기보다 늘 인도 한쪽에 서서 지켜보기만 했다. 차근차근 전후 사정을 알아보고 이 입장 저 입장을 따져본 다음 마음이 동하면 후원금을 보태기도, 서명 운동에 참여하기도 했지만 거기까지였다. 내가 겪고 있는 일이 아닌데 똑같이 외치는 게 주제넘는 일처럼 느껴졌다. 그러면서도 내 또래의 학생들이 소외된 이들 곁에서 함께 밤을 새며 온기를 나누는 것을 보면 참 대단하다고 생각했다.

MBC에 입사하자 공영방송 탄압은 이제 내 일이 되었다. 뉴스에 이런저런 방향이 있을 수 있고 정권의 공과도 있을 수 있겠지만, 그저 자기 입맛에 안 맞는다는 이유로 취재권을 빼앗고 해고해 버리는 건 있을 수 없는 일이라고 생각했다. 이건 내가 속한 일인 만큼 눈치 볼 필요 없이 마음껏 목소리를 냈다.

그즈음부터 내게 글쓰기란 곧 투쟁이었다. 페이스북, 블로그, 커뮤니티 등지에 상황을 알리는 글을 쓰고 만화를 그려 올렸다. 고작 입사 3년 차의 보잘것없는 목소리였건만, 정권의 심복이었던 회사는 그 입마저 막으려 정직에 유배를 거쳐 해고까지 일사천리로 진행하는 과감함을 보여줬다.

아이러니하게도 그 과정을 거치며 졸지에 '해직 언론인'이 된 나는 사람들의 관심을 잔뜩 받게 됐다. 그도 그럴 것이 유사 이래 해직 언론인이란 굵직한 경력의 기자나 시사교양 PD, 거센 투쟁을 이끈 노조위원장들이었다. 그러려면 대개 나이도 사십 대 중반은 넘기 마련이었다. 그런데 이제 갓 서른을 넘긴 뽀송뽀송한 입사 3년 차 예능 PD가 해직 언론인이라니. 그것도 자기 페이스북에 혼자 만화 그려 올렸다고.

내가 생각해도 이건 당대의 언론 탄압 실태를 종합적으로 압축해서 보여준 케이스였고, 덕분에 내 이름이 실시간 검색어 1위도 장식해 보는 진기한 경험까지 하게 됐다. 내가 한 행동은 너무 소소했지만 회사의 대응이 파격적일 만큼 너무했던 탓이다. 지인들만 드나들던 내 SNS 계정은 매일 팔로워가 수백씩 늘어났다. 무리해서 내 입을 막으려던 회사는 되레 나에게 커다란 스피커를 쥐어준 꼴이 됐다.

나라는 개인이 겪은 일이었지만 결코 내 개인의 일일 수 없었다. '해직 언론인'으로서 할 수 있는 일은 다 하자고 마음먹었다. 강연이며 인터뷰며 나를 불러주는 자리에는 다 나갔다. 때로 자신들의 싸움에 연대의 발언을 부탁하는 이들도 있었다. 개인 권성민에게 부탁한 것이 아니기에 예전처럼 망설이지 않고 그것도 최대한 나섰다.

투쟁으로서의 글쓰기도 계속했다. 팔로워가 잔뜩 늘어난 만큼 '더 보기'를 눌러 새 창까지 띄워가며 긴 글을 읽어주는 사람도 많아졌다. 그중 몇몇 글은 무서울 정도로 퍼지기도 했다. 때때로 신문 기고란을 채우기도 하다가, 한 매체에서 정기적으로 글을 실을 공간을 내어주기에 이르렀다. 이런 글들이 엮여 나의 첫 책이 만들어졌다.

공적인 주제로 글을 쓴다는 것은 그런 거다. 여전히 첫 번째는 내 마음속 말을 꺼내놓기 위해서지만, 같은 마음을 가진 누군가의 입에 말을 채워주는 일이 되기도 한다. 무언가 잘못됐다고는 느끼는데, 그래서 가슴에 턱턱 화는 차오르는데 이걸 쏟아낼 언어가 부족할 때. 그때 나 대신 써준 듯한 글을 만나는 것처럼 반가운 일도 없다. 닿지 않는 가려운 곳을 긁어주는 손처럼. 맞아 그래그래. 거기요. 아우 시원해 아우. 이 글 내가 썼냐고. 꼭 내 마음 같다고.

그 마음이 꼭 분노일 필요도 없다. 위로도 그렇고 환희도 다르지 않다. 그게 글이 가진 커다란 힘이다. 그리고 힘은, 언제나 항상, 위험하다.

우리는 시련을 극복한 사람들의 미담을 들으며 감동의 박수를 보낸다. 온당한 일이지만 시련을 극복하는 것은 본질적으로 자신을 위한 일이다. 극복하지 못하면 무너지는 것은 나니까. 아름답고 대단하지만 당연한 일이기도 하다. 어떤 이의 진짜 가치를 보고 싶다면 그가 시련에 처해 있을 때가 아니라, 그가 힘을 가졌을 때에 주목해야 한다.

해직 언론인으로서의 시간을 거치면서 느낀 게 하나 있다. 특정한 사건에 휘말렸든 혹은 그냥 써온 글이 우연찮게 파급력을 가지게 되었든, 온라인 공간에서 자기 글이 영향력을 가지면 거기에 취하게 된다. 내 말이 누군가의 입을 채워준다는 느낌. 위로든, 분노든, 다른 이의 마음을 움직인다는 것은 그 자체로 달콤한 일이다. 그래서 사회적 문제를 다룬 글로 유명세를 얻은 사람이라면, 마치 관성처럼 그 뒤로 새로운 이슈가 등장할 때마다 한마디 보태야 할 것 같다는 강한 충동을 느끼게 된다.

내가 지켜본 바로는, 이 충동만 잘 다스려도 인생 조지는 위기를 아주 많이 면할 수 있다. 글말로 성실하게 목소리 내는 사람들을 깎아내리자는 게 아니라, 많이 읽히는 글 몇 번 썼다고 잘 모르는 문제에 대해서까지 함부로 떠들었다가는 한 방에 골로 간다는 얘기다. 여러 분야에 두루 깊이와 혜안을 갖춘 사람에겐 해당 사항 없다. 나

같은 범부필부가 그렇다.

공영방송 탄압의 문제는 내 얘기였다. 처음엔 내 조직의 이야기였고, 해직 이후로는 나의 이야기였다. 그래서 내 목소리를 냈다. 실태를 설명해 달라 불러주는 자리에 합당한 사람이 되려고 방송법, 노동법을 따로 공부하기도 했다. 공영방송 문제는 정치와 직접적으로 얽혀 있는 만큼 정치 이야기도 안 할 수 없었다. 집권당이 어디고 대통령이 누가 되느냐에 따라 당장 내 오 년 십 년이 손바닥처럼 뒤집힐 상황이었다.

그런데 정치 이야기를 하다 보니 경계가 흐려지기 시작했다. 공영방송 문제와 직접 상관이 없는 문제들에도 하고 싶은 말이 생겼다. 팔로워가 수천. 쓰기만 하면 들어줄 귀는 잔뜩 있었다. 홀린 듯 타자를 치다가 아차, 싶었다. 나는 이 문제에 대해 잘 모른다. 강 건너 지켜본 걸로 말을 보태기엔 팔로워가 수천. 내 계정은 더 이상 일기장이 아니다.

같이 읽고 웃자고 농거리 정도 적는다면 그저 보는 사람 많은 공개 일기장이 될 수도 있겠지만, 공적인 문제를 이야기하는 순간 일기란 말로 슬그머니 도망칠 수 없다. 정작 나 스스로가 수천 팔로워의 계정을 투쟁의 글쓰기로 활용하지 않았던가. 이제 와서 이건 내 개인 계정일 뿐이라고 발뺌할 수는 없는 노릇이다.

책임질 수 있는 말만 해야 한다. 쓸 거라면 정확히 알고 써야 한다. 보는 눈 많고 말 많은 방송사를 직장으로 다니며 배운 한 가지는, 세상은 항상 내 눈에 보이는 것보다 더 많은 일이 벌어지고 있다는 것이다. 사람들은 우리의 파업에 대해, 방송과 연예인에 대해 많은 말을 주고받지만 실상은 전혀 다른 일이 벌어졌던 경우도 많았다. 겉으로 드러나는 모습은 아주 일부에 불과할 때가 대부분이다. 그러니 잘 모르는 문제엔 입 닫고 그 시간에 공부를 더 하기로 했다. 누가 나한테 입장표명하라고 마이크 들이대는 것도 아니니까.

내 계정에 팔로워 수천 명을 더해준 회사의 부당 해고는 끝내 대법원에서 지극히 당연한 무효 판결을 받았다. 나는 해직 언론인에서 예능 PD로 돌아왔고, 더 이상 개인의 신분을 넘어서는 공적인 이야기를 할 필요도 없어졌다.

치열한 글들을 엮었던 첫 책은 정치 상황이 바뀌면서 잡지 과월호처럼 오래된 이야기가 되었다. 이제 나는 다시 예능 PD로서, 시민으로서 내가 할 수 있는 것들을 해나가면 된다.

하지만 여전히 내가 올리는 글은 '더 보기'를 누르면 새 창이 뜰만큼 길다. 팔로워가 늘었어도 글을 쓰는 첫 번째 목적은 나 자신이니까. 잡지 과월호도 다시 보면 생각보다 재미있다.

여기보다 어딘가에

     요즘 젊은 사람들은 TV를 보려고 틀어놓는 게 아니라 적막한 외로움이 싫어 배경음으로 틀어놓는다. 혼자 사는 이들이 많다 보니 그렇게라도 사람 말소리가 들리는 게 좋아서.

     젊은이들뿐이랴. 혼자 사는 노인들도 말동무가 없어 하루 종일 드라마를 켜놓은 지 오래다. 다른 점이 있다면 노인들은 켜두고 다른 일을 하는 게 아니라, 두 번 세 번 반복해서 보며 TV와 대화를 한다는 거다. 아이고 저거저거 저 나쁜 놈. 암 그렇지, 그래야지, 그 말이 맞지. 어렸을 때 할아버지가 나한테 하는 말인 줄 알고 여러 번 대답을 시도했다 실패했던 기억들이 있다.

     혼자 살면서 BGM이 필요한 순간들이 있다. 내 경우에는 주로 불을 켜고 끌 때였다. 아무도 없는 검은 집에 돌아와 적막한 방에 불을

켤 때. 딸깍, 하는 스위치 소리는 어쩜 그리 크게 들리는지. 잠을 청하려고 침대에 누우면 불 꺼진 방은 또 왜 그리 고요한 걸까. 적막과 어둠 속에서는 손바닥만 한 방의 천장도 까마득히 멀어 보인다. 갑자기 달라진 공간감에 잠들어야 할 정신이 되레 맑아질 때가 많았다. 그럴 때 적당히 고요하게 채워줄 소리가 필요하다. 대신 TV 없이 오래 지낸 나는 음악을 틀었다. 문자 그대로 BGM인 셈이다.

거리를 다닐 때 귀에 뭘 꽂고 다니는 건 버릇이 안 돼 있어서, 음악을 듣는 건 주로 저렇게 집에서였다. 스트리밍 서비스 아이디도 하나 없어서 CD 몇 개를 돌려가며 듣는 음악만 들었다. 그마저도 음질을 기대하면 안 되는 저질 CD 플레이어였지만 그래도 음악은 공간을 채우며 듣는 게 좋다. 나쁜 음질도 공기에 섞여 들면 그럭저럭 괜찮다.

귀에 이어폰을 꽂아 넣을 때는 혼자 여행을 떠날 때다. 이어폰을 귀에 꽂는 건 스스로를 주변으로부터 고립시키는 가장 손쉬운 방법이다. 내가 사는 도시에서는 거리에서 들려오는 소리들에 귀를 열어두며 살고 싶지만, 혼자 여행을 떠날 때는 뜬구름 잡는 가사에 귀를 맡기고 풍경을 조금 오해해도 괜찮을 것 같다.

그때는 꼭 두 개의 음반을 듣는다. 〈Come Away With Me〉가 들어 있는 노라 존스 1집, 그리고 'Whistle in a maze'라는 제목이 붙어 있는 하림 2집.

둘 다 떠남을 노래한다. 여행하며 듣기에 참 좋다. 심지어 하림의 음반은 자신이 직접 여행을 다니며 배운 세계의 민속 악기들로 채워져 있다. 가사를 듣기도 전에 소리에서부터 여정이 느껴진다.

아무 일도 없는 하루 또 하루가 나를 지치게 해
보잘것없는 일상 초라한 평화 속 숨 막혀 하면서 사는 동안
잃어버린 모든 것은 이곳에는 없으니 이제 나 떠난다
크게 숨 쉬며 돌아봄 없이 내가 가두었던 내 자유를 찾아
하늘과 호수 들판을 달려 파도가 흰 구름을 품는 곳으로

하림의 음반 첫 번째 트랙이다. 여행에 이보다 더 잘 어울리는 노래가 또 있을까. 제목도 〈여기보다 어딘가에〉. 재생 버튼을 누르면 디스크 돌아가는 소음이 들려오기가 무섭게 아이리쉬 휘슬이 귀를 휘몰아 덮는다. 그 어떤 음악보다 떠나는 마음을 깊숙이 설레게 한다. 보잘것없는 일상, 초라한 평화 속에서 잃어버린 모든 것은 이곳에 없어 이제 떠난다니. 어디로? 여기보다 어딘가로. 그냥 어딘가.

물론 우리의 여행에는 오늘 묵을 호스텔부터 집에 가는 비행기 시간까지 세세하게 잡혀 있다. 그러니 정확히는 떠나는 날보다는 비행기 예매 사이트 들어갈 때 들으면 좋은 노래다. 음악이 확장시켜 주는 감각은 여행의 설렘을 더한다. 여기보다 어딘가에. 고르러 가야지. 비행기를 예매하면 그때부턴 '어딘가'가 정해져버리니까.

첫 번째 트랙이 아니어도 이 음반은 명반이다. 버릴 트랙이 하나 없이 고루 다채롭고 풍성하다. 하지만 내가 이 음반을 좋아하는 가

장 큰 이유는 마지막 트랙에 있다.

마른 눈을 깜박거리며 바람에 나를 씻는다
도려내듯 비워버렸던 가슴이 가득 시리다
무얼 찾아 떠나온 걸까 여긴 아무것도 없는데
오 끊임없는 날갯짓으로 멀리 돌아왔구나
떠나온 사람에게만 돌아갈 곳 있으니
이제야 돌아가 네 곁에 편히 팔 베고 잠이 들겠네

'Whistle in a maze'의 마지막 트랙이자 내가 가장 좋아하는 노래, 〈아일랜드에서〉의 가사다. 조용히 읊조리는 가사가 하나하나 오랫동안 곱씹는 맛이 있다. 휘슬 신나게 불면서 '잃어버린 모든 것이 여기엔 없으니까 여기보다 다른 어딘가로 떠나겠어!' 소리치며 미친 듯이 달려나간 1번 트랙을 생각하면 '무얼 찾아 떠나온 걸까 여긴 아무것도 없는데.' 한숨 섞인 가사는 조금 우습기도 하다. 이런 태세 전환. 이럴 거면 왜 그렇게 뛰쳐나갔어.

하지만 그렇게 시작한 음반의 마지막 곡이라서 이 노래는 생명을 가진다. 여기보다 어딘가를 찾아 떠나, 한 시간 동안 사랑과 헤어짐과 인생을 노래한 뒤에 들려오는 이야기라 더 울림이 있다. 이제야 돌아갈 네 곁에, 편히 팔 베고 청하는 잠은 더없이 달고 깊을 것 같다. 스트리밍의 시대에는 만나기 어려운, 열 몇 곡을 순서대로 듣는 앨범의 음악만이 만들어낼 수 있는 서사다.

요즘도 가끔 BGM이 필요할 때 이 노래를 듣는다. 이제 혼자 맞는 적막에는 익숙해져서 잠들 때 음악이 필요하진 않지만, 마음에 적막이 찾아올 때는 필요하다. 이상할 정도로 까마득히 멀어 보이던 빈방의 천장처럼, 내 속이 크게 텅 빈 것 같을 때. 여기 말고 어딘가로 도망치고 싶은 그런 때 듣는다. 무얼 찾아 떠나온 걸까 여긴 아무것도 없는데, 읊조리는 가사를.

곰곰이 듣다 보면, 주변의 풍경이 조금 새로워진다. 그 잠시 음악을 듣는 동안 나는 먼 곳에 떠났다가 돌아온 사람이 된다.

동네 서점에서 만나요

책을 좋아하는 사람, 어디서 만나든 늘 한쪽 손에 읽을 책을 끼고 다니는 사람에게 뭔가 선물할 일이 있을 때 제일 피해야 하는 선물이 뭘까. 당연히 책이다. 위시리스트 채워주듯 갖고 싶은 책이 무어냐 물어보고 사주는 건 물론 해당 사항이 아니다. 하지만 그래가지고는 선물 같은 느낌이 영 없지 않나. 그럴 거면 도서상품 권을 주고 말지.

책 선물이란 자고로 추천을 겸하여 은근히 내 취향을 태워 보내는 묘미가 있어야 한다. 잘만 성공하면 두 사람 사이에 괜찮은 얘깃 거리도 생기면서 꽤 진득한 공감대를 만들 수도 있다.

문제는 이게 책 좋아하는 사람에게는 실패하기 쉽다는 거다. 첫째로 그 사람, 웬만한 책은 다 봤다. 본 책을 또 주는 불상사를 피하려면 이거 봤어? 물어보는 방법밖에 없다. 흥이 깨진다. 게다가 책을 달고 사는 사람이라면 이미 자기 취향이 꽤 두터울 텐데, 어지간한 베스트셀러는 취향이 아닐 가능성이 크다. 나는 연인과 대형 서점에서 만나기로 약속하면 꼭 한소리를 듣는다. "다른 사람들 같으면 적당히 가로로 누워 있는 매대 주변에서 찾을 수 있는데, 너는 꼭 세로로 꽂혀 있는 서가 속에 숨어 있어서 찾기 힘들잖아!"

그 사람이 아직 안 읽어 봤고 취향에도 잘 맞을 책을 고르기 어렵다는 사실보다 책 선물이 별로인 더 큰 이유는, 책을 좋아하는 사람에겐 이미 읽어야 할 목록이 최소 다섯 권 이상 쌓여 있기 때문이다. 심지어 업무처럼 의무로 읽어야 하는 책이 항상 있어서 읽고 싶은 책 순서는 자꾸 뒤로 밀린다. 의무 독서를 빨리 끝내고 유희 독서로 넘어가고 싶은데, 그 사이에 또 다른 의무 독서 목록이 추가되는 일이 부지기수다.

이런 와중에 책 선물이란 대개 그 숙제 같은 목록에 하나를 더하는 꼴이 된다. 어느 목록이냐고? 슬프게도 의무 목록 쪽이겠지. 나 생각해서 선물했는데 읽고 감상평은 들려주긴 해야겠고. 기껏 선물해 준 책 읽지도 않았다는 인상을 주긴 싫고.

그럼에도 불구하고 책 선물은 매력이 있다. 누군가에게서 선물 받은 책을 읽노라면 문득 그의 얼굴이 스쳐가는 순간들을 만난다. 분명 이 구절 때문에 이 책을 마음에 품었을 거야, 확신이 들면 괜히 웃음이 난다. 책은 저자가 망망대해에 띄워 보낸 병 속에 담긴 편지였다가, 수신인이 분명하게 나로 적힌 등기우편이 된다.

한 권의 책을 읽으며 만나는 두 개의 삶. 선물 받는 책에는 인생의 한 조각이 함께 묻어온다. 학창 시절 도서관 서가에서 책을 뽑아 가장 뒷장을 펼치면 잠잠히 꽂혀 있던 대출 이력 카드. 그 위로 적혀 있던, 앞서 이 책을 만난 사람들의 이름을 보며 괜한 설렘을 느꼈던 것도 거기에 묻어 있는 인생의 조각들 때문이다.

그리고 솔직히 말하자면 읽어야 할 목록이 열댓 권쯤 넘어가기 시작하면 부담은 사라지고 무감해진다. 거기에 한 권쯤 더 없는 건 티도 안 난다. 그러니 정말 선물하고 싶은 책이 있다면 망설이지 말고 선물해도 된다. 책은 저마다 부르는 시기가 있으니, 앞선 목록들 사이로 새치기하는 일도 왕왕 벌어진다. 달리 책을 좋아하는 사람이겠는가. 좋은 책이라면 언제나 독서대 펼치고 환영이지. 내 얘기다.

선물 받은 책 위로 겹쳐 보이는 것은 내가 아는 사람의 얼굴이다. 나는 그의 얼굴과 이름과 성격을 먼저 알고, 그 위에서 그가 읽은 책을 만난다. 반대도 있다. 가지런히 서 있는 여러 권의 책을 먼저 만나고, 그 책들로부터 만난 적 없는 사람의 얼굴을 떠올린다. 책이 알려주는 그의 이름, 성격, 관심사와 어쩌면 매력적인 허영까지. 작은 동네 책방에 들어갔을 때 겪는 일이다.

유년기의 우리 집에서 가장 가까운 서점은 아이 걸음으로 이십 분 정도 걸렸다. 열 평이 될까 싶은 작은 서점에는 희끗한 파마머리의 무뚝뚝해 보이는 아저씨가 늘 돋보기안경을 끼고 앉아 있었다. 딱 지저분하지 않은 정도로만 잡지 홍보 전단이 붙어 있던 유리문을 밀면 딸랑, 하고 종소리가 울리며 오래된 종이의 섬유질 묵은 냄새가 밀려왔다. 그 냄새를 맡으면 늘 기분이 좋았다.

아저씨는 나를 퍽 예뻐하는 것 같았다. 표정이 많지는 않았지만 돋보기안경 너머로 종종 살가운 말을 건네오면 이상하게 마음이 몽글해지던 기억이 난다. 애들이 읽을 만한 슴슴한 소설들만 사가던 내게 코넌 도일의 추리소설을 추천해 준 것도 아저씨였다. 게임 잡지에 부록으로 나오던 정품 게임 CD를 챙겨뒀다가 과월호 파본이 생기면 몇 개씩 쥐어주시기도 했다. 덕분에 용돈 없이도 컴퓨터 게임이 부족하진 않았다.

그 서점은 사라졌다. 떡볶이집인지 삼겹살집이 되었다. 그곳뿐이랴. 어릴 적 오가며 들르던 동네 서점들 중에 아직도 남아 있는 곳은 하나도 없다. 중학교 고등학교 앞에서 오로지 참고서만 팔던 서점들은 드문드문 남아 있는 모양이지만 서점이라고 부르긴 애매하다. 마치 흡수라도 하듯, 대형 서점이 들어선 반경 수십 킬로미터는 동네 서점들이 흔적도 없이 사라졌다.

그러다 언제부턴가 다시 유행처럼 더 작은 서점들이 등장하기 시작했다. 동네 서점이라고 부르자니 아무 동네에나 생기는 건 아니고, 젊은 사람들이 많이 찾는 예쁜 동네들에, 하지만 거긴 땅값이 비싸니 멀찌감치 뒷걸음질쳐서 같은 동네라고 부르기 아슬아슬할 즈음에 자리를 잡는다.

고운 인테리어의 이 작은 서점들은 주인장의 안목을 보여주는 큐레이팅을 매력으로 내세운다. 광화문의 커다란 서점에 가면 베스트셀러와 신간들만 눈에 띄는 자리에 나와 있는데, 나 같은 사람이 연인에게 한소리씩 들으며 꾸역꾸역 들어간 구석에 '세로로 서 있던' 책들이 동네 서점에서는 명당을 차지하고 있을 때도 많다. 세상에 태어나 몇 주 안에 이목을 끌지 못한 수많은 책들은 사랑받을 기회를 영영 잃는다. 작은 서점의 큐레이팅은 종종 이들에게 다시 자리를 마련해 준다.

지금 살고 있는 연희동에는 책을 보며 술을 마실 수 있는 작은 바가 있다. 이름도 간명하게 '책바.' 문을 열고 들어서면 이름에 걸맞게 홀로 책을 읽는 손님들로 고요하다. 대화를 위한 곳이 아니라 세 명이 넘는 손님은 아예 들이지 않는다.

기본적으로는 읽고 싶은 책을 직접 가져와 바에서 파는 칵테일 한잔을 곁들이는 술집이지만, 비치되어 있는 책들도 있고 살 수도 있으니 동네 서점이라 불러도 무방하다. 그리 크지 않은 공간을 술병이며 테이블에게도 내어주다 보니 꽂혀 있는 책의 양은 많지 않다. 그래서 주인장의 얼굴이 더 잘 보인다.

무라카미 하루키를 많이 좋아하고, 동시대의 이름보다는 오래 묵은 소설들이 주로 꽂혀 있다. 술을 파는 곳이니 만큼 술을 다룬 책이 차지하는 자리도 제법 된다. 전체적으로 손에 들면 어느 정도 폼이 나는 제목들이 많다. 내실 있는 멋쟁이의 얼굴이다.

한결같이 차분하게 유지되는 분위기가 마음에 들어 종종 찾다 보니 책 위로 그려지던 주인장의 얼굴은 이제 내가 아는 얼굴이 되었다. 마침 동갑내기. 서른 중반에 자신의 색깔을 가득 담은 공간을 열고, 그곳에 찾아오는 사람들 사이로 자기 삶을 꾸려나가는 그는 과연 꽂혀 있는 책들의 이름만큼 내실 있는 멋쟁이다.

친구가 하는 또 다른 동네 서점이 있다. 김소영 아나운서의 '책발전소'다. 당인리 화력발전소 근처에 맨 처음 자리를 잡으며 지었던 이름인데, 연원이 무색하게 자리를 옮겨 지금은 벌써 지점이 세 개다. 동네 서점이라기엔 꽤나 커다랗다는 두 매장은 가보지 못했지만, 홍대 변두리의 본점은 여전히 동네 서점의 운치가 있다. 공간이 커 보여도 대부분은 커피를 시켜 책을 읽는 이들을 위한 카페로 쓰이고, 책이 꽂혀 있는 자리는 내 유년기의 열 평도 안 될 그 서점보다도 자그맣다. 그래서 또다시, 그만큼 주인의 얼굴이 보인다.

요즈음의 동네 서점들에 가면, 세련된 인테리어만큼이나 꽂혀 있는 책들도 세련 일색이다. 디자인, 건축, 화려하고 힙한 잡지들이 멋들어지긴 하지만 정작 '읽을거리'는 그리 많지 않다는 점이 종종 서운했다. 책발전소가 반가운 이유가 여기 있다.

넓은 공간에 비해 꽂혀 있는 책은 일견 초라해 보일 만큼 적지만, 읽을거리로 꽉 차 있다. 예쁜 디자인의 수필집이 어울릴 것 같은 매장에 대학서점 참고도서 매대에나 있을 법한 고리타분하고 두꺼운 책들도 심심찮게 보인다.

친구로서 바라본 김소영 아나운서는 항상 고민도 성찰도 많은 사람이었고, 그 해답을 책에서 찾으려 고군분투하는 사람이었다. 퇴사를 하고 사업을 시작하겠다고 했을 때 적잖이 놀라웠을 만큼 선비 같은 사람이기도 했다. 그런 얼굴이 느껴지는 책등이 서가를 따라

이어진다. 드문드문 유행을 타는 책들이 꽂혀 있는 자리가 '구색 갖춰보려고 노력했어' 하고 찡긋 웃는 얼굴로 보일 정도로. 볼거리보다 읽을거리로 채워진 친구의 동네 서점은 그 자체로 반가운 얼굴이다.

생각해 보면 그 옛날 동네 서점들은 수식어를 붙일 필요도 없는 큐레이팅 서점이었다. 몇 평짜리 작은 공간에 꼭 있어야 하는 잡지, 참고서, 베스트셀러 같은 것들을 채우고 나면 얼마 남지 않은 책장에 들어갈 책은 당연히 주인이 골라야 했을 테니. 온라인 서점은커녕 검색조차 할 수 없었을 때였다. 책이란 그 서점에 꽂혀 있는 것이 온전히 다였던 셈이다. 동네 사장님의 안목에 절대적으로 의존할 수밖에 없었던 놀라운 큐레이팅의 시대.

돋보기안경 너머로 날 보던 아저씨도 책을 참 좋아하는 사람이었겠지. 희끗하던 그 파마머리는 지금쯤 백발이 되었을 텐데. 어디서 무얼 하며 살고 계실까.

책장의 취향

영화 〈리플리〉는 '리플리 증후군'이라는 말을 만들어냈을 정도로 유명한 소설을 원작으로 한다. 영화 속 '리플리'는 자신이 속하지 못한 상류사회에 진입하기 위해 출신 성분부터 말버릇까지 그들을 닮으려 애쓰고, 그게 진짜 자신이라 믿고, 종국에는 그것을 빼앗기지 않으려 살인까지 저지른다. 우울하고 섬뜩하지만 잘 만들어진 재미있는 영화다. 맷 데이먼, 주드 로, 케이트 블란쳇, 기네스 펠트로라는 캐스트도 화려하고.

나에게 이 영화에서 가장 인상적인 장면은 바로 리플리가 자신의 초라한 본모습을 들켜 분노하는 순간이다. 말도 안 되는 정체를 꾸며냈는데 그동안 위기가 왜 없었겠는가. 그때마다 침착하게 넘겨오던 리플리였는데, 결국 폭발해 버리는 순간이 온 것이다. 근데 그게

'취향을 공격당했을 때'이다. 너 취향 구려. 넌 가짜야.

취향이란 건 예민한 영역이다. 취향이 생긴 이유는 제각각일 거다. '덕통사고', '치였다'라는 말이 있는 것처럼 어떤 순간이 갑자기 커다랗게 다가와 만들어진 취향도 있을 거고, 리플리처럼 어린 시절 동경하던 누군가를 따라하다가 내 것이 되어버린 취향도 있을 거다. 실제로는 그렇게 좋지 않았는데 좀 있어 보이고 싶어 자꾸 좋아하는 척하다 보니 진짜 좋아져버린 취향도 많다.

하나의 취향을 둘러싼 수많은 맥락들이 엮이고 엮이다 보면 결국 이유는 없는 것과 같게 된다. 이유가 없으면 예민해진다. 나를 구성하고 있는 무언가에 대해 객관적으로 설명할 수 없으면 그건 그대로 그냥 내가 되니까. 그렇게 사람들은 무언가 자신을 설명하기 애매해질 때면 취향이란 단어를 꺼낸다. 취향입니다, 존중해 주시죠. 그러니 취향을 공격하는 것은 곧 나를 공격하는 게 된다. 리플리 화날 수밖에 없었네.

당신은 어떤 사람입니까, 대뜸 묻는다면 대부분은 말문이 턱 막힐 것이다. 하지만 무슨 영화 좋아하세요, 음악 뭐 들으세요, 저는 이 책이 참 좋더라고요, 하는 이야기들은 좀 더 편하게 할 수 있다.

사람들의 소소한 취향이 보이는 순간이 좋다. 나는 썩 잘 꾸미고 다니는 편은 아니지만 옆자리 선배가 새로 산 운동화, 계절이 바뀌어 산 게 보이는 예쁜 외투, 흔하게 볼 수 없는 디자인의 시계가 있는 손목 같은 것들이 눈에 띌 때면 반갑다. 꼭 비싸고 화려한 게 아니어도 저걸 고르고 살 때 자신을 예뻐했겠구나 느껴지는 그 기분이 좋다. 저걸 처음 몸에 걸치고 집을 나오기 전 거울 앞에 섰을 때 기분이 좋았겠구나.

그런 취향 중에서도 제일 눈길이 많이 가는 건 단연 책이다. 약속 장소에 미리 나온 지인이 책을 읽고 있으면 무얼 읽었는지 꼭 확인해야 한다. 평소에 밖을 나가면 꼭 책을 한 권씩 넣어서 다니는 사람인 듯 가방 사이로 비어져나온 책 귀퉁이를 발견했을 때도 궁금하긴 마찬가지다. 요즘에는 버스나 지하철에서 종이책 읽는 사람 만나기도 쉽지 않은데, 어쩌다 눈에 띄면 유심히 제목을 본다. 책은 그 사람을 궁금하게 만든다. 책이 그 사람 안에 흘려넣은 이야기들이 듣고 싶어진다.

취향이 생긴다는 건 독립적인 사람이 된다는 말이다. 엄마가 사주던 옷을 곧이곧대로 입다가 어느 날 갑자기 "아! 요새 애들 이런 거 안 입는다고!" 소리 지르기 시작하면 어른이 되는 첫발을 디딘 거다. 무슨 영화 좋아하세요, 묻는 말에 눈치껏 〈이터널 선샤인〉이나 〈비포 선라이즈〉처럼 대답하기 좋은 영화 제목을 대다가, 〈트랜스포머〉 같은 제목도 당당하게 대기 시작하면 정말로 남들 신경 안 쓰고 자신을 보여줄 수 있다는 말이다.

책장에서 취향이 보이기 시작하는 것도 마찬가지다. 부모가 사주던 전집이나 브리태니커 백과사전 같은 것들이 자리를 차지하고 있던 책장에서, 독후감 숙제를 하기 위한 필독서를 거쳐 비로소 관심사가 보이는 책들이 하나둘 꽂히기 시작하는 순간이 온다.

대학 다니는 동안 과외를 70명 정도 했는데, 거의 학생의 집으로 가서 했다. 남의 집을 방문하는 건 긴장되면서도 재미있는 경험인데, 그중에서도 제일 먼저 눈에 들어오는 건 역시 책장이다. 이 집의 부모는 어떤 관심사를 가진 이들인가, 이제 겨우 십 대인 학생에게 취향이라고 할 만한 것이 생겼는가, 그걸 존중해 주는 집안인가. 서재가 전시의 기능을 한다는 건 오래된 얘기인 만큼 보는 재미가 쏠쏠하다.

서울의 좁은 하숙방이나 원룸에서 지내는 십여 년간 제일 곤란한 게 책의 수납이었던 만큼 나도 책이 많은 편이다. 마음에 든 건 책장에 꽂아두고 싶고, 그러다 보니 그 시간만큼 쌓인 관심사가 고스란히 눈에 보인다.

책을 사놓고 안 읽는 것에 죄책감을 느끼는 사람들을 종종 보는데, 원래 책은 '사놓은 것 중에 읽는 거'다. 설령 사놓고 아직 못 읽었더라도 책장에 꽂혀 있고 목차만 훑어봐도 내가 무엇에 관심을 가졌고 생각의 방향을 어떻게 전개해 나가야 할지 힌트를 얻을 수 있다.

책은 읽으면 됐지 왜 자꾸 사냐, 비용도 공간도 낭비라며 한소리하거나, 나아가 다 읽지도 못할 책을 여러 권 사는 것을 허영이라며 조롱하기도 왕왕하지만, 사실 소유하고 있는 것만으로도 생각과 기억에 도움이 될 때가 많다. 심지어 책을 많이 읽는 사람일수록 눈앞에 실물이 없으면 내가 뭘 읽었는지 떠올리기가 쉽지 않다. 나도 생각이 막힐 때면 책장을 찬찬히 눈으로 더듬으며 내가 '뭘 알고 있는

지' 되짚어본다. 책장이 내 뇌의 외장하드가 되는 셈이다.

그렇게 내 방 책장과 남의 집 책장들을 보다 보니, 내 방 책장에 꽂혀 있는 책을 남의 집에서도 만나면 반갑다. 게다가 나에게 좀 편하다고 느껴지는 사람 집에 가면 유독 꼭 꽂혀 있는 책들이 있다. 이 집 가도 있고 저 집 가도 있고.

『정의란 무엇인가』, 『총균쇠』, 『사피엔스』 같은 베스트셀러들은 물론이거니와 『왜 세계의 절반은 굶주리는가?』, 『타인의 고통』, 『힐빌리의 노래』처럼 특정 관심사를 가진 이들 사이에서나 유명한 책들도 자주 보인다. 이 제목들 앞에서 '우리는 같은 그룹이다'라는 익숙함이 고개를 든다.

거기서 나아가 『언어본능』, 『루시퍼 이펙트』, 『사람, 장소, 환대』, 『무위당 장일순의 노자 이야기』 같은 책이나 C. S. 루이스의 저서 같은 것들을 만나면 반가움은 배가 된다. 이 사람과 넉넉하게 대화를 나누고 싶어진다. 이런 책들은 내 책장에서는 충분히 고전의 자격이 있다고 생각했건만 남의 집 책장에서는 좀처럼 만나기 어려웠기 때문이다. 바로 그런 책들이 꽂혀 있다니 반가울 수밖에.

이렇게 여러 집 책장들을 두루 기웃거리다 보면 재미있는 지점을 발견할 수 있다. 우리 집에 있고 다른 집에 없는 책들은 문학을 빼면 과학, 종교 분야들이 좀 더 많이 보인다. 그건 내가 요즘 이 분야에 관심 있는 사람들을 많이 알고 지내지 못한단 얘기일 거다.

반면 우리 집에서 본 걸 다른 집에서도 본 책들은 유독 정치, 노동, 사회 분야의 책들이 많다. 결국 정치적인 관심사가 겹친다는 말일 텐데, 이 말은 곧 나는 다른 영역은 관심사가 다르더라도 정치 사회에 대한 결이 비슷한 사람이어야 편하게 만나고 집에도 찾아가는 사이가 된다는 말일 거다. 인문, 예술 같은 비교적 교양적인 분야보다 정치 사회에 대한 생각이 비슷해야 서로 편하게 만나는 건 비단 나뿐은 아니겠지. 물론 좀 더 깊이 파는 사람들은 장르문학이나 종교서적들의 교집합이 훨씬 클 수도 있겠다.

월터 아이작슨이 쓴 평전 『스티브 잡스』나 스타벅스 CEO 하워드 슐츠의 『온워드』처럼 다른 사람들 책장엔 거의 다 있지만 내 방엔 없는 책들을 꼽아보는 것도 재미있을 것 같지만 그건 좀 힘들겠다. 일단 우리 집 책장에서 보이질 않으니 뭐가 없는지부터 파악하기 어렵다. 봐, 눈에 보이는 게 중요하다니까.

도시의 고해소

장면 하나. 여자와 남자. 많아봐야 이십 대 중반. 연인은 아니고 그렇다고 친구는 더욱 아닌 텐션. 소개팅이 거의 분명해 보이는 두 사람.

신경 쓴 게 느껴지는 아이라인. 꼼꼼히 바른 입술. 옷장에서 아주 가끔만 꺼내 입는 게 확실해 보이는 좋은 옷. 거울을 몇 번 봤을 머리.

최선을 다해 웃어주기. 한 마디 한 마디 서로를 배려하며 조심스럽게 오고가는 말들. 괜히 웃음이 나는 귀여운 장면.

아이고, 아니다. 정말로 최선을 다해 웃어주는 여자. 웃음소리가 비어 있다. 요령이 좋은 사람이다. 그걸 모르는 남자. 세상 다 알아도 혼자만 모를 기세다. 한껏 도취된 채 이어지는 시답잖은 농담. 생각하겠지. 이번엔 성공적이야.

애프터는 없다는 데 나는 한 표.

장면 둘. 금방이라도 울음을 터뜨릴 것 같은 친구. 진정하고 어디 들어가서 차분히 얘기하자. 되는 대로 시킨 음료 두 잔. 쏟아져나오는 넋두리. 그런데 어째 분위기가 이상하다.

아차. 캠퍼스 앞 카페는 시험 기간을 맞았다. 손바닥만 한 카페를 채우고 있던 건 오로지 사그락, 책장 넘기는 소리. 그리고 이제는 내 앞에 앉은 친구의 넋두리 소리.

카페는 도서관이 아니다. 아무도 우릴 나무라지 않는다. 하지만 너무 선명하게 느껴지는, 이쪽으로 모이는 귀. 우회적인 시선. 그리고 갈수록 구구절절, 사생활 깊숙이 들어가는 친구의 사연.

아이고, 울기 시작한다. 오늘 이 카페의 손님들은 모두 나와 함께 친구의 비밀을 간직해 주기로 한다.

장면 셋. 혼자 앉아 있는 남자. 그것도 꽤 오래. 음료만 한 잔 놓인 테이블에 책 한 권 없이 내내 정자세. 누굴 기다리는 모양이다.

내 생각에 대답이라도 하듯 와서 앉는 여자. 음료도 주문하지 않고 코트도 벗지 않는다. 내용은 들리지 않는 조용한 대화. 몇 마디 오가지 않은 것 같은데 여자는 금세 일어난다. 안녕, 한 마디도 없이.

계속 앉아 있는 남자. 우두커니 굳어 있는 뒷모습. 무거운 공기. 괜히 나까지 숨을 죽인다.

두 사람은 방금 이별한 것 같다. 남자는 울고 있을까.

장면 넷. 통화하는 남자. 혼자다. 테이블 위에 음료도 없다. 엿들을
생각은 없지만 바로 옆자리라 너무 선명하게 들리는 말소리. 문장
을 시작하는 일인칭 주어가 전부 '오빠.' 별로다. 별로인 만큼 더 귀에
쏙쏙 들어오는 내용. 여자는 승무원인 모양이다.

어, 너네 엄마 어느 병원 입원하셨는데. 아 그럼 오빠가 딱 꽃 사들
고 가야지. 괜찮아, 괜찮아, 이럴 때 점수 따는 거지. 어 아냐. 나 혼
자 갈래. 너랑 가잖아? 그럼 엄마 생각에는 니가 꼬셔서 억지로 왔
구나 이렇게 생각하신다고. 어, 오빠 원래 그런 어색한 거 즐겨.

야 근데, 오빠가 볼 때 니가 지금 이직이라는 중요한 문제에 대해
너무 단순하게 생각하는 거 같애. 오빠가 듣기에는 그냥 힘들다고
징징대는 거로 밖에 안 보여. 아니 나는 니가 진상 손님 얘기하는 게
너무 웃기거든. 오빠는 맨날 연구실에만 있어서 재미가 없으니까. 아
나도 사람 만나는 일 하고 싶다.

아니 오빠가 여자친구 힘든 얘기를 좋아하는 게 아니라. 아니 그
래, 남자친구가 물론 여자친구 힘들어할 때 들어주고 공감해 주는
게 중요하지. 근데 오빠는 그렇게 생각한다? 남자친구라는 게, 여자
친구가 잘못된 결정을 할 때 옆에서 바로잡아 주고 그럴 수도 있다
고 생각해.

만약에 니가 이직을 한다고 해봐. 오빠가 승무원이 아니니까 백프
로 알 수는 없지만 뭐 거긴 진상 손님 없을 거 같애? 아니 솔직히 승

무원이 하는 게 뭐야. 결국엔 뭐 사람 상대하고 주문도 받고 그런 거 아냐, 팩트를 보자고.

너 솔직히 취준할 때 뭐라고 했어. 아무 항공사나 받아만 주면 열심히 한다매. 그 생각을 못하고 지금 이런 얘기하는 건 니가 너무 어린 거야.

…… 삼십 분째 이어지는 통화. 도망쳐요. 헤어지세요 빨리.

누군가 편의점을 '도시의 성좌'라 했던가. 모두가 잠든 어두운 도시를 점점이 곳곳에서 눈부시게 밝히는 별자리라고. 그럼 카페는 도시의 오아시스다. 벤치 하나 변변찮은 이 도시에서 다리를 쉬며 목을 축일 수 있는 공간. 벽에 못 하나 마음대로 박을 수 없는 셋방을 나와 제법 괜찮은 인테리어와 가구들 사이에서 좋은 음악을 들으며 시간을 보낼 수 있는 곳.

테이블과 테이블로 정해놓은 가상의 구획을 성실하게 따르며, 마치 그 사이에 두꺼운 벽이라도 있는 것처럼 남이 들으면 안 될 법한 얘기도 서슴없이 큰소리로 꺼내놓는 경이로운 고해소.

집의 책상에 앉아 있으면 어쩐지 늘어지고 눕고만 싶어질 때, 도무지 진전이 없을 것 같을 때 나는 카페를 찾는다. 카페에서는 누울 수 없으니까. 게다가 무관심을 위장한 시선이 도처에 깔려 있다. 나를 대놓고 쳐다보는 이는 없겠지만, 아무래도 공공장소의 시선 속에 있으면 하릴없이 웹툰만 들여다보느라 시간을 보내진 않겠지.

내게 카페는 작업실로서의 의미가 가장 크다. 타인의 시선을 슬그

머니 내재화해서 스스로를 감시하는 데 활용하면 효율이 오른다. 의지가 박약할 땐 이것도 좋은 방법이다.

장면 다섯. 노트북을 펼치고 앉아 있는 남자. 벌써 두 시간째. 하지만 주의는 온통 바깥에 있는 것 같다. 기웃기웃 바쁘게 돌아가는 눈동자. 사방으로 열려 있는 귀. 이미 노트북을 떠난 지 오래인 남자의 관심.

화면 속 빈 문서창에 깜빡이는 커서만이 성실하다.

시선은 타인에게만 있는 게 아니었다.

어둠을 뚫고 무대에 서면

"어…… 하나님, 안녕하세요? 밤이 늦었는데 주무시고 계시는 건 아니겠죠? 저는 이 시간까지 깨어 있어 본 적이 없어서요, 아하하……. 이렇게 기도를 드려보는 건 처음이네요. 제가 경험이 없어서 말솜씨도 많이 서투른데, 하나님은 마음이 바다처럼 넓다고 하셨으니까 좀 이해해 주세요…….

요즘은요. 저번에 크리시가 해줬던 그 아빠 얘기가 많이 생각나요. 크리시는 아마 그런 멋진 아빠랑 자라서 그렇게 멋지게 일을 할 수 있었나 봐요. 저도 아빠가 있었으면 좋겠어요. 얼굴이라도 생각나면 좋겠어요.

우리 엄마 아빠는 거기 하늘나라에 잘 계신가요……? 혹시, 우리 엄마 아빠 어떻게 생겼는지 가르쳐주실 수 있나요……? 엄마는 이뻐요? 난 별로 안 이쁜데. 아빠는, 아빠는 분명히 잘생기셨죠? 분명히 크리시네 아빠만큼 멋있는 분일 거예요, 그죠?"

대학 초년생 시절 썼던 교회 뮤지컬 〈고마워요 무지개〉 대본의 일부다. 중세 이후 유럽에서는 교회에서 고아원 등의 사회복지 시설을 겸하는 경우가 많았는데, 이를 배경으로 어느 시골 교회 고아원에서 성가대를 열심히 하는 아이들의 이야기였다.

아이들이 추수감사절 특별 공연을 앞두고 분주하게 연습을 하는 가운데 고아원에 새롭게 합류하게 된 여자아이가 주인공이다. 고아들이 성가대 하는 것을 못마땅하게 여긴 목사 아들이 아이들의 리더를 몰래 빼돌리고, 새로 합류한 주인공에게 억지로 리더 자리를 맡기면서 이야기는 갈등을 겪는다.

얼떨결에 리더를 맡은 주인공이 말 안 듣고 정신없는 아이들 때문에 온갖 고초를 겪다가, 급기야는 자기 때문에 공연을 망칠 거라 두려워진 밤. 혼자 조용히 예배당을 찾아 기도하는 독백이 저 대사다. 실제 대본은 여기 적은 대사의 세 배 정도 길이였다. 독백이 진행될수록 주인공의 목소리엔 울음이 섞이고, 울음 끝에 〈나는 괜찮아요〉라는 제목의 노래를 부른다.

나는 괜찮아요 아프지 않아요 나보다 더 아픈 사람이 많은 걸
난 기도할 게 없죠 하나님 귀로는 더 아픈 사람들을 들어주세요
나는 괜찮아요 슬프지 않아요 세상엔 너무나 슬픈 사람 많아요

난 항상 웃고 살죠 가끔은 울지만 그 정도 눈물은 혼자 닦을 수 있죠
눈물 닦을 두 손도 없는 사람들 그 사람들의 눈물을 닦아주세요
눈물 흘릴 두 눈도 없는 사람들 그 사람들의 눈물이 되어주세요

스물한 살에 썼지만, 지금 읽어봐도 연기하기 어려운 대본이다. 뮤지컬의 배우는 전부 고등학생들이었다. 주인공을 맡았던 친구는 처음 대본을 받아보더니 이 장면은 혼자 충분히 연습할 수 있는 시간을 달라고 부탁했다. 그래서 모두 함께 모여 연습하는 내내 이 장면은 건너뛰었다.

그리고 공연을 일주일 앞둔 날. 충분히 시간을 줬다고 생각했고, 이제 다른 친구들과 함께 이 장면을 봐야 했다. 다른 아이들도 연습하는 내내 궁금해하고 기대했던 장면인 만큼 다들 설레는 얼굴로 주인공 맡은 친구 앞에 둘러앉았다.

연기는 훌륭했다. 그 친구가 입을 열자 연습실은 한밤중의 예배당이 되었다. 한 글자 한 글자 감정이 충분히 담겨 있었고, 지켜보던 아이들은 점점 숨을 죽이며 그의 독백에 빠져들었다. 정말 놀라웠다. 내 손으로 쓴 대본이지만 이렇게까지 감동적일 줄이야. 그건 자뻑이 아니라 정말 순수하게 그 친구의 연기에 대한 감탄이었다.

빠져들어 듣다 보니 긴 독백이 금세 끝났다. 주인공 친구는 대사를 하던 자리에 그대로 선 채 계속 흐느끼고 있었다. 나머지 모든 아이들의 시선은 이제 나에게 모였다. 연출의 소감은 무엇인지 묻는 거였다. 넓은 만큼 더 고요한 연습실에는 흐느끼는 소리만 자그맣게

이어졌고, 아이들은 정적 속에서 약속이나 한 듯 내 입이 떨어지기만 기다리고 있었다. 바통이 나에게 넘어온 것이다. 쟤는 저기서 계속 울고 있고, 애들은 나만 쳐다보고 있으니, 이제 내가 뭐라도 해야 이 상황이 끝나는 거였다.

그런데 어우, 이거 상황이 너무 드라마틱하잖아. 평범하게 잘했다고 한두 마디 하는 걸로는 부족할 것 같은 이 분위기. 연습실을 가득 채운 긴장감이 너무 팽팽해서 차마 입이 떨어지지 않는다. 대본이 극적인 건 좋았는데 대본 밖 상황까지 이렇게 극적일 줄이야. 처연한 연기에 푹 빠져 있다가 갑자기 머리가 초고속으로 돌기 시작했다.

그러다 결국, 이 분위기에는 무슨 말을 해도 썩 어울리진 않을 것 같아서, 아이들의 시선 속에서 조용히 일어나 아직 울고 있는 주인공 친구에게 다가갔다. 그리고 격려의 의미로 어깨를 두드려주고 그대로 문밖으로 걸어나갔다. 걸어나가는 등 뒤로 아이들의 환호성이 터져나왔다. 슬쩍 돌아보니 기다렸다는 듯 앞다투어 주인공 친구에게 달려와 얼싸안고 서로 감탄을 쏟아내고 있었다. 너무 잘했다며, 너무 감동이라며.

이 무슨 각본 없는 청춘 드라마의 한 장면이란 말인가. 심지어 진짜 청춘 드라마를 저렇게 연출했다가는 요즘 감성에 손발이 좀 오그라들 정도다. 특히 연출을 맡은 대학생 선생님이 어깨를 툭툭 두드리고 나가는 부분이. 아니 근데 그때는 정말 달리 반응할 도리가 없었다. 폼 잡으려고 그런 게 아니라. 하지만 십 년이 더 지난 지금 떠올려도 아득히 기분이 좋아지는 기억이다.

한 번 무대에 서본 사람은 죽을 때까지 그 순간을 기억하며 살아간다는 말이 있다. 초등학교 시절 들어간 연극반에서 인연을 맺은 무대는 십 대 내내 친구들과 밴드를 하면서, 교회 고등부 선생님이 되어 학생들과 매년 뮤지컬을 꾸려나가면서 내 삶에 잊지 못할 빛나는 기억들을 구석구석 새겨주었다. 배우로서 무대 위에 서는 것도, 연출자로서 무대 뒤에서 바라보는 것도, 관객으로서 객석에서 보는 것도 모두 매력적이다.

그중에서도 뮤지컬을 본격적으로 좋아하게 된 건 남들 다 그렇듯 조승우의 〈지킬 앤 하이드〉 무대를 보면서부터다. 문화사색이었는지 산책이었는지, TV 교양프로에서 보여준 몇 개의 짧은 무대를 보고 완전히 넋이 나갔다. 문화적 토양이 부족한 지방의 학생이었던 나는 그때부터 없는 용돈을 박박 긁어모아 수시로 서울을 찾았다.

이루어질 수 없는 사랑을 노래하며 이집트 하늘의 별이 되는 '아이다'(뮤지컬 〈아이다〉)를 보며 가슴을 부여잡았고, 이길 수 없는 싸움, 이룰 수 없는 꿈일지라도 이게 나의 가는 길이니 정의를 위해 싸우리라 노래하는 '돈키호테'(뮤지컬 〈맨 오브 라만차〉)를 보며 엉엉 울었다. 어른이 되면 아무리 힘겹고 버거운 짐도 씩씩하게 버텨낼 수 있을 거라 노래하는 아이들(뮤지컬 〈마틸다〉)을 보며, 어른이 되었지만 여전히 약하고 두려운 스스로가 미안해 목이 메기도 했다.

뮤지컬은 솔직하다. 뮤지컬 무대에서 인물이 부르는 노래는 오로지 직설이다. 감정을 숨기거나 꾸미지 않는다. 연극 대사처럼 오묘한 행간의 여지를 주지 않는다. 아무리 의뭉스러운 인물도 노래를 시작하면 마음속 이야기를 오롯이 들려준다. 그게 뮤지컬의 문법이다. 멀쩡하게 잘 대화하다가 갑자기 음악이 흐르며 속마음을 털어놓는 뮤지컬이 어색하고 민망해 보기 힘들다는 이들도 있지만, 난 그래서 뮤지컬이 좋다.

누군가에게 속마음 시원하게 털어놓는 게 이리도 어려운 시대에, 영화나 드라마 속 인물이 조금만 솔직하게 자기 마음을 대사로 얘기해도 촌스럽단 소리를 듣는 요즘 같은 때에, 뮤지컬 속 인물들만큼 자기 마음을 계산 없이 쏟아내는 화법을 만나긴 힘들다. 심지어 음악까지 깔아가며.

영화에서 인물의 감정을 그대로 되풀이할 뿐인 음악은 진부한 동어반복이다. 평론가들에게 좋은 평을 못 듣는다. 이토록 감정의 솔직한 증폭이 기꺼이 허락되는 예술은 뮤지컬이 유일하지 않을까 싶다.

그래서 뮤지컬은 순간으로 기억된다. 서사가 차곡차곡 쌓여 작품 전체가 통째로 다가오기보다는 강렬히 파고드는 어떤 순간, 가슴을 울리는 가사 한 줄, 그걸 태운 멜로디가 오래도록 기억에 남는 것이다. 나 역시 함께 뮤지컬을 만들었던 학생들이, 한순간의 아득한 기억으로 깊이 새겨졌듯이.

가슴에 남는 그 마법 같은 순간에 홀려, 없는 살림에도 그렇게 서울의 극장을 열심히 찾았다. 집으로 가는 막차 시간 때문에 늘 커튼콜도 못 보고 아쉬운 발걸음을 돌리면서도.

객석에서 보는 쪽이 아니라 무대에 서는 입장이 되었을 때 가장 강렬한 순간은 언제일까. 나는 주로 무대 뒤에 머무르는 입장이었지만, 아주 가끔 무대에 올랐을 때를 떠올려보면 백스테이지에서 무대에 올라서기 바로 전의 기억이 가장 강렬하다.

막 너머로 슬쩍, 객석을 가득 채운 수백의 관객을 보았을 때, 이미 수없이 외우고 연습한 공연이건만 마치 처음 하는 것처럼 모든 것이 새롭게 느껴진다. 손을 대지 않아도 박동이 펄떡펄떡 느껴질 만큼 가슴이 미친 듯 뛰고 숨이 가빠진다. 심호흡을 여러 차례, 손을 쥐었다 폈다 반복하며 마음을 가다듬는다. 그리고 마침내, 무대 뒤의 어둠을 뚫고 조명 앞에 서면 비로소 평온해진다.

밝은 조명 아래서는 어두운 객석이 보이지 않는다. 이제 작은 무대 위만이 세상의 전부다. 고작 취미로 몇 번 서본 게 전부지만, 그 순간이 참 좋았다. 과연 한 번이라도 무대에 서본 사람은 죽을 때까지 그 순간을 잊지 못하겠구나.

심리학에는 근접학(proxemics)이란 분야가 있다. 사람과 사람이 소통할 때 물리적 거리를 얼마나 두느냐의 문제를 다루는 학문이다. 낯선 이와 대화할 때, 지인과 대화할 때, 연인과 함께 있을 때 우리는 거리를 서로 다르게 둔다. 흔히 예상할 수 있듯 이는 성별이나 지위에 따라서도 차이가 생기고, 문화권마다 적용되는 규칙도 다르다. 동양인들은 서양인들에 비해 이 거리가 가까운 편인데, 이는 좁은 주거 공간에서 많은 수의 가족 구성원과 부대끼며 성장하는 일이 보편적이었던 문화에서 비롯되었다.

모든 규칙은 예외가 생길 때 재미있는 일이 벌어진다. 자신이 편안하게 생각하는 거리 안으로 누군가 예상을 깨고 불쑥 들어왔을 때 말이다. 일반적으로 낯선 사람과는 1~3미터 정도의 거리를 편안하게 느끼는데, 처음 보는 사람이 예고도 없이 1미터 안쪽으로 쑥 들어오는 것이다. 이런 규칙의 파괴는 굉장한 긴장감을 유발한다. 중립적으로 말하면 교감신경계의 활성화다. 심장박동과 호흡이 빨라지고 동공이 커지는 현상 같은 것들.

재미있는 변수는 불쑥 들어온 사람의 매력이다. 외모, 표정, 불쑥 들어왔을 때의 맥락이나 상황 같은 것들을 통틀어 매력이라 부르자. 이 규칙을 깬 사람의 매력이 평균이거나 그 이하라면 단순히 생리적 반응일 뿐인 교감신경계의 활성화는 불쾌함으로 해석된다. 그의 돌발행동을 위협으로 받아들이는 것이다. 자연스러운 일이다. 그냥 쉽게 상상해 봐도, 갑자기 얼굴을 쑥 들이밀면 무서울 수밖에.

그런데 여기서 떠오르는 장면이 하나 있다. 비 오는 날 우산 속으로 갑자기 달려드는 한 남자. 당황해서 우산을 들자 가려진 얼굴이 서서히 드러나는데, 강동원이다. 길이길이 꼽히는 〈늑대의 유혹〉의 명장면이다. 영화는 안 봤어도 이 장면 모르는 사람 찾기는 쉽지 않다. 극장에서 이 장면이 나올 때마다 곳곳에서 탄성이 터져나와 영화 소리가 안 들렸다고.

이게 바로, 규칙을 깼는데 매력이 평균을 상회하는 경우다. 갑자기 쑥 들이민 얼굴이 강동원이면, 활성화된 교감신경계는 설렘으로 해석된다. 빨라진 심장박동과 호흡, 커진 동공. 생리적으로는 첫눈에 반했을 때와 다를 바가 없는 것이다. 몸은 똑같이 반응했지만, 뇌가 그걸 어떻게 받아들이느냐에 따라 전혀 다른 감정이 된다. 물론 우리는 강동원이 아니니 흉내 내면 안 된다. 불쾌감과 위협감만 불러일으킬 뿐.

나에게 무대에 오르기 전 요동치던 심장은 생에 잊지 못할 경험이었지만, 누군가에게는 다시 떠올리고 싶지 않은 끔찍한 공포였을 것이다. 활성화된 교감신경계는 누군가에게는 설렘이고 살아 있다는 생의 감각이지만, 다른 누군가에게는 공포와 불안일 뿐이다. 시작은 똑같은 생리적 현상이었을 텐데.

무대공포증으로 힘들어하는 이들을 나약한 사람으로 여길 생각은 없다. 그들에겐 떨리는 심장 뒤에 찾아온 것이 강동원이 아니었을 뿐. 하지만 나 자신이 커다란 무언가를 앞두고 가슴이 떨릴 때면 무대 뒤 어둠 속의 심장박동을 떠올린다. 이 어둠을 뚫고 조명 아래 서면 그때부턴 아무것도 아니었음을 기억한다.

그러니까 이 떨림은 불안이 아니라 설렘일 거라고. 이 순간 내가 살아 있다는 생의 감각이라고. 해보면 별거 아니더라고. 그게 무대가 나에게 준 가장 소중한 가르침이다. 활성화된 교감신경계는 마음먹기 나름이라는 것.

아시아인 히어로

히어로 영화 대유행의 시대다. 마블 영화는 개봉만 했다 하면 극장을 죄다 집어삼킨다. 이 거대한 블록버스터 시리즈를 좋아 한다고 말하는 건 취향도 아닌 게 되었다. 스타벅스에서 아메리카노 를 고르고 맥도날드에서 빅맥을 먹는 것이 특별하기 힘든 것과 비슷 하다.

히어로는 많기도 참 많다. 한 명 한 명 기세는 지구를 혼자 다 구 할 것같이 엄청난데 약속이나 한 것처럼 뉴욕에 모여 살면서 뉴욕 하나 지키기도 매번 전전긍긍이다. 대중문화는 사회적 염원의 투사 라, 인도 영화가 매번 계층을 뛰어넘는 사랑과 도전 이야기로 인기 인 것은 아직도 인도 사회에 드리운 카스트 제도의 유령이 불러온 바일 텐데, 그럼 쫄쫄이 입은 자경단 이야기를 이토록 사랑하는 미국인들은 대체 치안에 대한 불안감이 얼마나 큰 것인가 상상하게 된다.

그 많은 히어로 중에서도 감히 고전이라 부를 수 있는 스타를 셋 고르자면 단연 슈퍼맨, 배트맨, 그리고 스파이더맨이다. 셋 모두 마블 유니버스가 이렇게 세계를 지배하기 한참 전부터 내로라하는 감독들과 리메이크를 거듭하며 여러 편의 멋드러진 영화를 흥행시켜 왔다. 그중 스파이더맨을 제일 좋아한 것은 나뿐이 아니었을 것이다. 전능한 외계인 슈퍼맨은 너무 강해서 재미가 없고, 고뇌하는 억만장자 배트맨은 너무 진지해서 답답한데, 천재 고학생 스파이더맨은 유쾌하고 재기발랄하면서 때때로 안쓰럽고 친근하다.

스파이더맨 시리즈도 몇 차례의 리메이크를 거치며 여러 면모가 진화해 왔지만 십여 년 전 샘 레이미 감독의 3부작을 여전히 최고로 꼽는 팬들이 많다. 그중에서도 '닥터 옥토퍼스'와 싸우는 두 번째 작품은 스파이더맨 시리즈뿐 아니라 히어로 영화 전체를 아우르는 명작을 거론할 때마다 〈다크 나이트〉와 함께 빠지지 않는 수작이다.

나도 저 2편을 참 좋아했다. 정확히는 스파이더맨보다도 악당 '닥터 옥토퍼스'가 꽤 마음에 들었다. 뛰어난 지식인이면서 그 지식을 사회에 환원하기 위해 고민하는 인물. 악당이 된 것도 모종의 비뚤어진 욕망이나 분노가 아니라 단지 컴퓨터의 오류로 통제력을 상실했을 뿐이며, 그마저도 종국에는 스스로 이성을 되찾고 모든 것을 책임지려 한다. 이 얼마나 멋진 악당이란 말인가. 스파이더맨 2편의 주인공은 스파이더맨이 아니라 옥박사 님이다.

이 영화가 오래도록 기억에 남는 이유는 옥박사 말고도 또 있다. 함께 보러 갔던 이가 특별했기 때문이다. 영화가 개봉한 2004년에 나는 고등학생이었고, 한국의 공교육 시스템은 학생들의 영어회화 실력 향상을 위해 학교마다 원어민 교사를 한 명씩 갖추기 시작할 즈음이었다.

자고로 회화 실력이란 그 언어를 쓰는 사람과 직접 대면하며 꾸준히 대화를 나누어야 나아지는 법이다. 문장과 단어를 아무리 달달 외워봐야 사람을 직접 마주하지 않으면 하등 쓸모가 없다는 건 나 자신이 여러 차례 경험했다. 그러니 외국인 한 명으로 학생 수백 명의 회화 실력을 개선하겠다는 발상은 얼마나 안일하고 관료주의적인가. 학생 한 명 한 명과 일일이 충분한 대화를 나누는 열의를 보여주지 않는 한 원어민 교사는 그저 한국말도 못하는데 교수법까지 서투른 아마추어 강사일 뿐이다.

이렇게까지 말하는 건 좀 너무한 것 같지만 이 제도가 처음 시행된 중학생 때부터 고등학교 시절까지 내가 만난 원어민 교사들은 모두 그랬다. 일단 영어회화가 목적인만큼 수업 중에 한국어를 쓰지 말라는 지침도 물론 있었겠지만 그걸 감안하더라도 한국에서 생활하는 사람이 한국어를 배우고 쓰려는 의지가 너무 없었다. 학생들과 일일이 회화를 할 수 있는 여건이었다면 그래도 괜찮았겠지만 그것도 아니지 않는가.

그들도 결국 똑같이 칠판에 무언가 적어가며 영어를 가르치려 애썼는데, 나름의 자격증이야 있었겠지만 그들이 가르치는 수준이란 정말 영어를 한 마디도 못하는 외국인을 대상으로 하는 것이었다. 판서로 배우는 영어는 이미 이력이 난 수능의 나라 고등학생들에게 초등학생 수준의 영어 강의를 하고 있으니 쓸모 있을 리가.

물론 이런 무용함이 그들 탓은 아니다. 그들 역시 안일한 관료주의적 발상의 결과로 무용한 맥락에 덩그러니 놓인 희생자일 뿐. 심지어 영어 사교육이나 조기 어학연수의 열기 같은 것은 남의 일이었던 지방의 공립 고등학교에서는 누구도 그들에게 영어로 말을 걸어주지 않아 늘 외톨이였다. 진짜로 영어 실력이 부족해서라기보다는, 자신이 없고 숫기가 없는 게 이유의 9할쯤 차지하는 것 같았다.

하지만 백인 교사의 금발 벽안은 호기심을 무척 자극하는 것이라, 이들은 교문을 통과해 교무실에 이르는 짧은 시간 동안 매일 자신에게 'Hi'만 외치고 도망가는 십 대 남자아이들을 서른 번쯤 마주쳤고, 그때마다 성실하게 'Hi'로 답해주곤 했다. 그래도 직분에 충실하려 더러 대화를 이어나가 보려고 하면, 소심하게 'Hi'를 던지던 아이들은 몇 마디 못 가 어색한 미소와 함께 슬금슬금 사라졌다.

더구나 고등학교 때의 원어민 교사는 젊은 백인 여자였는데, 영어로 말하는 것부터가 쑥스러운 마당에 십 대 남자아이들에게 미모의 백인 여성은 눈조차 마주치기 힘든 상대였다. 정확히 이 장면이 영어회화 연습이 필요한 이유인데, 그 실태를 적나라하게 확인시켜 주는 역할만큼은 톡톡히 한 셈이다.

교무실에 갈 일이 있어 슬쩍 기웃거려보면 거기서도 상황은 다르지 않았다. '원어민 전담 마크'로 배정된 영어 교사 말고는 선생님들도 다들 눈을 피하고 있어 원어민 교사는 늘 심심해 보였다. 수업 말고는 딱히 업무도 없는 듯했다. 한국에서 한국말을 전혀 못하는 본인의 탓도 물론 있겠지만, 그래도 안쓰러울 지경이었다. 정말 희생자 맞네. 바다 건너 이 먼 땅까지 와서 고생이 많아요.

21세기 한국 사회에서 영어 말하기는 새로운 계층 지표다. 나는 영어 공부하는 것을 꽤나 좋아해서 아주 어릴 때부터 오성식 아저씨의 〈굿모닝팝스〉도 즐겨 듣고, 디즈니 애니메이션의 자막을 가리고 보기도 했으며, 『해리 포터』 같은 청소년 문학도 여러 권 원서로 찾아 읽었다. 학교 성적도 좋은 편이었으니 당연히 수능 영어도 어렵지 않게 풀어냈다.

하지만 읽기, 쓰기, 듣기 전부 독학으로 능숙하게 해내도 입을 여는 순간 드러난다. 어학연수 비슷한 걸 보내줄 수 있는 집안인지 아닌지가. 말하기, 대화하는 능력만큼은 혼자 키워내기 힘들다.

그런 내게 방치되어 있는 원어민 교사는 너무 아까웠다. 내가 못 내는 돈을 정부가 대신 내서 네이티브 스피커를 데려다줬는데 써먹어야 하지 않겠어? 공책을 펴고 작문을 시작했다. "안녕? 나는 권성민이라고 해. 영어 말하기를 잘하고 싶은데 그게 너무 어려워. 그래서 괜찮다면, 네가 나를 도와줬으면 좋겠어. 그럼 무척 고마울 거야." 입으로는 안 되니 글로 써놓고 달달 외운 다음, 매점에서 사온 음료수를 건네며 외운 문장을 그대로 뱉었다. 마침 심심했던 그에게도 몹시 반가운 일이었나 보다. "와우, 너 정말 용감한 학생이구나!" 활짝 피던 그의 얼굴이 지금도 또렷하다.

그날부터 매일 점심시간마다 그를 만나 이야기를 나누었다. 나에게 대화하고 싶은 주제를 정해오라고 했다. 나는 취미나 여행 같은 가벼운 주제부터, 당시 논란이 많았던 주한미군 문제나 부시 대통령의 이라크 침공 같은 주제도 물어보았다.

민감할 수 있는 이야기들도 적당히 우회하며 성심껏 답해준다는 느낌을 받았고, 어느 순간부터는 영어 자체보다 여러 주제에 대한 미국인의 관점을 들을 수 있다는 사실이 즐거웠다. 남학교에서 젊은 외국인 여자 교사와 매일 대화를 나눈다는 건 지나치게 눈에 띄는 일인 동시에 좋은 놀림거리였지만 개의치 않았다.

〈스파이더맨 2〉를 함께 보러 간 것도 그였다. 영화가 끝나고 우리는 당연히 영화에 대해 이야기했다. 앞서 길게 이야기했듯 영화는 충분히 재미있었지만, 내가 그에게 이야기하고 싶었던 것은 영화 속에 등장하는 아시아인들이었다. 온통 백인들뿐인 이 영화에서 아시아인은 딱 두 번, 아주 잠깐씩 나온다.

요즘에는 주류 영화가 인종이나 젠더의 다양성을 품지 못했을 때 비판을 받지만, 나는 거기까진 그래도 괜찮다. 내용에 따라 그럴 수도 있다고 생각한다. 이 영화가 개봉했던 2004년은 그런 비판도 그리 매섭지 않을 때였다. 그런데도 이 영화에서 딱 두 번 등장한 아시아인은 내 뇌리에 박혔다. 낡은 건물의 화재 현장에서 주인공이 구해주는 가난한 가족으로 한 번, 그리고 뒷골목에서 이상한 노래를 부르는 우스꽝스러운 걸인으로 또 한 번.

차라리 아예 등장하지 않았으면 모르겠는데 이런 장면에만 굳이 아시아인을 골라서 집어넣은 건 감독과 제작진의 편견인 것 같다는 얘기를 했더니, 그는 "와우, 나는 캐치하지 못했는데 너 참 똑똑한 학생이구나!" 하고 감탄해 주었다. 당연히 네 눈에는 안 보였겠지. 이건 똑똑함의 문제는 아닌 것 같아.

2004년의 극장에서는 그 둘만 기억에 남았는데, 얼마 전 영화를 다시 보니 아시아인이 두 명 더 있었다. 닥터 옥토퍼스의 조수로 등장하는 연구원이 한 명, 그리고 옥토퍼스가 악당으로 변하는 순간 살해당하는 간호사가 또 한 명. 그래도 이쪽은 둘 다 나름 전문직이다. 나 같은 도끼눈을 의식하고 나름 균형을 맞췄던 걸까.

좀 더 관대해져 보자면 이 역시 그럴 수 있다. 실제로 뉴욕에 살고 있는 아시아인 중에는 가난한 사람이 더 많겠지. 모두가 힘든 뉴욕인데 이민자의 삶이란 더욱 쉽지 않을 테니까. 그나마 이공계열 전문직으로 진출한 아시아인들이 많이 성공했을 거고, 그래서 옥토퍼스의 연구원으로도 등장했다. 감독이 현실을 반영하고 싶다면 그럴 수 있다.

그렇긴 하지만 2004년의 십 대였던 나는 아시아인들이 철저히 변두리에 머무르는 이 영화를 보면서 그런 생각을 했던 것 같다. 나는 앞으로 콘텐츠 만드는 일을 하면서 살고 싶은데, 아무리 애를 써도 바다 건너 저 넓은 시장의 주류가 될 수는 없겠구나. 나는 이 세계에서 영영 주변인이구나. 세계에서 이름을 날리고 싶다는 야망 같은 건 딱히 없었는데도 그런 생각에 허전했다. 딱히 슬프지도 않았다. 그건 아무리 노력해도 국내파 티가 나는 영어 말하기 같은 거였다.

그냥 그런 거지 뭐.

13년이 지난 2017년, 스파이더맨의 새로운 리메이크 영화 〈스파이더맨: 홈커밍〉이 나왔다. 대학생이었던 주인공 피터 파커는 이번 영화에서 고등학생이 됐는데 그의 제일 친한 친구가 아시아인이다. 또 다른 친구는 인도인, 그리고 아프리카계 여자아이를 좋아하다가 아프리카계 혼혈인 아이와 친해진다. 주요 인물들 중에 백인은 주인공 피터 파커 한 명뿐이다.

실은 이것도 여전히 현실의 반영일 뿐이다. 이 영화의 배경인 뉴욕의 퀸즈 지역과 과학계 고등학교는 실제로도 아시아인이나 인도 출신 같은 비백인 인구가 과반이 넘는다. 13년 전 〈스파이더맨 2〉처럼 영화 밖의 현실을 그대로 담은 것이다. 달라진 것은 현실을 보여주는 방식이다. 수많은 현실 중에 무엇을 선택해 어떻게 보여줄 것인가. 그 지점에서 감독이 했을 고민이 느껴졌다. 스파이더맨은 13년 만에 이렇게 바뀌었다. '정치적 올바름'이 꼭 영화의 우선순위가 될 필요는 없지만, 재미있으면서 그것까지 해주면 참 고마워진다.

〈스파이더맨 2〉가 〈스파이더맨: 홈커밍〉이 되는 동안 한국 배우들이 할리우드의 블록버스터에서 제법 큰 역할을 맡기 시작하더니, 송강호와 틸다 스윈튼과 캡틴 아메리카를 한 화면에서 볼 수 있게 되고, 급기야는 한국의 감독이 칸 영화제와 아카데미 시상식에서 가장 큰 상을 타는 장면까지 보게 되었다.

그 모든 것은 그들 한 사람 한 사람의 뛰어남이 제일 큰 이유이고, 그게 그저 국적이 같을 뿐인 나까지 덩달아 대단한 사람을 만들어주는 것은 물론 아니다. 그래도 이 세계의 주변인이라는 생각에 조용히 서럽던 소년이 위로받기엔 충분하지 않을까. 결국 그 소년은 그럼에도 콘텐츠 만드는 일을 업으로 삼는 어른이 되었으니 더더욱.

아카데미상을 손에 쥔 감독은 수상 소감을 한국말로 했다. 한국인 티가 풀풀 나는 영어를 중간중간 섞어가며. 그래도 참 멋있었다. 소년은 또 다른 위로를 받았다. 영화 속 히어로들은 꼭 소년을 위로해 주던데, 새로운 아시아인 히어로의 등장이다.

4장

손이 더 멀리 닿을 수 있도록

좋아하는 계절을 묻는다면, 봄

좋아하는 계절을 묻는다면 봄. 더울 거 추울 거 생각하지 않고 예쁜 옷을 마음껏 꺼내 입을 수 있는, 꽃으로 가득한 봄을 꼽지 않는 사람이 있을까. 꽃가루 알레르기에 괴로워하는 사람이 아니라면.

하지만 좋아하는 계절로 꼽기에 민망할 만큼 봄은 점점 짧아만 간다. 삼월이 된 지 한참인데 왜 아직도 이렇게 추워, 패딩을 채 못 벗고 있다가 아이고 이제 좀 봄 같네 싶으면 금세 반팔을 입어야 할 더위다. 가을도 마찬가지. 한반도가 점점 여름과 겨울뿐인 열대성 기후가 되어간다는데, 머지않아 가장 좋아하는 계절은 '봄이란 게 있었지' 하는 날이 올지도 모르겠다.

좋아하는 계절은 봄이지만, 실은 봄이라는 그 분명한 계절보다 계절에서 계절로 넘어가는 짧고 묘한 변화의 시간이 더 설레는 게 맞다. 공기에서 맡을 수 있는 냄새의 변화도 그렇지만, 계절이 바뀔 때면 항상 삶도 새로운 국면을 맞기 때문이다.

흙을 벗하는 농촌뿐 아니라 도시의 일상도 생각보다 달력 위 숫자 이상으로 계절과 함께 변하는 것들이 많다. 그러니 옷깃을 여미고 다니다가 어느 순간 달큰하고 부드러운 봄 공기를 느꼈을 때나, 부쩍 차가워지는 바람에서 익숙한 청량함을 느꼈을 때, 아 새로운 계절에는 내 삶에 또 어떤 일들이 일어날까 일순 기대가 되는 것이다.

그 변화의 언저리 중에서 가장 설레는 것은 겨울이 올 때다. 늦은 저녁 버스에 오르는 사람들, 어느새 두꺼워진 외투에 차가운 냄새가 잔뜩 묻어 있는 것을 느낄 때, 겨울의 한복판을 향해 가고 있음을 깨닫는다. 어둠이 깔린 차창 밖으로 알록달록 간판의 불빛들이 유독 더 밝게 느껴지기 시작할 때도 그렇다.

버스 뒷자리에 엄마와 딸이 앉았다. 조용한 차내에서 달리 귀 기울이지 않아도 두 사람의 대화가 고스란히 들려온다. 내가 들어본 엄마와 딸의 대화 중에서도 두런두런 유독 살갑다. 엄마에게 깍듯이 존대를 하는 흔치 않은 딸이라 더 귀에 띄는지도 모르겠다.

내일 친구 공연 보러가려고요. 플룻 전공하는 친군데요. 오 그래 플룻, 플룻 좋지. 예술대학마다 돌아가면서 하는데 내일이 개 순서래요. 꽃다발 하나 사들고 가려고요. 그래 음악을 듣는다는 건 좋은 일이잖아, 좋겠다. 이토록 부드러운 대화라니.

그래, 내가 좋아하는 겨울은 이런 계절이었다. 발표회, 문학의 밤,

제 몇 회 정기 공연. 화려하기도 하고 소소하기도 하지만 정성껏 준비했다는 점만은 꼭 같은 무대. 일 년의 노력을 비추는 조명 아래 서는 계절. 두꺼운 외투를 고이 개어 무릎 위에 끌어안은 가족과 친구들의 환호를 받는 계절. 누군가의 크고 작은 성취를 인정해 주는 꽃다발.

크리스마스. 선물 교환식. 새벽송. 구세군과 사랑의 열매. 송년회, 망년회 혹은 신년회. 송구영신과 해피뉴이어. 신정, 구정, 설날과 세뱃돈. 졸업. 고생했어. 수고했어. 고마웠어.

겨울은 항상, 삶의 한 구절을 끝내고 또 시작하는 계절, 묵은 결심과 새로운 반성을 만나는 계절이다. 곁에 있는 사람을 새삼스럽게 기억하는 계절이며, 때로는 작별하고 때로는 새로운 만남이 피어나는 계절이다. 그리운 얼굴과 오랜만에 조우할 새삼스런 핑계가 많은 계절이다. 바람이 차가울수록 외투 속으로 파묻는 온기는 더 따뜻하게 느껴진다.

좋아하는 계절을 묻는다면 봄. 그리고 설레는 계절은 겨울, 가장 따뜻한 계절이다.

희망은 노란색

하루 중 좋아하는 시간이 딱 정해져 있는 사람이 얼마나 될까. 아침 동틀 녘이 좋아, 노을 질 때가 좋아, 모두가 잠든 깊은 밤이 좋아, 같은 순간들 말고. 진짜 시곗바늘이 가리키는 숫자. 그러니까 좀 더 정확한 표현은 하루 중 좋아하는 '시각'이겠다.

난 11시였다. 오전 11시. 이상하게 시계가 오전 11시를 가리키고 있으면 기분이 좋았다. 이미 해가 밝게 빛나고 있는 한낮인데도 아직 이 하루가 많이 남아 있다는 그 느낌이 좋았다. 아직 내가 무언가 할 수 있는 게 많은 것 같아 좋았다. 그 가능성의 느낌이 좋았다.

더 이상 9시까지 학교를 가지 않아도 되는, 그래서 새벽별이 뜰 때까지 안 잘 때가 더 많은 요즘에는 그 시간이 오후 4시로 바뀌긴 했다. 이유는 여전히 같다. 이제는 오후 4시쯤 이 하루가 여전히 많이 남아 있다는 가능성의 즐거움을 한 번씩 누린다. 물론 그 남은 시간 동안 예정되어 있는 게 회의와 편집일 때는 빼고.

사람들이 정시 퇴근을 할 때 느끼는 가벼운 기분도 비슷하지 않을까. 해는 아직 빌딩 사이에 걸려 있지만 어둠이 내리기 전에 하나둘 간판들이 불을 밝히는, 낮도 저녁도 아닌 어딘가의 시간. 어릴 적 구르고 뛰던 놀이터에서 밥 먹으라 부르는 어머니 목소리가 들려오던 시간. 아직 하루는 조금 남아 있고, 약속은 없고. 무엇을 하며 저녁을 보낼지 선택지가 많은 그 가벼운 기분. 가능성의 기분.

고학생으로 다니느라 몹시 고생스럽긴 했지만 그래도 대학을 다닐 때 대학생인 스스로가 참 좋았던 것도 비슷한 이유였다. 수업을 듣는 시간도, 게시판마다 붙어 있는 무언가들도, 모두 까마득한 가능성인 것 같아서 좋았다.

대개 아름다운 시간은 지나고 나서야 그 시절이 좋았다고 깨닫는다지만 나는 학교를 다니는 지금이 너무 좋은 시절이라는 걸 늘 되새기며 만끽하려 애썼다. 24시간 도서관에서 밤을 새고 나올 때도 아무도 없는 캠퍼스 위로 총총히 떠 있는 새벽별이 아름다웠다.

그렇게 아름다움을 누릴 땐 좋은 건 더 좋아 보이는 법이다. 사시사철 예쁜 캠퍼스도 참 사랑스러웠다. 그중에서도 유독 좋아했던 건 봄이 오는 종합관 4층 복도창 너머의 개나리였다. 종합관은 바로 뒤의 언덕과 바짝 붙어 있는데, 그 언덕에는 개나리가 가득했다. 더구나 종합관은 긴긴 복도 양쪽 끝에만 창이 나 있어 언제나 침침했다. 그 어둡고 긴 복도 끝에 달린 작은 창밖으로는 언덕을 뒤덮은 개나리만 가득 보였는데, 그래서 그 개나리가 이상할 정도로 눈부셨다. 희망이라는 걸 그런다면 저 어두운 복도 너머 빛나는 노란색 같지 않을까 했다. 그즈음부터 나는 희망이 노란색일 거라고 생각했던 것 같다.

캠퍼스를 떠나니 꽃이 드물다. 차갑게 하얀 회사 복도 끝 창으로는 건너편 회사 건물만 가득하다. 격무에 시달리게 될 직원들이 이렇게 눈길 둘 곳을 찾으리라 알고 있었다는 듯, 알록달록 원색으로 칠해놓은 기둥이며 창틀만이 꽃을 흉내 내보지만 역부족이다.

사무실 책상은 앉아 있는 시간은 길어도 이상을 꿈꾸기엔 비좁다. 다른 사람들은 어떤 삶을 살고 있는지, 내가 할 수 있는 것은 무엇일지 생각할 수 있는 폭이 왜 그렇게 좁아지는지. PD로서 힘껏 좋은 이야기를 담아내려 애써봐도 어느 순간 갑자기 맞닥뜨리는 무력함. 이제 시작이다, 계속 하다 보면 뭔가 보이겠지, 다짐하는 정도가 할 수 있는 전부다.

입사하자마자 긴 파업을 하고, 해고까지 겪었을 때도 그랬다. 막막했다. 내 신상에 대한 걱정은 아니었다. 내 몸 하나야 어떻게든 건사할 수 있겠지만, 이렇게 부당하고 답답한 상황이 기약 없이 계속 이어질 거라 생각하니 길을 걷다가도 왈칵 욕지기가 쏟아져나왔다. 회사의 운명은 우리 손 밖의 일인 정치 상황에 따라 오락가락했다. 공영방송은 법에 따라 정부와 여당이 경영진을 결정하도록 되어 있고, 그들은 법이 허락하지 않는 수준까지 경영에 개입했다.

할 수 있는 싸움은 여론을 상대로 끊임없이 부당함을 알리고 호

소하는 것뿐이었다. 나도 최선을 다해 뛰어들었지만 솔직히 상황이 나아질 여지는 별로 없었다. 이 상황을 즐기고 있는 정권이 이대로 계속 생명을 이어간다면, 나를 비롯해 많은 이들의 인생이 다릴 수 없이 구겨질 게 뻔했다.

노조 간부로서 파업을 주도했다가 해고된 다른 선배들과 만난 자리에서 나는 하릴없이 내뱉었다. 이게 끝나긴 할까요. 그건 어리광에 가까웠다. 나는 회사에서 쫓겨난 지 고작 1년이 되었고, 내 앞에 앉은 이들은 그보다 세 배가 넘는 시간을 찬바람 속에서 버텨왔다.

나는 해고무효확인 소송만 잘 치러내면 되었지만, 이들은 검찰이 징역을 구형한 형사 소송과 회사가 청구한 손해배상 소송도 싸워야 했다. 최악의 경우에도 나는 내 한 몸만 건사하면 됐지만 이들에겐 책임져야 할 가족이 있었다. 그런 이들 앞에서 푸욱, 주제넘은 한숨을 내쉬었다.

하지만 들려온 건 호탕한 웃음소리였다. 너무 걱정하지 마, 다 잘될 거야, 껄껄껄. 그저 두둔하는 빈 소리가 아니라, 얼굴의 가장 작은 근육까지 웃음을 지으며 보낸 확신의 언어였다. 그들에게도 근거는 없었다. 근거가 있다면 바깥이 아니라 그 자신, 뱃속 깊은 곳이 아니면 나올 곳이 없었다. 휘몰아치는 정치 상황 한가운데의 난파선이라는 걸 뻔히 알고 있는데도, 걱정 말라는 격려에는 빈틈이 하나도 없었다. 그 선배의 웃는 얼굴에서, 어두운 복도 끝 환하게 빛나던 개나리를 보았다.

그래. 희망은 배우는 것이다.

추위를 견디는 법에 대하여

사람은 굉장히 강렬한 경험을 하면, 그 뒤로는 깊이 새겨진 그 경험이 하나의 기준이 되어버린다. 인생에 길이 남을 떡볶이를 먹고 충격을 받은 뒤로는 떡볶이를 먹을 때마다 그 인생 떡볶이에 대한 갈망이 살아나는 것처럼. 예사 떡볶이로는 만족할 수 없는 몸이 되어버리는 것이다.

그래도 떡볶이에 대한 갈망은 귀여운 편에 속한다. 사실 그토록 강렬한 기억은 좋은 것보다는 잊고 싶은 쪽이 더 많을 것이고, 너무 잊고 싶은 나머지 오히려 더 생생하게 떠오르는 기억을 우리는 트라우마라고 부른다. 사람들은 저마다 떡볶이와 트라우마 사이 어디쯤에 해당하는 경험의 원전들을 하나씩 갖고 산다.

그리고 짐작건대, 한국 군필 남성의 상당수는 그 경험이 군복무

중에 만들어졌을 거다.

내 경우는 추위다. 군복무를 마친 지 벌써 십 년이 넘었지만, 아직도 추위가 괴롭다고 느껴질 때면 어김없이 DMZ의 겨울이 떠오른다. 어지간한 부대였다면 일 년에 한 번 하는 혹한기 훈련이 끔찍한 추위의 전부였겠지만, 내가 근무했던 부대처럼 '최전방', '사명감 가득찬 지휘관' 두 가지 요소가 만나면 거의 매주 사흘씩 눈 속에서 자는 군 생활을 누릴 수 있다.

정말, 정말 추웠다. 체감온도가 영하 40도까지 떨어지는 건 예삿일이었고, 눈이 많이 내리면 내 키가 넘도록 쌓이기도 했다. 그때 그 눈을 치우면서 '나가서 이 얘길 하면 사람들이 안 믿겠구나' 생각했는데 지금 쓰면서도 왠지 안 믿어줄 것 같아서 괜히 억울하다. 진짜다. 강원도 '일부 산간 지방'에는 눈이 180센티미터가 넘게 쌓인다.

문제는 낮에 그걸 치우고 밤에 들어와서 쉬는 게 아니라 그런 곳에서 텐트도 모닥불도 없이 참호에서 잠을 자며 며칠씩 보낸다는 거다. 내복을 몇 겹씩 받쳐 입고 그 위로 이불 같은 방한복을 잔뜩 둘러도 냉기가 속속들이 파고든다. 이미 얼어붙은 발가락은 너무 아파서 잘라내 버리고 싶단 생각을 수도 없이 한다.

추위가 가장 괴로울 때는 따뜻함에 대한 기약이 없을 때다. 꼭 혹한일 필요도 없다. 한여름 극장을 찾았는데 하필 내 좌석이 에어컨 통풍구 바로 밑이라면, 영화가 끝날 때까지 찬 바람을 곧이곧대로 맞고 있어야 한다. 극장 밖 더운 날씨 때문에 입은 얇은 민소매와 반바지, 휑하니 드러난 맨살에 에어컨 찬 바람이 두 시간 내내 부대낀다. 이미 땀은 쏙 들어갔고, 뽀송뽀송한 팔다리가 차갑게 식다 못해 시리다.

영화는 시작한 지 얼마 되지도 않았는데 걸칠 것 하나 없이 으스스한 기분에 집중도 잘 안 된다. 이 순간 제일 괴로운 건 추위 그 자체보다도, 영화가 끝날 때까지 손쓸 도리가 없다는 사실이다. 두 팔을 감싸 안고 몇 차례 비벼봐도 역부족이라는 걸 느낄 때면 더욱 그렇다.

혹한기 야외 훈련의 가장 끔찍했던 점도 결국 그 '기약 없음'이었다. 며칠씩 이어지는 훈련이 끝날 때까지 몸을 녹일 기회는 없다. 해가 지면 참호 속 흙바닥에 누워 덜덜 떨지만 끌어와 덮을 이불도 없다. 춥다 춥다 괴로워하며 잠이 들었다가 차갑게 굳어 온통 시리고 가려운 몸으로 다시 깨어난다. 따뜻한 샤워, 아니 그냥 몸을 녹일 불기운이라도, 그것도 아니면 정오의 햇살이라도 바라지만 요원하다. 훈련이 끝날 때까지 따뜻함은 없다.

예비군도 끝난 지금은 그런 기약 없는 추위를 겪을 일은 없다. 어쩌다 한겨울에 밤샘 촬영이라도 하지 않는 이상, 도시생활자는 겨울의 대부분을 따뜻하게 보낸다. 추운 날씨를 걱정하며 두꺼운 외투를 입고 나와봐야 어딜 가나 난방이 잘돼 있어서 몸에 걸치는 시간은 얼마 안 된다. 난방 중인 건물을 나와 차를 타고 이동해서 다시 난방 중인 건물로 들어간다. 추위를 느낄 틈은 그 사이사이 잠시뿐이다.

그런데 이상하다. 오늘의 추운 거리에서 나는 더 자주 짜증을 낸다. 곧 끝날 추위 속에서 오히려 더 조바심을 낸다. 기약이 없던 혹한기 훈련에서는 고요히 추워했지만, 오늘의 나는 외투를 여미고 종종걸음을 걸으면서 더 자주 "아으 추위!" 인상을 찌푸리고 몸서리를 친다. 그저 이 추위를 빨리 벗어나 몸을 녹이고 싶다는 생각만이 모든 감각을 지배한다. 추위가 모든 생각을 빼앗아간다.

도리어 혹한기 훈련을 받던 나는, 더 차분했고 덜 괴로워했다. 어차피 벗어날 수가 없으니까. 기약이 없으면 적응해야 하니까.

덜덜 떨며 몸을 웅크리고 바람이 덜 들이치는 곳을 찾을지언정, 이 추위가 언제 끝날까, 빨리 따뜻하고 싶다, 못 견디겠다 하는 생각은 의미가 없었다. 어차피 몸이 녹는 건 훈련이 모두 끝난 다음이다. 며칠이 지나야 한다. 내가 난리를 친다고 시간이 더 빨리 흐르진 않는다. 그러다 보면 추위를 받아들이고, 익숙해지고, 잊게 될 때가 많았다. 그리고 언 몸으로 할 수 있는 걸 찾는다. 괴로워하는 데 모든 감각을 쓰지 않는다.

괴로울 때, 이 괴로움을 끝낼 방법이 당장 나에게 없다면, 괴로움에 집중하지 않는 것이 좋다. 방법이 확실하다면 빨리 몸을 녹이는 게 제일 좋겠지만, 당장 뾰족한 수가 없을 때는 아 그렇구나, 얼어 있는 몸을 받아들이고 그 몸으로 뭐라도 해야 추위를 잊는다.

살면서 생각보다, 기다리는 것 말고는 할 수 있는 일이 없을 때가 많다. 보이지 않는 그 끝만 오매불망 찾다 보면 오늘을 놓치고 성격만 버린다. 괜찮아, 나아질 거야, 누군가 기약 없는 위로의 씨앗을 전한다면 정성껏 심어두고 잊어버리자. 이게 언제 자라서 잎이 나고 꽃이 피나 하루가 멀다 하고 들여다보면 씨앗은 죽어버릴지도 모른다.

언 몸으로 뭐라도 하다 보면 훈련도 끝나고 어김없이 봄도 오겠지. 심어두고 잊어버린 씨앗은 피어난 꽃을 보고서야 기억이 날 거고 180센티미터 쌓여 있던 눈도 흔적 없이 냇물이 될 거다.

진짜로 눈 그만큼 온다. 진짜.

인생에 선배가 어딨어

애늙은이는 또래들에게 인기가 없다. 주변에서도 재미없어 하고, 애늙은이 본인도 뭔가 코드가 안 맞는다고 느낀다. 게다가 스스로 그게 괜찮아야 진짜 애늙은이다. 어떻게든 어울리려고 노력하는 아이는 애늙은이가 될 수 없다. 짐작했겠지만 내 어릴 적 얘기다.

이런 조숙한 성격이 갑자기 인기를 얻을 때가 있다. 말 못할 고민이 있을 때다. 늘 어울려 지내는 친구들에게 이야기하기엔 관계가 어색해질까 걱정되고, 또 교우 관계가 활발한 만큼 금세 말이 퍼질까 보안도 신경 쓰인다. 이럴 때 교실 구석에서 늘 혼자 책을 읽고 있는 애늙은이 친구만큼 적절한 대나무 숲도 없는 것이다. 그래, 적어도 쟤는 내가 얘기한다고 어디 가서 퍼뜨리고 다니진 않겠지.

가는 사람 안 붙잡고 오는 사람 안 막는 아이였던 나는 그래서인지 어느새부턴가 또래들의 카운슬러가 되었다. 고민거리 들고 찾아오면 열심히 듣고, 책에서 읽었던 멋있는 말 중에 한두 마디를 얹어서 되돌려준다. 그러다 보면 고마워하기도 하고 눈물을 보이기도 하고 어쨌든 뭔가 나아져서 가는 것이다. 그럼 괜히 내 기분도 뿌듯했다. 스스로 좋은 사람이 된 것 같은 기분에 사로잡혔다.

그건 나의 중요한 정체성이 되었다. 어차피 내 성격에 또래의 문법으로 인기를 얻기는 텄고, 이렇게라도 가치 있는 사람이 되는 것도 나쁘지 않을 것 같았다. 교회에서 온갖 직책을 거치며 '교회 오빠'로 보낸 시간은 그 마음을 더욱 부추겼다. 교회는 고민을 나누고 서로를 위해 기도하는 것을 장려하는 곳이다. 찾아올 사람은 얼마든지 있었다. 십 대부터 이십 대 초반까지는 산들바람에도 세상이 막막해질 때다. 속내를 털어놓을 사람은 늘 필요하다. 거기에 자주 내가 있었다.

'메시아 콤플렉스'라는 말이 있다. 학문적으로 등재된 심리학 용어인지는 모르겠지만 세간에서는 자신이 모든 것을 다 해결해야 한다는 강박에 사로잡힌 사람을 말할 때 주로 쓰인다. 누군가의 고민을 들어주고 위로가 되어주는 것은 좋은 일이다. 하지만 그것이 자존감의 재료로 쓰인다면 위험하다.

처음엔 그저 호의로, 정말 공감하며 도움이 되었으면 하는 마음에서 귀를 기울인다. 조용히 들어주고 조심스럽게 꺼낸 말에 상대가 기운을 낸다. 그 말을 마음에 품는다. 황홀한 순간이다. 누군가의 삶에 긍정적인 변화를 주었다는 느낌만큼 스스로를 좋아하게 만드는 감각도 없다. 이 감각에는 중독성이 있다. 또 느끼고 싶다. 눈을 크게 뜨고 사람들의 표정을 읽는다.

당연하게도 사람들은 누구나 마음속에 조금씩은 그늘을 가지고 산다. 어떤 환경이나 사건들로 그늘은 커지기도 작아지기도 한다. 개인의 성향에 따라 그늘 속에 침잠하기도 하고, 자연스러운 삶의 일부로 받아들이고 크게 신경 쓰지 않는 이들도 있다.

고민을 들어주는 것으로 자신의 가치를 확인하기 시작한 사람은 서서히 타인들의 그늘에 집착한다. 나는 다 알아. 그 밝은 웃음 뒤에 말 못할 눈물이 있다는 거 다 알아. 괜찮아, 얘기해 봐. 남들 앞에서 밝아만 보이던 사람의 어두운 속내를 듣고나면 자신만 뭔가 특별한 사람이 된 것 같다는 기분마저 든다. 그렇게 사람들의 고민을 사냥하듯 쫓아다닌다. 내 어깨에 기대. 자신은 혼자서도 든든하게 서 있는 사람인 체하지만 실제로는 비대해진 자존감을 지탱해 줄 지지대가 필요한 것이다.

물론 누군가의 고민을 들어주는 것은 선한 일이다. 들어주는 이의 속내와 상관없이 꾹꾹 눌러두었던 이야기를 털어놓아버린 사람은 후련해졌을 것이다. 큰 도움이 되었을지도 모른다. 나쁠 것 없는 일을 필요 이상으로 신랄하게 말하는 것처럼 느껴졌다면, 내 경험담이어서 그랬다고 답해야겠다.

메시아 콤플렉스에 사로잡혀 사람들을 필요 이상으로 들쑤시고 다녔던 건 나였다. 너무 일찍 어른스러웠던 아이는 사람들의 고민을 디딤돌 삼아야만 안정감을 얻었던 것이다.

저마다 마음속에 말 못할 그늘이 있는 것도 사실이지만, 그걸 숙제처럼 꼭 해결할 필요는 없다는 사실을 깨달은 것은 한참이 지난 뒤였다. 그림자가 없는 얼굴은 기이하다. 고민은 늘 있겠지만 또 이내 사라지고 새로운 고민으로 채워진다. 같은 고민을 아무리 여러 번 들어줘도 늘 똑같은 고민에 시달리던 사람은 또 그렇게 그냥 살아가더라.

마음이 슬픈 사람에게는 누군가가 필요하겠지만 그건 꼭 내가 아니어도 상관없는 일이다. 때마침 내가 옆에 있었다면 내 어깨를 기꺼이 내어줘도 괜찮겠지만, 내가 아니라면 다른 누군가에게 털어놓았을 것이고, 그것도 아니라면 머리맡에 인형에게라도, 흐르는 강물에라도, 페이스북 '나만 보기'에라도 털어놓았을 것이다. 고민을 들어주었다고 내가 특별한 사람이 아니라는 거다.

방송을 만들며 사람들과 인터뷰를 하다 보면, 태어나 처음 보는 PD와 작가들 앞에서도 눈물을 뚝뚝 흘리며 마음속 이야기를 하는 사람들을 자주 만난다. 메시아는 필요 없다. 사람들은 그게 누구라도 그저 자기 이야기를 할 곳이 필요할 뿐이다. 필요한 그때 잠시 있어주고 그저 잊히면 된다. 내가 너의 힘이 되어줬는데, 어? 하며 우쭐한 마음을 가지는 건 불법추심이다.

나이를 먹고 건강하지 못한 집착을 버렸어도 어릴 적부터 새겨진 이미지가 남아 있는지, 여전히 내 얼굴은 고민을 털어놓기 좋아 보이는 모양이다. 할 말 가득한 표정으로 술을 사달라는 이들도 가끔 있고, 때로는 온라인으로 고민을 잔뜩 담은 장문의 메일이 오기도 한다.

물어오는 말에는 최선을 다해 답한다. 도움을 필요로 할 때 내가 줄 수 있는 도움이 있다면 기꺼이 보낸다. 거기에 감동하는 이들도 있고, 필요 이상의 감사를 보내는 이들도 있지만 이제는 크게 마음 쓰지 않는다. 그 순간 도움이 됐으면 됐다. 진짜 도움이 되는 사람은 나보다는 일상 속에서 주변에 늘 머무르고 있는 사람들이다. 무엇보다 그걸 자꾸 스스로 뿌듯해하지 않는 것이 내 영혼에 좋다.

꾸준히 고민을 털어놓던 이들이 어느 날 나에게 그런 말을 할 때가 있다. "저 이제 PD님 졸업했어요. 늘 감사하게 생각하고 있습니다." 졸업이라니. 입학생을 받은 기억은 없지만 그래도 새삼 고마운 말이다. 그리고 보면 한창 찾아오는 사람들은 다들 십 대에서 이십 대 중반 정도다. 역시 그때가 자기 이야기를 들어줄 사람이 가장 필요할 때다. 모두들, 주변에 그 또래의 친구가 있다면 많이들 들어주시길.

PD로서 이런저런 일에 휘말리고 작게나마 이름이 알려지다 보니, 강의·강연 요청이 들어올 때가 있다. 주로 언론사 지망생들에게 현장의 이야기나 공채에 관련된 이야기들 혹은 제작 실무에 대한 지식들을 들려달라는 곳이 많다. 해직 시절에는 방송법과 노동법, 공영방송 투쟁에 대해서도 많이 이야기했다. 듣고 싶은 이야기가 있는데 그게 내가 들려줄 수 있는 거라면 마다할 이유는 없다.

그런데 그중에서 간혹 난감한 요청이 있다. 어떤 내용의 강연을 원하는 건지 물어보면, "그냥 인생 선배로서 대학생들에게 들려주고 싶은 조언들을 해주시면 됩니다" 하는 답변이 오는 것이다. 들려주고 싶은 조언이라니. 듣고 싶다고 한 적도 없는 사람에게 내가 먼저 조언이랍시고 들려줄 이야기는 없다.

몇 년 더 살았다고 인생에 선배가 있는지도 잘 모르겠다. 같은 일을 몇 년 더 먼저 시작했다면 똑같은 업무를 하는 이에게는 선배일 수 있겠지만, 인생은 저마다 밀도와 경험이 다른 것을. 그런 요청은 도무지 응할 도리가 없다. 내가 메시아 콤플렉스에서 아직도 빠져나오지 못했다면 두 발 벗고 달려갔겠지만, 지금은 알겠다. 그런 조언 없어도 알아서 잘 살 거다 다들.

여전히, 그 나이엔 들려줄 사람보다 들어줄 사람이 더 필요할 거다.

가장 시작하기 좋은 나이

아이를 좋아한다. 모든 사람들이 아이를 좋아한다면 의미 없는 말이겠지만, 이 명제가 생각보다 보편적인 게 아니라는 사실을 최근에야 깨달았다. 이성적인 대화가 통하지 않고 어른의 상식대로 행동하지 않는 존재를 기피하는 사람들은 생각보다 많았다. 그러니 이 말은 유효하다. 나는 아이를 좋아한다.

거리에서 눈이 마주치는 아이들에게는 꼬박 인사를 건네고, 식당에서 보호자의 통제를 벗어나 불쑥 우리 테이블을 기웃거리는 아이들도 반갑다. 까꿍, 몇 번 하면 금방 경계심이 풀리고 수줍게 휘두르는 손에 으억, 하고 죽는 시늉 한 번 해주면 그 아이의 마음은 이미 내 것이 된다. 도무지 자기 테이블로 돌아갈 생각이 없는 통에 미안한 얼굴의 부모님이 달려올 때까지 수저 한 번 못 드는 일도 자주였다.

사람들이 아이라는 존재에 대해 이야기할 때 재미있다고 느끼는 지점이 있다. 자신들과는 완전히 다른 타자, 미지의 존재로 받아들인다는 것이다. 마치 자신은 아이였던 적이 전혀 없었던 것처럼 신기해한다. 기억이 닿는 나이의 타인에게는 그렇지 않다. 삼십 대의 어른은 이십 대를 만나면 자신의 이십 대를 떠올린다.

불안하게 헤매던 자신의 과거를 거울삼아 세심하게 이야기를 들어주든, 치열하게 살았던 기억을 휘두르며 어린것의 무기력에 혀를 차든 대화를 이어나가는 자양분을 자신의 과거에서 길어올린다. "나 때는 말이야"가 시도 때도 없이 곳곳에서 튀어나오는 것도 같은 이유일 것이다.

아이가 온전한 타자로 받아들여지는 것은 기억이 닿지 않기 때문이다. 성인이 되어서도 다섯 살 이전의 기억을 선명하게 떠올릴 수 있는 사람은 거의 없다. 기억을 떠올릴 수 있는 나이까지가 나의 경험을 연장해서 공감할 수 있는 타인이고, 그 기억을 넘어서는 존재는 완전한 타자, 미지의 존재다. 이해할 수 없고 예측할 수 없다. 눈에 보이는 단편적인 조각만으로 조립한 나머지 입체성이 없다.

아이라면 질색을 하는 사람도, 사족을 못 쓰고 예뻐하는 사람도 결국 대상으로서만 바라본다는 점에서는 같다. 자아와 정체성이라는 것은 기억의 다른 이름인 셈이다.

이러한 대상화는 시간의 방향을 반대로 돌려도 비슷하게 일어난다. 주름이 늘어가는 부모의 얼굴을 보며 어린 시절 기억 속 그들이 지금 내 나이였다는 것을 깨닫고 그 무게를 어렴풋이 헤아려본다. 몇 년 먼저 회사를 다닌, 그만큼 더 지쳐 보이는 직장 선배들을 볼 때는 나의 미래도 저런 모습일까 생각한다. 아직 경험하지 않은 미래를 마주할 땐 지금껏 살아온 경험을 재료 삼아 나이를 조금 더 먹은 자신을 그려본다. 그 상상이 칠십이 넘는 노년에 이르렀을 때, 꽤 많은 이들의 재료가 바닥난다. 늙음은 아직 공감할 수 있는 영역이 아니다. 아이가 그랬던 것처럼, 노인은 다시 타자가 된다.

나는 영화라면 블록버스터부터 비주류까지 장르를 가리지 않고 두루 즐기는 편이지만, 그중에서도 유독 마음이 끌리는 서사가 있다. 노인과 소년의 우정을 다루는 종류의 이야기다. 가장 대표적인 영화로는 이탈리아 시골 마을의 영사기사 할아버지와 훗날 거장 영화감독이 되는 소년의 이야기인 〈시네마 천국〉이나 오프닝 5분 만으로 많은 이들을 울린 디즈니의 〈업〉이 있다.

잘 알려지진 않았지만 스페인 내전 시기를 배경으로 노교사와 소년의 이야기를 다룬 〈마리포사〉도 있고, 괴팍한 나비 수집가 할아버지와 호기심 많고 맹랑한 소녀의 티격태격 해프닝을 보여주는 프랑스 영화 〈버터플라이〉, '스톡홀름 신드롬'의 전형을 보여주긴 하지만 보고 있으면 어쩔 수 없이 눈물 콧물 다 쏟게 되는 탈옥수와 납치된 소년의 이야기 〈퍼펙트 월드〉도 있다. '소년'을 유년기로 한정하지 않고 세월을 뛰어넘은 우정을 보여주는 영화들까지 포함하면 〈굿 윌 헌팅〉, 〈파인딩 포레스터〉, 〈일 포스티노〉 같은 영화들도 결국 같은 종류의 이야기다.

수십 년 세월을 우습게 뛰어넘어 마음이 통하는 이들의 서사. 그 독특한 화학작용에 나는 이상하게 마음이 끌린다. 평범한 성인이 자아를 확장하는 것으로는 닿을 수 없는, 온전한 타자로만 대상화하는 두 존재. 기억도 닿지 않을 만큼 어린 나이의 인간과 상상으로는 닿을 수 없을 만큼 세월을 머금은 인간이 인생의 양끝에서 사람 대 사람으로 만나는 이야기는 거부할 수 없는 매력을 뿜어낸다. 내가 연출한 〈가시나들〉은 이런 취향에서 시작했다. 나도 '노소물'을 만들어보고 싶어!

다만 위에서 언급한 사례와 비교하기엔 〈가시나들〉은 '소년'에 해당하는 출연자들의 나이가 전부 이십 대였다. 〈가시나들〉의 시선은 노년에 좀 더 집중했다는 뜻이다. 한국 사회가 고령화될수록 거리에서 만나는 노인은 점점 늘어가는데, 그에 대한 이해는 오히려 척박해져간다는 생각을 했다.

개인의 확장된 경험이 닿지 않는 수준을 넘어 노년은 사회적으로도 공감할 수 없는 대상이 되었다. 그들은 평면적이다. 맹목적이고 종교적인 신념으로 태극기를 흔들어대는 존재이거나, 시대의 변화를 따라오지 못한 나머지 무례하고 불쾌한 존재이거나, 그것도 아니면 무해하고 무기력한 연민의 대상이다.

그러나 이들에게도 일상이 있다. 태극기를 흔들던 노인도 집에 돌아오면 손주에게 푸근한 할아버지일지도 모른다. 노년의 삶이라 해서 정체된 것이 아니다. 칠십이 넘어서도 설렘이 있고, 배우자와 사별하고 자녀를 독립시킨 뒤에도 새로운 관계를 맺는다.

〈가시나들〉에 출연할 이를 섭외하기 위해 함양 일대의 농촌 사회를 여러 차례 방문하면서 나이에 대한 감각이 달라지는 것을 느꼈다. 사람들이 흔히 떠올리는 느긋하고 푸근한 '할머니'의 이미지는 팔십을 넘겨야 느낄 수 있다. 칠십 대는 아직 '할머니'라고 부르기에도 왠지 젊은 느낌이고, 육십 대는 청년이다! 마을의 온갖 궂은 일은 '육십 대 젊은이들'이 도맡아 한다.

〈가시나들〉에서는 그래서, 노년의 일상이 가지는 입체성을 보여주고 싶었다. 노년에도 무언가를 배우는 설렘. 할머니, 노인으로만 호명되는 것을 넘어 이름과 역사 그리고 오늘과 내일의 할 일을 가진 또 다른 사람이 보였으면 했다. 나 역시 촬영하면서 몰랐던 것들을 보게 되었다. 자식들을 독립시키고, 다시 온전한 개인이 된 노인의 일상을 보았다. 마을회관에서 맺는 사회적 관계들, 파격적이고 격렬한 프로레슬링을 좋아하는 취향 같은 것들.

방송과 촬영에 대해 마냥 무지할 것이라고 생각했던 것도 오해였다. 자연스러운 모습을 담기 위해 인위적인 연출을 지양했음에도 할머니들은 촬영팀이 어떤 그림을 원하는지 재빨리 눈치챘고, 때론 방송에 좋은 소재를 먼저 제시해 오기도 했다. 예능 프로그램의 특성상 촬영이 길어질 수밖에 없고, 때문에 할머니들이 피로를 느끼지 않도록 최대한 배려하려 했지만, 티내지 않으려는 촬영팀의 사정들도 넉넉하게 이해하며 촬영이 수월하게 진행되도록 신경을 써준다는 것도 느껴졌다.

방송에 비연예인을 출연시키는 것은 망설여지는 일이다. 평온한 일상을 보내던 이들의 삶이 방송 출연으로 망가졌던 사례들이 많다. 가장 극단적이고 끔찍한 사례들까지 들지 않더라도 방송에 출연하는 것은 어떤 식으로든 삶을 변화시킨다.

〈가시나들〉의 경우는, 혼자 사는 노년 여성들과 이십 대 연예인들이 감정적 유대를 형성하는 구성 때문에 촬영 이후가 가장 많이 걱정되었다. 파일럿으로 끝나든 정규 편성을 받든 촬영은 언젠가 끝날 수밖에 없는데, 촬영하는 동안 할머니들이 마음을 너무 많이 줘 버리면 끝난 후의 공허함은 더 클 것 같았다. 하지만 이 역시 그들을 납작하게 바라본 기우였다.

만남에는 헤어짐이 있고, 헤어짐이 서운함을 불러오는 것은 어쩔 수 없는 일이라 짝꿍들과 정이 들어버리면 그립긴 하겠지만 이들의 삶을 집어삼킬 정도는 전혀 아니었다. 〈가시나들〉의 원작인 영화 〈칠곡 가시나들〉의 김재환 감독은 어느 인터뷰에서 "나이가 들면 설렘과 외로움의 밸런스가 중요하다"고 말하기도 했다. 외로움이 없을 수는 없다. 그러나 할머니들이 짝꿍 연예인들과 이별하고 느낄 서운함과 외로움, 그 정도는 사실 도시에 사는 젊은 사람들도 얼마든지 느끼는 것이다.

설렁설렁 마을회관에 가면 항상 같이 밥 먹을 누군가가 있고, 문해학교에서 매주 만나는 얼굴들이 있으며, 연락 없이 불쑥 찾아가도 기꺼이 '갈라 묵을' 먹을 것이 있는 이들에 비하면, 어쩌면 우리가 더 외로움에 잠긴 시간이 길지도 모른다. 노년의 삶을 그저 외로움으로만 해석하는 것은 얼마나 게으른 시선이란 말인가.

〈가시나들〉이 정규 편성을 받지 못한다는 사실을 확인한 뒤, 그 가능성 때문에 함양에 남겨두었던 몇 가지를 정리하러 찾아갔다. 방송에 자료로 쓰기 위해 잠시 빌려갔던 할머니들의 교과서도 돌려드리기 위해 챙겼다. 촬영은 4월 초에 끝났고, 6월까지 방송이 나간 뒤 찾아간 것이니 거의 3개월 만의 방문이었다.

할머니들은 여전히 건강한 일상을 보내고 있었다. 농번기가 시작되어 몸무게가 조금 줄었고, 햇살에 피부색도 조금씩 짙어졌다. 그만큼 더 바쁘게 지내고 있다는 뜻이기도 했다.

할머니들은 석 달 만에 나타난 서울 PD를 얼굴 가득한 미소로 반겨주셨다. 집집마다 떡이며 자두며 찐 감자를 꺼내놓았다. 미처 연락을 받지 못한 어느 할머니는 올 줄 알았으면 감자를 한 상자 빼 놨다가 차에 실어주었을 것을 못하게 되었다며 시종 울상과 반가움을 오가는 표정을 보였다. 촬영 전 답사 몇 번, 촬영하며 또 몇 밤. 만난 날을 다 더해도 고작 두어 주 본 외지인일 뿐인데 오랜 지우(知友)처럼 허물이 없다.

풍족한 환대는 건강한 삶을 토양으로 피어난다. 노년에도 여전히 이어지는 일상의 생명력을 본다. 이제 나의 상상력은 노년까지도 닿을 수 있을 것 같다. 나이가 든다는 것은 오 년 뒤에도, 오십 년 뒤에도 같은 의미일 것이다. 그 모든 때에 나는 여전히 그날의 일상을 살고 있을 테니까.

나 이 나이에

좋아하는 인디밴드 '자그마치'의 노래 중에 〈나이나이에〉
라는 노래가 있다.

눈 뜬 새벽 취기는 가시질 않네
허나 왜인지 더 또렷하기만 해
TV를 켜보니 환하게 웃는 사람들
어쩐지 낯익더니 몇 년 전에 본 재방송

저 TV 속에 나오는 연예인보다
내 나이가 벌써 훨씬 더 많다니
나 이 나이 먹을 동안 대체 뭘 하고 있었나

어느새 스물하고도 아홉이 되어버린 이 밤이 지나고 나면

다시 또 새벽 반쯤 감긴 눈으로
들어오는 건 체홉의 희곡집
공감을 못했던 이 극 속의 등장인물들
이제야 조금은 이해가 되려 하네

이 책의 막장 속에 쓰여진 작가의 이력
내 나이에 설마 이걸 다 썼다니
나 이 나이 먹을 동안 대체 뭘 하고 살았나
어느새 스물하고도 아홉이 되어버린 이 밤을
나 이 나이 먹을 동안 대체 뭘 했나
어느새 서른하고도 하나가 되어버린 이 밤이 지나고 나면

이 밤이 지나가고 나면 더해질 삶의 무게야
버틸 수 없을 만큼 힘이 들면 어쩌나
그래도 웃을는지 여전히 사랑할는지
해가 오른다 어제와 다름없이

나이에 이렇다 할 의미를 두지 않는다. 스무 살이 될 때도 아무 느낌이 없었고, 서른 살도 그랬다. 시간은 이음매 없이 한 줄기로 흐를 뿐인데 사람이 나눠놓은 마디가 무슨 의미인가 했다. 이 생각을 열

몇 살 때 했다는 게 오히려 좀 귀여운 포인트이긴 하지만.

처음으로 나이에 의미를 둔 건 스물넷이었다. 아주 어릴 때부터 만화며 연극이며 영상 같은 것들을 늘 만들며 자랐는데, 그게 무엇이든 학생 작품에는 '아직 배우는 중이니 조금 부족하더라도 예쁘게 봐주세요'라는 꼬리표가 따라붙곤 했다. 누군가 쥐여준 이 핑계를 스스로 내놓은 게 만족스럽지 않을 때도 요긴하게 활용해 나를 달랬다.

이유는 모르겠지만 처음으로 그러지 말아야겠다고 생각한 게 스물네 살이 되던 해였다. 이제 나이를 이유로 미숙함을 용서받을 수 있는 때는 지났다고 생각했다. 예외가 아닌 한 명의 온전한 창작자로서 평가받아야 할 것 같았다. 나에게 어른은 그런 의미였다. 향유를 떠나 성취에 이를 때에야 비로소 나이가 의미를 가졌다.

돌아보면 그건 도리어 무언가 만들어내는 즐거움을 죽이는 일이었다. 실은 학업과 생계에 쫓기던 고된 이십 대도 고스란히 즐거웠다. 온갖 행사와 학회, 동아리 안내가 덕지덕지 붙어 있는 게시판은 그 자체로 끝없는 가능성이었다. 그 앞에 서면 아직 많이 남아 있는 내 인생이 더 여러 색깔로 빛나는 것 같았다.

수강신청을 앞두고 보는 강의 계획서는 글자마다 설렘이었고, 강의실에 앉아 있는 시간은 성취가 익어가는 기쁨이었다. 무리한 일상에 몸은 고될지언정 대학에서 보내는 이십 대를 아낌없이 사랑했다. 또래들과 어울릴 여유는 없어도 이 젊음은 충분히 아름답다고 생각했다. 지나가면 다시는 돌아오지 않을 충만한 가능성의 계절.

그 기쁨에 김을 빼는 게 바로 저 스물네 살에 새긴 나이의 의미였다. 이 정도 나이가 됐으면 내가 만드는 것들에 내 이름을 걸고 책임질 수 있어야지, 단단한 다짐에 비해 나는 아직도 까마득히 부족했고 세상에는 뛰어난 스물네 살이 너무 많았다. 나의 가능성을 꿈꾸게 해준 넓은 세상은 동시에 내가 얼마나 보잘것없는지 보여줄 수 있을 만큼 넓기도 했다. 자그마치의 노랫말처럼 저걸 만든 저 사람보다 내 나이가 훨씬 더 많다니, 내 나이에 설마 이걸 다 썼다니 주억거리는 눈 뜬 새벽이 늘어만 갔다.

자그마치의 싱어송라이터 김태결은 사실 내 친구다. 하지만 그것과 상관없이 그의 노래는 정말 좋아서 곁에 있는 내 마음은 우정보다는 팬심이 훨씬 더 크다. 그가 '나 이 나이 먹을 동안 대체 뭘 했나' 노래할 때 나는 그가 그 나이에 저런 노래들을 쓰고 있다는 사실에 부러움을 느낀다.

한번은 여남은 살 많은 학교 선배들과 모인 술자리에서 태결이 기타를 잡고 저 노래를 불렀다. 경쾌한 기타 연주, 부드러운 목소리에 웃음 짓던 선배들이 '스물하고도 아홉, 이 나이 먹을 동안 대체 뭘 했나' 하는 대목에서 빵 터지며 구박을 쏟아냈다. 야 이 개새끼야. 취기를 빌려 농 삼아 던진 욕에 태결도 나도 웃을 수밖에 없었다. 노랫말이 어떻게 들릴지 너무 이해가 됐으니까.

세어보니 스물네 살에 의미를 부여한 지 꼬박 십 년이 됐다. 그 진지한 눈빛의 스물넷 청년이 지금 내 앞에 있다면 너무 그럴 필요 없다고 말해주고 싶다. 천부적인 재능, 좋은 운을 타고 난 사람도 많다.

하지만 무언가 만들고 이루어내며 처음 느꼈던 기쁨에 굳이 그 잘난 사람들을 끌어들여 김을 뺄 필요는 없다. 오히려 그 부분에 있어서는 십 년을 더 거슬러 올라가 열 몇 살의 내가 했던 말이 필요할 것 같다. 사람들이 나눠놓은 마디에 신경 쓰지 말고 내 시간이 흐르는 대로 따라가는 데 의미를 두었으면 좋겠다고.

나이를 조금 더 먹어 알게 된 게 있다면 태결의 노래 마지막 소절에 끄덕일 수 있다는 점이다. 그 잘난 이들만큼 잘하지 못해도 다시 웃을 거고, 여전히 사랑할 거라는 것. 눈 뜬 새벽을 지내도 어제와 다름없이 해가 오를 거라는 것. 그럭저럭 괜찮을 거라는 것. 그래도 된다는 것.

한 살 차이 데이미언 셰젤 감독의 〈위플래시〉와 〈라라랜드〉를 보면 또 짜증은 나지만.

겸손한 겸손

난 아주 어릴 때부터 애늙은이였다. 어머니에 따르면, 일단 나는 젖병을 물어본 적이 없다. 모유에서 바로 빨대로 넘어갔다. 아무리 생각해도 그건 빨대를 빨리 물었다기보다 모유를 너무 늦게까지 먹은 쪽인 것 같지만 일단 넘어가자.

또 어머니에 따르면, 나는 '엄마, 아빠'를 건너뛰고 '어머니, 아버지'부터 시작했다. 이것 역시 어린 나보다는 그렇게 말을 가르친 쪽이 더 특이한 것 같지만 이것도 넘어가자. 그리고 이 모든 이야기가 어쩐지 당신의 아들은 특별하다는 걸 강조하고 싶은 어머니의 과장 같지만 그것도 넘어가 보자.

그 모든 걸 감안해도 내가 기억하는 어릴 때의 나 역시 확실히 애늙은이긴 했다. 좋은 말로는 의젓한 거고, 솔직히 지금 생각하면 좀

징그러웠다. 아주 어릴 때의 사진을 봐도 꼭 양반다리를 하고 앉아 있다. 키도 늘 또래들보다 머리통 하나는 더 컸다.

어린 시절의 '몸'은 생각보다 성격에 많은 영향을 준다. 키가 큰 아이는 무리에서 자연히 우두머리 역할을 하게 될 때가 많다. 성장이 빠르면 당연히 힘도 더 세기 때문에 어른들도 키가 큰 아이에게 친구들보다 더 인내할 것을 요구한다. 자연스럽게 스스로도 더 어른스러워져야 할 것 같은 느낌을 받는다. 그렇잖아도 타고나기를 아이답지 않았던 나는 키까지 컸으니 어리광이란 처음부터 내 것이 아니었다.

가장 오래된 기억을 떠올려봐도 나는 '어른스러워야 한다'는 생각에 사로잡혀 있었다. 옹알이를 '어머니, 아버지'로 시작했는지는 모르겠지만 늘 그렇게 부르긴 했다. 늘 존댓말을 갖춰서 대화했고, 떼를 써본 기억도 거의 없다. 아이가 가장 아이답지 않아 보일 때는 감정을 드러내지 않을 때다. 떼를 쓰고 어리광을 부리는 감정도 잘 드러내지 않았지만, 기쁜 일이 있어도 호들갑을 떨거나 방방 뛴 기억 역시 없다.

가족끼리 어딜 놀러간다고 해도 심드렁해 보이는 꼬마 때문에 넌 어쩌면 애가 그렇게 설렘이 없냐며 어머니가 서운해했던 기억도 난다. 그때 어머니 나이라고 해봐야 서른이 안 됐을 텐데. 젊은 나이에 그렇게 재미없는 아이를 키워야 했던 어머니를 생각하면 조금 안타깝다.

이렇게 어른스러운 아이들은, 감정을 잘 드러내지 않으며 자란 아이들은 칭찬에 약하다. 칭찬만 해주면 귀가 팔랑이고 다루기 쉬워진다는 뜻의 '약하다'는 말이 아니라, 오히려 그 반대. 칭찬을 받으면 어떻게 대처해야 할지 난처해진다는 의미로 '약하다'는 거다. 상대가 아무리 호의를 담아 건넨 말이라고 해도 왠지 기뻐하면 안 될 것 같다. 기뻐하면 저 칭찬을 인정한다는 얘긴데, 그렇게 스스로 생각하면 안 될 것 같다. 이런 감정이 흔히 '겸손'이라는 뜻으로 불린다는 것은 슬픈 일이다.

"내가 그리스도와 함께 십자가에 못 박혔나니 그런즉 이제는 내가 사는 것이 아니요 오직 내 안에 그리스도께서 사시는 것이라."

교회에 다니면 꽤 자주 들을 수 있는 성경 구절, 「갈라디아서」 2장 20절이다. '나'라는 자아를 죽이고 그리스도의 뜻대로 살자는 말이다. 재미있는 것은, 이걸 의식하고 삶으로 실천하려고 노력할수록 역설적으로 '나'를 더 많이 생각하게 된다는 사실이다. 이것은 내 결정인가? 내 욕심인가? 끊임없이 자신을 돌아보고 신경 쓴다. '못 박히는 나' 말고 '못 박는 나' 하나가 더 생기는 느낌이다.

겸손은 기독교에서 가장 중요하게 꼽는 덕목 중 하나다. 그 대척점에 있는 죄악은 교만인데, 이게 제일 무서운 죄악이기도 하다. 교회에서 죄로 분류하는 수많은 것들, 정욕, 탐식, 나태 같은 것들은 육신의 자연스러운 본능을 적절하게 통제하지 못해 나타나는 일종의 불량품에 해당한다면 교만이야말로 가장 순수한 영혼의 죄악이기 때문이라는 거다.

대표적인 악마 '루시퍼'가 가장 아름다운 천사였던 '루시엘'이 교만하여 타락한 결과라는 이야기나, 신에게 닿기 위해 탑을 쌓는 인간들에 분노한 하나님이 하나였던 언어를 수백 가지로 나눠버렸다는 바벨탑 이야기만 봐도 교만이라는 부덕을 얼마나 경계하는지 알 수 있다.

그렇잖아도 애늙은이였던 나는 심지어 그대로 교회 오빠로 자란다. 겸손은 기본 옵션이다. 칭찬을 받으면 아니라고 손사래 치고, 성취를 이루면 하나님 덕으로 돌리며 뿌듯해하지 않으려 노력한다. 조금이라도 내 성취를 기뻐하다 보면 화들짝, 이게 바로 교만이 아닌가 소스라친다. 무사히 그 유혹을 뿌리치고 적당히 겸양을 표현하고 나면 이제 그런 자신이 기특해진다.

좋아, 방금 그건 꽤 겸손했어. 아니 스스로 겸손하다고 생각하다니 이렇게 교만할 데가! 그래도 자신이 교만하다고 인정했네, 이건 겸손의 첫걸음이지. 아니 겸손하다니 교만하네, 교만하다니 겸손하네, 겸손, 교만, 겸손, 교만······.

겸손에 집중한다는 얘기는 곧 내 모습에 집중한다는 말이다. 나만 본다. 모든 상황에서 내 모습을 의식하는 것, 이거야말로 가장 자기중심적인 태도잖아. 아니 애초에 "와 이번 시험에서 점수 엄청 잘 받았다며? 축하해!"라는 인사에 "뭘요, 다 하나님께서 도우신 덕분이죠"라고 대답하면, 못 받은 시험 점수는 '하나님의 덜 도우심'이 된다. 하나님이야말로 능력주의 서열중심 사회의 큰손이 되는 셈이다.

그런 하나님…… 괜찮아?

살면서 부러워지기 시작한 사람들이 있다. 칭찬에 마음껏 기뻐하는 사람들이다. "넌 정말 좋은 사람이야"라는 말을 들었을 때, "에이 아냐"라든지 "니가 날 몰라서 그래"라며 사연 있는 척하는 것보다, 씨익 웃으며 "사람 볼 줄 아네"라고 대답하는 게 건강한 쪽이란 것을 너무 늦게 깨달았다.

진짜 겸손은 칭찬을 들었을 때 마음껏 기뻐하는 것이다. 그 순간을 누리는 것이다. 그 기쁜 칭찬을 한 번씩 떠올리며 이에 부끄럽지 않기 위해 애써보는 것이다. 깨닫긴 깨달았는데 지금도 잘 안 된다. 칭찬을 받으면 어색하게 웃는 게 나로서는 최선이다. 마음껏 기뻐하는 사람이고 싶다.

그리고 또 한 가지, 부모님은 정중한 존댓말보다 '엄마, 아빠'라고 부르며 뽀뽀도 하고 어리광 부리는 걸 더 좋아하신다. 서른이 한참 넘었지만 오히려 이건 이제 잘한다. 진짜 어른스러운 건, 어른인 척할 필요가 없는 사람이었다.

행복 같은 사람

"행복하세요?" 대뜸 이게 무슨 질문이람. 대학생들이 하는 무슨 프로젝트에 인터뷰를 해줄 수 있냐기에 별로 어려운 일도 아니라 그러마 했더니 첫 질문이 이거다. 행복하세요? 보아하니 이사람 저 사람 찾아다니며 행복에 대해 물어보는 프로젝트인 모양이다. 내 대답은 간단했다. 잘 모르겠어요.

행복에 대한 질문은 어렵다. 행복에 대한 정의도 사람마다 제각각일 뿐더러, 대부분 사람들은 어떤 순간에 문득 행복하다고 느끼지, 미리 행복에 대한 자기 생각을 정리해 놓고 살지는 않는다. 그래서 '행복이란 뭐다', 말하긴 어렵지만 '이럴 때 행복하더라' 말하기는 쉽다. 다분히 사후적이고 경험적인 영역이다.

『혼자만 잘 살믄 무슨 재민겨』라는 책이 있다. 서가에서 책 제목만 읽고 고개를 끄덕해본 경험이 몇 번이나 있을까. 행복하냐는 질문에 잘 모르겠다고 대답한 이유를 고스란히 설명해 주는 제목이기도 하다. 나 한 사람의 삶만 돌아본다면 얼마든지 행복하다고 대답할 수 있다. 넘치는 건 넘치는 대로, 부족한 건 부족한 대로 그럭저럭 괜찮은 삶이다.

다만 눈길을 조금만 세상으로 돌리면 도저히 행복하다고 말할 수 없는 것 투성이다. 이런 것들을 두고 '나는 행복하다'고 말해도 되는 걸까 조심스러워진다. 결국 저 홀로 사는 사람이란 아무도 없는 것을. 정말로 혼자만 잘 살면 무슨 재미란 말인가.

잘 모르겠다는 대답의 이유는 또 있다. 난 내가 행복한지에 별로 관심이 없다. 물론 행복한 순간들은 아주 많다. 연인과의 시간들이 그렇고, 약속이 없는 날 집에 누워 한가로이 책을 읽을 때가 그렇고, 여행지에서 만나는 꿈결 같은 순간들이 그렇다. 그렇게 행복이 차오르는 순간에는 만끽하면 된다.

하지만 내가 행복한가를 자꾸 되묻고 싶은 생각은 없다. 인생의 멘토를 자처하는 강사들이 청중들에게 '나는 지금 행복한가' 자문하라 부추기는 장면을 여러 번 보았다. 대답이 부정적이라면 하루빨리 변화를 촉구하라는 거다. 그런 말을 듣노라면 마치 삶의 목적을 행복으로 서둘러 수렴하려는 것 같은 기분이 든다.

왜 사느냐는 질문에 마땅한 대답이 없을 땐, '행복하려고'가 썩 나쁘지 않은 선택지로 보인다. 하지만 행복하려고 산다는 말은 좀 이상하다. 여전히 행복의 정의는 제각각이겠지만, 가장 흔한 인식을 따라 부족함 없이 아늑한 상태를 행복이라 여긴다면 그걸로 삶을 가득 채우기 위해 살아야 할까. 여행의 경이로운 순간, 늘어져 책을 읽는 그런 순간들. 더없이 사랑스러운 것은 사실이지만, 그것을 위해 살고 있느냐면 그건 또 다른 이야기인 것 같다.

사실 사는 데는 따로 목적이 있어야 하는 것도 아니다. 왜 사냐건 웃지요. 행복은 삶의 목적이라기보단, 살아갈 수 있게 해주는 어떤 것 아닐까. 행복하기 위해 산다기보다는, 삶을 행복으로 가득 채우기 위해서라기보다는, 사는 것은 그냥 살아지는 것이고 그속에 빛나는 행복의 순간들이 알알이 박혀 있기 때문에 계속 살아낼 수 있는 것 아닐까.

사람을 보면서도 비슷한 생각을 한다. 세상이 완벽해질까. 차별과 불의, 소외와 빈곤이 사라지는 세상이 올까. 잘 모르겠다. 더디지만 조금씩 나아지고 있다고 믿는다. 뒤처졌다 앞서갔다 하면서도 결국엔 조금씩 전진하고 있다고 믿는다. 다만 내가 살아 있는 동안 얼마나 나아진 세상을 볼 수 있을지는 잘 모르겠다. 어쩌면 뒤처진 시간에 눈을 감을지도 모르는 일이다.

아마 완벽한 세상은 오지 않을 거다. 수천 년 동안 사람들은 나아져온 것 같지만, 한발 떨어져 보면 결국 지긋지긋하게도 똑같은 이유들에 매여 있다. 흑인과 여성과 유태인과 노동자와 장애인과 아이를 차별하기 위해 꺼내놓던 수십 수백 년 전의 답답한 말들이, 오늘도 곳곳에서 끊임없이 들려오는 것을 본다.

그렇다고 아무것도 하지 않을 수는 없다. 내 손으로 열매를 따먹지 못하리라는 것을 알면서도 밭을 일구는 사람들이 있다. 그런 이들을 '행복 같은 사람'이라 부르고 싶다.

삶을 행복으로 가득 채울 수는 없어도, 곳곳에 박혀 있는 행복의 순간들이 우리를 살아갈 수 있게 해주는 것처럼, 완벽한 세상을 만들기란 쉽지 않아 보여도 그런 세상을 향해 지치지 않고 나아가는 이들이 도처에 알알이 박혀 있어 살아갈 힘을 얻으니. 행복한 순간들이 삶을 반짝반짝하게 해주는 것처럼, 행복 같은 사람들이 세상을 '그래도 괜찮은 곳'으로 만들어준다.

감사한 마음으로, 나 역시 누군가에게 행복 같은 사람으로 살아가길.

좋은 어른

고등학교 때 한문 선생님을 꽤 좋아했다. 어렴풋이 오순이 넘은 연배셨다. 자그마한 체구로 늘 뒷짐을 지고 다니며, 가늘고 길게 처진 눈으로 허허 웃는 그 인상이 참 좋았다.

인상은 태도에도 고스란했다. 3학년이 되고 수능이 가까워올수록 한문 같은 비수능 과목은 수업 시간마저 아이들에게 외면받았고, 모두가 그걸 당연하다는 듯 인정하는 분위기까지도 선생님은 허허 받아들이고 있었다. 그렇다고 아주 놓아버릴 수는 없는 노릇이라, 수업 시간 50분 동안 30분은 한시를 한 작품씩 읽으며 고사를 넉넉하게 풀어주시고는, 정확히 30분이 되는 순간 다 엎어져 자, 한마디를 하고 교단에 정승처럼 조용히 서곤 했다. 아이들은 저 말이 떨어지는 순간 최면이라도 걸린 듯 일제히 책상으로 무너져내렸다.

난 그 20분이 아쉬웠다. 그래서 검은 정수리로 가득 잠든 교실에서 혼자 허리를 펴고 앉아 자꾸 선생님에게 말을 붙였다. 다른 수업 시간에는 그렇게 졸았으면서. 한자 별로 안 좋아했는데, 그 선생님이 별 수사도 유머도 없이 느긋하게 풀어주는 고사들이 참 재미있었다. '대동강수하시진 별루년년첨록파*'가 애잔하게 읽혔다.

아이들이 내신 때문에 전전긍긍할까 봐 한시와 고사는 시험 범위가 아니었다. 수업과는 별개로 늘 시험 2주 전에 한자가 빼곡히 새겨진 인쇄물 한 장을 나눠주었고, 시험 문제는 그 안에서만 나왔다. 그래도 당신이 평생 몸담은 과목인데. 수능이라는 덩치 앞에서 이렇게 홀대받는 게 못마땅할 만도 한데. 참 초연한 사람이란 생각을 했다. 그런 생각을 하며 선생님을 올려다보면, 그럴 수 있지, 하고 또 허허 웃는 것 같았다.

여느 때처럼 교실의 모두가 잠들어 있을 때, 그 고요 속에서 조용히 선생님에게 물었다. 이런 학문 하는 분들은 다들 호(號)를 하나씩 갖고 계시던데 선생님은 없으세요? 그러자 그 처진 눈으로 또 허허 웃으며, 내 이름 석 자 지고 살기도 벅찬데 거기에 또 무슨 무게를 얹기를 얹어, 라고 했다. 막연하게 와 멋지다, 생각하면서도 참 저 사람답다고 느꼈다. 해가 지날수록 그 기억을 떠올릴 때마다 그 말이 참 와닿는다.

---

* 大同江水何時盡 別淚年年添綠波(대동강 물이 언제 마르겠는가, 해마다 이별의 눈물만 푸른 물결에 더하는데.)

문학 선생님도 좋아했다. 그도 정년이 그리 멀지 않은 이였다. 문학은 중요한 수능 과목이었으니 수업도 열심히 하셨고, 수업이 끝나고도 아이들을 위해 늘 뭔가를 해주려는 분이었다. 학교의 엄격한 두발규정을 고치려 항의도 자주 하고, 애들 머리 가지고 이렇게 극성을 떠는데 선생만 편하게 하고 다닐 수 없다며 덥수룩한 머리를 단정하게 자르고 오기도 하셨다.

내가 수업 시간에 소소하게 쓰는 줄글을 보고서도 글이 좋다며, 한 사람의 '글 쓰는 이'로 존중해 주셨다. 까마득한 어른의 진심이 느껴지는 칭찬은 설렜다. 그 까마득한 세월의 간격에도 불구하고 항상 나를 같은 눈높이로 두고 말한다는 느낌을 받았다. 졸업하고 나서도 자주 연락을 드렸다. 군복무를 할 때 편지와 함께 책을 한 상자씩 보내주시곤 했다. 내가 해고됐을 때는 나서서 서명운동을 벌이기도 하셨다.

얼마 전 묵은 짐들을 정리하다가, 군복무 시절 선생님이 보내온 편지들을 발견했다. 그중 몇 문장이 눈에 콱 들어왔다.

"……내가 당당하지 못하면서 어찌 젊은이들에게 희망과 연대의 삶을 말할 수 있겠냐. 그래도 마음의 평정을 잃지 않아야 함도 알고 있다. 중용이 어중간한 타협이 아니라 절묘한 중심잡기임을, 그대 또한 알고 있지 않은가……."

정치적 격랑이 거센 시기였고 서로 더욱 치열하게 투쟁하는 사람들이 가득할 때였다. 더 강한 말, 더 적극적인 참여, 더 확실한 입장들 앞에서 항상 어느 한쪽 끝으로 가지 못하고 가운데 어디선가 망설이는 나 자신이 비겁하게 느껴질 때였다. 그때 저 말, 수년 전 받은 저 말이 깊이 위로가 되었다. 중용이 어중간한 타협이 아니라 절묘한 중심잡기임을.

학창 시절 선생님들을 좋아하던 마음은 회사원이 되고 선배를 좋아하는 마음으로 바뀌었다. 학생과 교육자라는 관계 속에서는 그래도 존경의 꽃이 왕왕 피어나지만, 회사에서 존경할 만한 좋은 어른을 찾는 사람은 많지 않다. 그런 면에서 MBC는 좋은 조직이다. 어렵지 않게 좋은 어른을 찾을 수 있다.

내가 해직자가 되고 해직자 선배들을 만나면서도 느꼈다. 그중에서도 최장기 파업 때 노조위원장을 맡은 정 선배가 유독 그랬다. 노동조합의 중책을 맡는 것은 언제나 부담스러운 짐을 지는 일이다. 더구나 회사에 조금만 밉보여도 가을 낙엽처럼 쫓겨나던 시절에는 말할 것도 없었다. 그 서슬 퍼런 시기에 최장기 파업을 목전에 두고 가장 앞줄에서 걷겠다 나선 이들은, 말 그대로 십자가를 졌다는 표현에 빼고 더할 것이 없었다.

그 모든 것을 감당하려면 말할 수 없이 단단해야 할 텐데, 사석에서 만나는 정 선배는 내가 만난 가장 부드러운 사람이었다. 나는 다른 누군가에게 고민을 잘 털어놓는 사람이 아닌데, 이상하게 정 선배만 만나면 마음속 걱정들을 줄줄 꺼내놓았다. 선배는 내 말을 유심히 들어주다가, 말이 끝나면 항상 너털 웃으며 그럴 수 있어, 괜찮아, 걱정하지 마, 잘될 거야 같은 대답만 할 뿐 달리 다른 말을 덧붙이지 않았다. 참 성의 없어 보이는 대답인데, 이상하게 저 목소리를 들으면 정말 다 잘될 것 같다는 확신이 들었다.

한번은 조합 행사의 일환으로 해직 선배들을 촬영할 일이 있었다. 해직 이후에 그들이 어떤 일상을 보내고 있는지, 그와 함께 일했던 동료들은 그를 어떻게 기억하고 있는지를 다루는 영상이었다. 해직 선배들은 해직 이후에도 각자 자기가 하던 일의 끈을 꾸준히 이어가고 있었다. 독립 언론사에 들어가 계속 기사를 쓰는 선배도 있었고, 회사생활을 할 때는 취미로 하던 걸 본격적인 사업으로 벌인 선배도 있었다. 정 선배는 빵 굽는 걸 배웠다고 했다.

빵? 의아했다. 정 선배는 회사에서 음향 전문가였다. 그리고 일을 아주 잘하는 선배였다. 음향 부서의 다른 동료들 말을 들어봐도 그랬고, 정 선배와 일을 했던 예능 PD들도 하나같이 정 선배를 좋아했다. 음향을 세심하게 잘 만져주는 게 가장 큰 이유였지만 또 다른 이유가 있었다.

음향 작업을 하는 믹싱실에는 보통 연차가 낮은 PD가 들어가는데, 경험이 부족하다 보니 잦은 실수 때문에 음향 담당자가 귀찮아지는 일이 예사다. 딱히 나무라지 않아도 후배 PD는 위축될 수밖에 없다. 그럴 때마다 유독 넉넉하게 이해해 주고, 작업물에 대해서도 세심하게 칭찬해 주는 사람이 정 선배였다고 한다. 음향 담당자 이름에 정 선배 이름이 보이면 믹싱실 가는 발걸음이 그렇게 가벼웠다고.

그만큼 음향을 잘하고 또 좋아하는 선배였는데. 심지어 정 선배는 메일주소도 '사운드 정'이었다. 해직 이후에도 음향 일을 할 수 있는 방법은 얼마든지 있었을 텐데, 왜 뜬금없는 빵이었을까.

촬영을 하러 가서 선배에게 물었다. 원래도 빵에 관심이 많으셨어요? 관심은 무슨, 그냥 먹는 거나 좋아했지. 그런데 왜 갑자기 빵을 배우고 싶으셨어요? 충분히 할 수 있는 질문이라고 생각했는데 선배가 대답을 망설인다.

"원래 회사에 있던 선배들이 밖에 나가서 하던 일을 계속하는 경우가 자주 있잖아. 아예 회사를 차리기도 하고. 그렇게 할 수 있는 이유가 다 회사에 남은 사람들이 어떤 식으로든 도와줘서야. 근데 나는 해고당해서 나간 거잖아. 남은 사람들 마음이 솔직히 얼마나 무겁겠어. 그런데 내가 밖에서도 음향을 하겠다고 하면 그건 안에 있는 사람들한테 엄청 부담이거든. 그래서 음향 일 근처에는 얼씬도 하지 말아야겠다, 뭐 그랬어."

그래서 찾은 게 빵. 굽는 과정을 하나하나 설명해 준다. 이게 되게 어려운 거라고 껄껄 웃으면서.

후배들에게는 '그럴 수 있어'를 그렇게 입에 달고 살던 사람이 자신에게는 왜 그렇게 엄격했을까. 빵 굽는 사운드 정. 멍한 기분이 들었다.

삼십 대는 이상한 나이다. 이삼십 대로 묶이면서 청년으로 불리기도 하고, 사십 대와 함께 삼사십 대 중년 취급을 받기도 한다. 꼰대를 끊임없이 욕하면서 여기까지 왔지만, 높은 확률로 어디선가 꼰대라고 욕을 먹고 있을 거다.

나도 삼십 대 중반이 되면서 스스로 꼰대가 되어간다는 생각을 자주 한다. 이십 대가 스스로 불행하다 목소리 높이는 기사들을 보며, 불과 십 년 전 내가 이십 대일 때 나도 충분히 고생스런 고학생이었지만 불행하다고까지는 생각 안 했는데, 이런 꼰대 같은 생각을 한다. 사회 분위기가 많이 바뀌었다는 생각도 든다. 내가 했던 고생스러운 대학생활을 요즘 했다면 스스로 불행하다고 느꼈을지도 모르겠다.

회사에서도 그렇다. 한 사람 앞에 편집 분량이 10분만 넘어가도 버거워하는 조연출들을 보며, 우리 땐 20분은 당연하게 했는데, 그땐 한 팀에 조연출이 네 명밖에 없었는데 지금은 열 명이서도 저렇게 힘들어하네, 같은 꼰대 같은 생각을 또 한다. 그게 꼰대라는 건 그래도 알고 있어서 절대 입밖에 내진 않는다.

저들과 나 사이는 몇 년밖에 차이가 안 나는데 그 사이에 뭔가 달라진 건 확실하다. 뭐가 달라졌는지 모른 채 '요즘 애들은'이라고 생각하는 순간 돌이킬 수 없는 꼰대가 된다.

그럴 때마다 다 엎어져 자라던 한문 선생님을 떠올린다. 문학 선생님의 편지를 떠올린다. 그리고 정 선배의 껄껄 웃는 목소리를 떠올린다. 그럴 수 있어. 그럴 수 있어.

내 삶에 좋은 어른들이 많아 다행이다. 나도 꼰대 말고 저 이름을 가져야 할 텐데, 좋은 어른.

휴일의 감각

주5일근무제가 시행되기 전에 학교를 다닌 경험이 있는 세대, 그러니까 나를 비롯한 80년대 출생자들까지가 공유하는 휴일의 감각이 있다. 토요일의 하굣길이다. 4교시만 마치고 학교를 나와 그림자가 짧은 화창한 햇살 아래, 아직 모두가 각자의 일과를 보는 중이라 한적한 거리 텅 빈 버스에 교복을 입고 앉아 있으면 느껴지는 묘한 해방감이 있었다. 그건 완전히 쉬는 일요일의 느낌과는 다른 종류의 것이었다.

저마다 품고 있는 아련한 휴일의 감각이 있을 것이다. 숨 가쁜 일상을 감당하는 중에도 떠올리면 유독 마음이 몽글해지는 안식의 감각 말이다. 도시 생활자의 삶이란 사람마다 크게 다르지 않기 때문에 떠올리는 휴일의 이미지도 들어보면 쉽게 공감할 수 있는 것들이 많다. 겨울 이불 속에 웅크리고 만화책을 보며 귤을 까먹는다거나 샤워를 하고 나와 캔 맥주 하나 들고 좋아하는 영화를 본다거나 하는 것들이 그렇다. 일요일 아침에 주일학교 가던 나를 괴롭게 만들었던 〈디즈니 만화동산〉의 로고송에도 공감하는 사람이 많을 것이다.

내 기억 속에 새겨져 있는 가장 선명한 휴일의 감각은 TV의 음성이다. 내가 보는 TV 말고 '들려오는' TV 소리. 몇 시인지 짐작되지 않는 환한 방에서 잠이 깼을 때, 깨긴 했지만 아직 인정하기는 싫어 그대로 뭉개며 거실에서 들려오는 TV 소리를 듣는다. 아버지일까, 어머니일까. 누군가 한가하게 한낮의 TV를 보고 있다.

잠을 깨운 것이 햇살인지 TV 소리인지, 적어도 알람 소리가 아니라는 건 충분히 잘 만큼 잘 잤다는 뜻이다. 그럼에도 여전히 이불 속에서 뒤척이며, 슬슬 들려오는 소리로 TV 내용까지 유추할 수 있게 되는 시간. 휴일 낮에 하는 방송은 유독 소란스러운 것들이 많았다. 그러다 화면이 궁금해지면 비척비척 일어나 천연덕스레 옆자리에 가서 앉는 것. 떠올리면 가장 아득한 휴일의 감각이다.

아득하다는 표현이 적절할 만큼 오래된 기억이다. 휴일 낮에 부모님이 여유롭게 TV를 볼 수 있었던 것은 내 유년기가 마지막이었다. IMF를 거치며 자영업에 뛰어든 부모님은 그 뒤로 휴일을 제대로 누릴 수 없는 삶을 시작했다. 채광 좋은 방에서 햇살에 잠을 깰 수 있었던 것도 그 즈음이 마지막이었다. 그 뒤로 살게 된 집들은 대부분 볕이 잘 들지 않아, 잠에서 깨더라도 시계를 찾아보지 않으면 시간을 가늠할 수 없었다.

대학을 다니는 동안에도 알람이 아닌 햇살에 잠이 깨는 집에는 좀처럼 들어갈 수 없었다. 감은 눈 얇은 꺼풀 위로 볕이 스며드는 주황빛의 기억이 저 아득한 휴일의 감각에 중요한 부분이었는지, 어느즈음부터 나는 채광 좋은 집에 대한 꽤 큰 환상을 갖게 되었다.

취직을 하고 몇 년이 지나 처음으로 햇살이 가득 흘러드는 커다란 창을 가진 집을 만났을 때 얼마나 즐거웠는지 모른다. 현관을 열자마자 시선을 반기는 커다란 창문에 다른 조건은 꼼꼼히 따져보지도 않은 채 계약을 해버렸다. 다만 우습게도 나는 이제 예사로 밤을 새는 직업을 갖게 되어서, 신새벽에 퇴근해 겨우 청한 잠이 아침 햇살에 달아나는 것은 괴로운 일이 되어버렸다. 낮밤이 자주 뒤바뀌는 탓에 그 넓은 창에 블라인드를 달았다. 환상의 다른 말은 비현실이다. 현실을 고려해 주지 않는다.

그러고 보면 TV의 음성이 내게 남긴 휴일의 감각은 은근히 까다로운 조건들이 필요한 셈이다. 알람 없이도 조용히 잠이 마를 수 있는 일광이 가득 드는 방이 있어야 하고, 그 방과 분리된 공간에서 휴일에 여유롭게 TV를 볼 수 있는 이와 함께 살아야 하는 것이다.

마지막 조건이 제일 까다롭다. 볕이 잘 드는 방을 얻었어도, 조그맣게나마 TV를 놓을 수 있는 거실을 가졌어도, 함께 사는 사람이 없으면 느낄 수 없는 감각인 것이다. 오래도록 혼자 사는 동안 저 휴일의 감각은 내게 원초적인 영역으로 침잠했다. 어쩌다 햇살에 깨어

나면 들려오는 것은 적막뿐이다.

혼자가 좋다. 혼자여도 괜찮다가 아니라 대부분의 경우 나는 혼자 있는 것을 좋아하는 사람이다. 이런 말을 하면 종종 오해를 사는데, 사람을 만나는 것을 싫어하는 것은 아니다. 향긋한 마실 것을 사이에 두고 삶이 풍성한 사람과 시간을 보내는 즐거움은 견줄 것이 그리 많지 않다.

그럼에도 불구하고 누군가를 만나는 일은 애를 써야 하는 일이다. 시간을 내고 장소를 찾아가는 물리적인 애를 써야 하는 것은 너무 당연한 이야기고, 말이 잘 통한다고 느껴지는 상대라 하더라도 세심하게 마음을 기울이지 않으면 조금씩 틈새가 벌어질 수밖에 없다. 정말 잘 맞는다고 생각했던 이와 이렇다 할 갈등도 없이 어느새 소원해진 이야기는 주변에서 쉽게 들을 수 있다.

혼자 살면 다른 사람의 허기와 맞춰 밥을 먹을 일이 없다. 내 배가 고프면 먹는 거고 고프지 않으면 그냥 지나가도 무방하다. 끼니에 맞춰 밥을 먹은 것은 몹시 오래전 일이 되었다. 그렇다보니 배가 고프지 않은데 억지로 무얼 먹어야 하는 상황에 처하면 꽤나 괴로운 기분이 든다.

비혼주의자가 아닌 이상, 자립의 계단 가장 끝에 올라가면 결혼이 가장 큰 자리를 차지하고 있을 것이다. 하지만 이렇게 모든 것을 혼자 결정하는 삶의 편안함은 자연히 결혼에 대한 막연한 두려움으로 이어진다. 서로 아무런 접점 없이 20년 넘게 살아온 타인과 어느 순간부터 평생 함께하기로 결정한다니. 그 순간부터는 어떤 것도 혼자 결정할 수 없다. 서로의 허기에 맞추어 배를 채워야 한다. 자고 깨는 시간이 서로 다를 수는 있어도 나 말고 다른 누군가가 잠자리에 누워 있다는 것을 늘 의식해야 한다.

나아가 결혼은 단순히 공간을 함께 점유하고 사는 것 이상의 문제다. 룸메이트에게도 존중해 줘야 할 사생활은 있다. 부모를 비롯한 혈연에게는 내가 선택한 인연이 아니라는 이유로 더욱 간절히 독립성을 요구하곤 한다. 물리적 공간을 공유하는 사이일수록 독립된 심리적인 공간은 더 필요하다.

그러나 결혼은 내가 선택한 상대와의 연합이다. 굳이 그럴 필요가 없음에도 불구하고 서로의 삶을 기꺼이 점유하기로 결정하는 것이다. 물론 부부 사이에도 어느 정도는 개인으로서의 상대를 존중해 줄 필요가 있겠지만, 본질적으로 결혼은 서로의 자유를 충분히 내어주는 것으로 시작한다.

그래서 나는 결혼을 떠올릴 때마다 막연히 두려웠다. 딱히 만나는 사람이 없을 때도 그랬다. 죽을 때까지 평생, 잠을 자는 옆자리에 다른 누군가가 누워 있다니. 눈 뜨면 항상 나 말고 다른 누군가가 있을 거라니. 게다가 한번 결정하면 무르는 것도 쉽지 않다니. 그건 결혼이라는 삶의 형태에 대한 선호를 떠나, 단순히 익숙했던 삶이 전혀 다른 국면에 접어드는 것 자체에 대한 두려움에 가깝다. 거대하고 비가역적인 변화는 설령 그 변화가 좋은 것이라 한들 생래적인 공포를 부른다.

그래서 모든 상상에는 디테일이 중요하다. 구체적인 실체에 대한 정보가 거의 없는 상태에서 막연하게 하는 상상은 오로지 지금 이 시점에 나에게 중요한 요소들만 한없이 과장되어 크게 느껴진다. 혼자 사는 삶에 익숙해진 이가 막연하게 떠올리는 결혼이라면, 지금 누리고 있는 자유의 축소만이 가장 크게 느껴질 것이다.

독신의 자유는 지금 경험하는 실체이고, 결혼이 주는 행복은 미지의 영역이다. 경험해 본 적 없는 미래의 이득보다는 당장 손에 쥔 것의 손실이 더 크게 느껴지는 것은 당연한 일이다.

그러나 결혼을 함께 생각할 사람이 마침내 생기면 막연했던 상상은 디테일을 찾는다. 평생 옆자리에 누워 있는 이가 당신이라면 이야기가 달라진다. 눈을 떴을 때 당신의 얼굴이 보인다면 잠자리가 좁아져도 괜찮다. 마주보며 밥을 먹을 수 있다면 기꺼이 당신의 허기에 맞추겠다. 그 편이 훨씬 맛있다.

막연했던 상상은 당신이라는 실체로 생기를 얻는다. 가장 중요한 조각을 빠뜨린 상상은 아무 의미가 없었다. 거대한 삶의 변화는 여전히 두렵긴 하지만, 기꺼이 무릅쓸 이유가 생겼다. 잠에서 어렴풋이 깨어 듣는 TV 소리, 아득했던 휴일의 감각을 다시 느낄 수 있을 것 같다. 밖에서 TV를 보고 있는 것이 당신이라면, 더할 나위 없다.

연인에게 반지를 건네며 했던 이야기들이다.

사랑과 결혼이 꼭 같은 말은 아닌 사회다. 익숙했던 각자의 자유를 그대로 지닌 채 서로의 달콤한 거리를 유지하는 것도 할 수 있는 선택이다. 하지만 영원한 것은 없다. 세월은 그냥 흘러지나가지 않고 서로의 몸에도 마음에도, 그 사이의 관계에도 흔적을 남기며 쌓일 것이다. 지금의 이 애틋한 마음은 언젠가는 풍화될 수밖에 없다.

때문에 결혼은 설령 세월이 흘러 내 마음이 지금과 같지 않더라도 여전히 함께하기 위해 노력하겠다는 약속이다. 법적인 관계로 묶여 있지 않다면 쉽게 돌아설 수 있을지언정, 그렇게 하지 않고 새로운 따뜻함으로 다시 채우겠다는 의지의 표현이다. 세월과 함께 마음이 흩어지도록 내버려두지 않겠다는 고백이다. 지금 나에게 당신은 그런 노력을 다짐하게 만드는 사람이라는 뜻이다. 나에게 결혼은 그런 의미다.

혼자 사는 게 편한 것은 당연한 이야기다. 내 성향인 것처럼 이야기했지만 사람이라면 누구나 그렇다. 내가 통제할 수 없는, 자신만의 의지를 가진 타인이라는 존재는 본질적으로 귀찮은 것이 맞다. 그러니 혼자 지내는 게 편하다는 말은 누우면 편하다는 말과도 같다. 내가 아무런 노력을 들이지 않아도 그건 그냥 그런 것이다.

진짜 자립은 내 의지로 불편을 감수하면서까지 누군가와 함께하기로 결정할 때 비로소 완성되는 것일지도 모른다. 그저 몸이 편한 대로 따라가는 것이 아니라, 스스로 자기 자리를 내어줄 수 있을 만큼 온전히 자기 다리로 서 있는 것. 그렇게 잘 디디고 서 있어야 다른 이의 손까지 부드럽게 잡을 수 있다.

함께 손을 잡은 모든 이들의 두 다리가 든든하기를. 기억 속에 새겨진 휴일의 감각을 이제 다시 느낄 생각에 설렌다.

사람을 바꾸는 것들

책을 처음 쓰기 시작해서 원고를 모두 넘기기까지 일 년하고도 몇 달이 걸렸다. 그 사이에 나는 많은 것이 달라졌다.

내게 필라테스를 권하기도 하고, 대형 서점에서 만날 때 저 깊은 구석에 있다고 타박하기도 하던 이와 결혼을 했다. 이제 혼자 살지 않는다.

요리가 즐거워졌다. 혼자서는 해먹지 않았을 것들을 차리고 치우는 시간이 아깝지 않다.

두 책장이 합쳐졌다. 읽고 싶었던 책이 서로의 책장에서 나오는 것을 보며 소소하게 반가워했다. 관심사가 비슷했던 나머지 똑같은 책을 갖고 있던 것들은 골라내 중고 서점에 팔았다.

잠자리에 눕고 일어나는 순간들이 조금 더 아늑해졌다. 불을 꺼도 들려오는 부드러운 숨소리에 어둠도 적막하지 않다. 잠이 덜 깬 얼굴로 이야기를 나눌 사람이 나란히 누워 있으니 때꾼한 눈에도 금세 생기가 돈다. 아침이 가벼워졌다.

결혼과 비슷한 시기에 직장도 옮겼다. 내 첫 직장, 벅찬 초심을 담아 합격 수기를 쓰게 해주었던, 처음으로 옳다고 믿는 것을 지키기 위해 치열하게 싸워보기도 했던, 닮고 싶은 좋은 어른이 많았던 첫 직장 MBC를 떠나 새로운 회사에 명함을 팠다.

MBC는 나에게 단순한 직장 이상의 의미가 있었다. 오랜 고민 끝에 내린 결정이었지만, 결정하고 나서도 떠나는 발걸음이 쉽지 않았다.

꽤 오랫동안 혼자 삶을 꾸려왔고 꽤 오랫동안 MBC의 PD로 살았는데 그 두 가지가 같은 해 같은 달에 끝났다. 결혼과 이직. 인생은 전혀 다른 국면으로 성큼 들어섰다.

전혀 다른 국면. 하지만 삶은 또 그렇게 많이 달라지진 않았다.

혼자 살 때 하던 일들, 청소를 하고 빨래를 하고 먹고 치우는 일들은 여전하다. 하던 일을 계속할 뿐. 내가 할 때도 있고 그가 할 때도 있다. 혼자서는 넉넉히 미뤄두었던 것들을 나 말고 다른 이가 있으니 눈에 띄는 대로 해치우느라 조금 더 부지런해지기는 했다. 익숙하게 하던 것들이라 한 사람 몫이 온전히 늘어났어도 버겁지 않아 다행이다.

많은 이들이 결혼하면 잃을까 가장 염려하는 것, 혼자 보내는 시간도 여전히 넉넉하다. 잠이 많은 그가 먼저 잠들고 나면 나는 고요히 책을 좀 더 읽는다. 늦게 퇴근하는 나보다 먼저 집에 도착하는 그는 또 나름의 시간을 보낸다.

새로운 회사에서도 계속 콘텐츠를 만든다. 길이가 바뀌고 플랫폼이 바뀌어도 사람들이 무얼 재미있게 볼까 고민하며 카메라에 담은 것을 편집해 꺼내놓는 일은 다르지 않다. 여전히 밤을 샐 것이고, 여전히 좋은 콘텐츠를 만나면 저걸 어떻게 만들었을까 머리를 굴릴 것이다.

하나만으로도 꽤 거대한 인생의 재봉선이 연달아 박혔는데 그 마디가 그리 눈에 띄지 않는다. 삶은 계속 이어진다. 사람을 바꾸는 것이 꼭 이런 인생의 이벤트들은 아닌 것 같다.

그 이벤트에서 본 것들을 떠올린다.

평생 입을 일 없던 정장을 입고 넥타이를 맨 채 서 있던 결혼식. 수많은 결혼식에 하객으로 참석할 때의 마음은 그리 대수롭지 않았는데, 내가 그 자리에 서서 보니 얼굴 하나 이름 하나가 왜 그리 특별하던지. 내 이름을 내세우며 관심을 구하는 것이 어색해 어지간히 가까운 사이여도 생일조차 이야기하지 않는 성격인데, 생애 처음 내 이름으로 초대한 잔치에 기꺼이 시간을 내어 예쁜 옷을 입고 와준 사람들이 그렇게 고마울 수 없었다.

분주한 가운데 스치는 얼굴마다 함께 나눈 시간들이 떠올랐다. 그 자리에서 일일이 그 마음을 표현하지 못한 부유물이 차곡차곡 쌓여 석연하지 못했다. 나는 이 사람들의 크고 작은 환대를 딛고 여기까지 걸어왔구나. 진심 어린 축하란 이리도 진한 것이었다.

이직 소식을 전할 때마다 만난 동료들의 얼굴. 망설이고 사리느라 미처 내 입으로 전하지 못해 다른 곳에서 소식을 듣고 온 이들의 서운한 인사. 깊이 묻어나오는 아쉬움과 격려, 응원. 가니. 가는구나. 안 가면 안 되니. 가지 마세요. 잘 가. 거기서도 잘하길 바랄게. 더 잘할 거야. 고생 많았어요. 길지 않았던 인삿말들. 그래서 더 덜컹거렸던 단어들. 차오르는 대로 내버려두면 너무 힘들 것 같아 힘써 건조하게 말린 가슴. 그래서 충분히 답하지 못한 마음들.

내 팔과 다리로 헤엄쳐왔다고 생각했던 시간들도 결국 모두 출렁이는 이 마음들 위에서였다. 그 부력 없이는 제아무리 허우적거려봐야 나아갈 수 없는 거였다. 사람을 바꾸는 것은 이런 것들이다. 환대, 호의, 격려, 신뢰와 인정, 시간을 두고 쌓인 마음들.

꽃이 피었을 때 비로소 뿌리가 해온 일을 목도하는 것처럼, 인생의 커다란 이벤트들이란 오랫동안 나를 만들어온 양분이 무엇인지 확인하게 해주는 개화의 순간인 셈이다.

홀로 피는 꽃이 어디 있으랴. 빈 들에 한 송이 핀 꽃도 오롯이 제 힘만으로는 부족했다. 일찍이 자립해 혼자 단단하게 꾸려온 삶이라 생각했건만 결혼과 이직을 거치는 동안 얼마나 많은 사람들의 볕과 물이 있었는지 돌아보았다. 삶의 꽃 같은 순간마다 기억할 일이다. 싹도 틔울 수 없는 시린 날에도 조용히 뿌리를 떠올릴 수 있을 테니.

2020년 5월
권성민

| 본문 인용 출처 |

64쪽 『내가 모르는 것이 참 많다』(2019), 황현산 지음, 난다

| 본문 가사 인용 목록 |

KOMCA 승인필

41쪽 〈빨래〉, 이적
176쪽 〈여기보다 어딘가에〉, 하림
177쪽 〈아일랜드에서〉, 하림
245~246쪽 〈나이나이에〉, 자그마치

서울에 내 방 하나

초판 1쇄 2020년 5월 25일
초판 2쇄 2020년 7월 30일

지은이 | 권성민
펴낸이 | 송영석

주간 | 이혜진
기획편집 | 박신애 · 김단비 · 심슬기 · 김다정
외서기획편집 | 정혜경
디자인 | 박윤정
마케팅 | 이종우 · 김유종 · 한승민
관리 | 송우석 · 황규성 · 전지연 · 채경민

펴낸곳 | (株)해냄출판사
등록번호 | 제10-229호
등록일자 | 1988년 5월 11일(설립일자 | 1983년 6월 24일)

04042 서울시 마포구 잔다리로 30 해냄빌딩 5 · 6층
대표전화 | 326-1600 **팩스** | 326-1624
홈페이지 | www.hainaim.com

ISBN 978-89-6574-998-1

파본은 본사나 구입하신 서점에서 교환하여 드립니다.

이 도서의 국립중앙도서관 출판예정도서목록(CIP)은 서지정보유통지원시스템 홈페이지(http://seoji.nl.go.kr)와
국가자료공동목록시스템(http://www.nl.go.kr/kolisnet)에서 이용하실 수 있습니다.(CIP제어번호:2020019130)